O VITRAL ENCANTADO

Obras da autora publicadas pela Galera Record:

O castelo animado

O castelo no ar

A casa dos muitos caminhos

Tesourinha e a Bruxa

O vitral encantado

DIANA WYNNE JONES

O VITRAL ENCANTADO

Tradução
RAQUEL ZAMPIL

1ª edição

Galera
RIO DE JANEIRO

2015

CIP-BRASIL. CATALOGAÇÃO NA FONTE
SINDICATO NACIONAL DOS EDITORES DE LIVROS, RJ

J67v
Jones, Diana Wynne
 O vitral encantado / Diana Wynne Jones; tradução Raquel Zampil. – 1ª ed. – Rio de Janeiro: Galera Record, 2015.

Tradução de: Enchanted glass

ISBN 978-85-01-09207-6

1. Ficção inglesa. I. Zampil, Raquel. II. Título.

15-22883
CDD: 028.5
CDU: 087.5

Título original em inglês:
ENCHANTED GLASS

Copyright © Diana Wynne Jones, 2010

Ilustração para capa: Isabela Quintão

Criação de layout e arte-final de capa: Marília Bruno

Todos os direitos reservados.
Proibida a reprodução, no todo ou
em parte, através de quaisquer meios.

Texto revisado segundo o novo Acordo Ortográfico da Língua Portuguesa.

Direitos exclusivos de publicação em língua portuguesa somente para o Brasil adquiridos pela

EDITORA RECORD LTDA.
Rua Argentina, 171 – Rio de Janeiro, RJ – 20921-380 – Tel.: 2585-2000, que se reserva a propriedade literária desta tradução.

Impresso no Brasil

ISBN 978-85-01-09207-6

Seja um leitor preferencial Record.
Cadastre-se e receba informações sobre nossos lançamentos e nossas promoções.

Atendimento e venda direta ao leitor:
mdireto@record.com.br ou (21) 2585-2002.

Para Farah, Charlie, Sharyn e todos que compareceram
à conferência de Diana Wynne Jones sem mim.

Capítulo Um

Quando Jocelyn Brandon morreu — em uma idade muito avançada, como costuma acontecer com os magos — deixou a casa e seu campo de proteção para o neto, Andrew Brandon Hope. Andrew mesmo já andava pelos trinta. A casa, Melstone House, era uma simples questão de fazer o testamento. Quanto ao campo de proteção, porém, a intenção do velho Jocelyn tinha sido passá-lo da maneira apropriada, pessoalmente.

Mas ele esperou demais. Sabia que Andrew podia vir até ele bem rápido. Quando se subia ao topo de Mel Tump, o morro além da casa, podia-se ver a Universidade onde Andrew dava aulas como um coágulo azul-escuro na margem da grande planície verde-azulada, a apenas meia hora de carro. Assim, quando percebeu que estava em seu leito de morte, Jocelyn ordenou que a criada, a Sra. Stock, telefonasse ao neto.

A Sra. Stock telefonou, sim. Mas a verdade é que ela não se esforçou muito. Em parte, porque não levou a doença do velho muito a sério; mas, principalmente, porque não aprovava o fato de a filha do velho ter se casado com um Hope (e ter morrido disso). Portanto, ela também desaprovava o filho da filha, Andrew Hope. Além disso, estava esperando o médico e não queria ser surpreendida ao telefone quando deveria atender a porta. Então, depois de percorrer os intricados meandros da mesa telefônica da Universidade e chegar ao departamento de história, e uma pessoa que se descreveu como Assistente de Pesquisa lhe dizer que o Dr. Hope estava em uma reunião do comitê, ela simplesmente desistiu.

Naquela noite, Andrew Hope seguia de carro na direção de Melstone, voltando de um local relacionado à sua pesquisa. Sua Assistente de Pesquisa, sem ter a menor ideia de onde ele estava, tinha simplesmente contado à Sra. Stock a mentira que contava a todos. Andrew havia chegado à curiosa depressão na estrada, onde, como ele sempre dizia a si mesmo, as coisas ficavam diferentes. Estava anoitecendo e ele havia acabado de acender os faróis. Por sorte, não ia muito rápido. De repente, lá estava uma figura, humana e sombria, precipitando-se em direção ao clarão dos faróis, e parecia estar acenando.

Andrew pisou no freio. Com as rodas uivando, o carro ziguezagueou em uma derrapagem longa e serpenteante, revelando horrendos detalhes da grama e dos arbustos de ambos os lados da estrada, violentamente iluminados pelos faróis. Em seguida, subiu, avançou e desceu por uma coisa assustadoramente mole. Então parou.

Andrew abriu a porta de forma brusca e saltou. Pisou em alguma coisa molenga. Aquele vinha a ser o fosso no qual a roda do lado do motorista estava plantada. Horrorizado, ele patinou na lama, dando a volta no capô, e espiou debaixo das outras rodas. Nada. O bolo gosmento devia ser a margem lamacenta entre a estrada e o fosso. Somente quando teve certeza disso Andrew olhou ao redor e viu a silhueta humana em pé, à sua espera, sob a luz dos faróis. Era um homem alto e magro, muito parecido com Andrew, exceto pelo cabelo branco, as costas um pouco curvadas e por não usar óculos. A vista de Jocelyn sempre fora boa, como se por mágica.

Andrew reconheceu o avô.

— Bem, pelo menos não matei o senhor — disse. — Ou matei?

Esta dúvida surgiu porque Andrew percebeu que podia ver a faixa branca no centro da estrada através do corpo de seu avô.

O avô balançou a cabeça, sorriu de leve e estendeu alguma coisa para ele. A princípio Andrew não conseguiu ver claramente o que era. Precisou se aproximar, tirar os óculos e olhar de perto. A coisa parecia um papel dobrado com uma espécie de selo preto no canto. O velho o sacudiu, impaciente, e tornou a estendê-lo. Andrew esticou a mão para pegá-lo cautelosamente. Mas seus dedos o atravessaram e ficaram muito frios. Era como se tivesse enfiado a mão por um instante em um freezer.

— Desculpe — pediu. — Vou pegá-lo na sua casa, está bem?

O avô lançou ao papel que segurava um olhar de extrema exasperação e assentiu. Então deu um passo para trás, o suficiente para sair da área iluminada pelos feixes oblíquos dos faróis, e isso foi tudo. Agora restava apenas a estrada escura na depressão.

Andrew também saiu do alcance da luz para ter certeza de que o avô não estava mais ali. Fato confirmado, ele recolocou os óculos e pegou o pé direito do sapato preso na lama do fosso. Depois, ficou pensando, observando a roda direita dianteira do carro afundar lenta e progressivamente no lodo coberto de grama.

Ele pensou em movimentos do céu e da terra, em tempo e espaço. Pensou em Einstein e gruas. Pensou que a posição da roda no fosso era apenas um fato temporário e relativo, irreal cinco minutos antes e irreal cinco minutos depois. Pensou no poder e na velocidade da derrapagem, e no poder de resistência do fosso. Pensou na gravidade se revertendo. Então se ajoelhou, apoiando uma das mãos na grama que recobria a lama e a outra na roda, e empurrou as duas, afastando-as. Obedientemente, com alguns ruídos relutantes de sucção, o carro ergueu-se do fosso, passando por cima da margem e indo parar com um solavanco na estrada. Andrew sentou-se no banco do motorista para tornar a calçar o sapato, pensando com pesar que o avô teria simplesmente ficado na estrada e feito um gesto e obteria o mesmo resultado. Ele teria de trabalhar o lado prático da magia um pouco mais. Pena. Suspirou.

Depois, seguiu para a casa do avô.

— Ele está morto, não é? — perguntou quando a Sra. Stock abriu a porta para ele.

A Sra. Stock assentiu e redimiu o pouco de consciência que tinha dizendo:

— Mas eu tinha certeza de que você saberia.

Andrew passou pela porta da frente, entrando em seu patrimônio.

VITRAL ENCANTADO

Havia, naturalmente, muitas coisas envolvidas, não apenas em Melstone e em Melton, a cidadezinha próxima, mas também na Universidade, pois Andrew decidiu quase imediatamente deixar a Universidade e se mudar para Melstone House. Seus pais lhe haviam deixado algum dinheiro, e ele pensou que com o que herdara do velho Jocelyn tinha o suficiente para parar de dar aulas e escrever o livro que sempre quisera escrever. Queria dar ao mundo uma visão completamente nova da História. Estava feliz em deixar a Universidade, e particularmente feliz em deixar sua Assistente de Pesquisa. Ela era tão mentirosa. Incrível que um ano atrás ele tivesse desejado se casar com ela. Mas Andrew sentia que era seu dever garantir que ela fosse transferida sem riscos para outro cargo, e foi o que ele fez.

De uma forma ou de outra, passou-se quase um ano até que Andrew pudesse ir morar em Melstone House. Então ele precisou se certificar de que os vários e pequenos quinhões no testamento de seu avô fossem pagos, e foi o que fez também; mas sentia-se vagamente intrigado por esse testamento, quando o viu, ser tão diferente em tamanho e formato daquele papel que o fantasma de seu avô havia tentado lhe entregar. Ele deu de ombros e passou à Sra. Stock suas quinhentas libras.

— Espero que a senhora continue a trabalhar para mim exatamente como fazia para meu avô — disse ele.

Ao que ela respondeu:

— Não sei o que o senhor faria se eu fosse embora. Sendo professor, vive em seu próprio mundo.

Andrew entendeu isso como um sim.

11

— Não sou professor — ele salientou, delicadamente. — Sou um simples acadêmico.

A Sra. Stock não lhe deu atenção. Em sua cabeça, isso era o mesmo que discutir o sexo dos anjos. Para ela *todo mundo* em uma universidade era professor, a menos que fosse aluno, naturalmente e, portanto, ainda pior. Assim, ela dizia a todos em Melstone que o neto do velho Jocelyn era professor. Andrew logo acostumou-se ao fato de que se dirigiam a ele como "Professor", mesmo pessoas que lhe escreviam de outros lugares pedindo detalhes folclóricos ou fazendo perguntas sobre magia.

Então ele foi dar ao Sr. Stock, o jardineiro, seu legado de quinhentas libras.

— E espero que o senhor continue seu admirável trabalho para mim também.

O Sr. Stock apoiou-se em sua pá. Ele não tinha nenhum parentesco com a Sra. Stock, nem mesmo por casamento. Simplesmente quase a metade das pessoas em Melstone tinha o nome Stock. Tanto o Sr. Stock quanto a Sra. Stock eram sensíveis a esse assunto. E não gostavam um do outro.

— Suponho que aquela velha mandona tenha dito que vai continuar com o senhor? — disse o Sr. Stock, agressivo.

— *Creio* que sim — retrucou Andrew.

— Então eu também vou, para ficarmos quites — afirmou o Sr. Stock, e prosseguiu empilhando batatas.

Desse modo, Andrew agora empregava dois tiranos.

Ele não enxergava a situação assim, naturalmente. Para Andrew, os dois Stock faziam parte da casa, dois fiéis criados de seu avô que trabalhavam em Melstone House desde que Andrew ali estivera pela primeira vez, ainda criança. Ele simplesmente não podia imaginar o lugar sem eles.

VITRAL ENCANTADO

Enquanto isso, sentia-se extremamente feliz desempacotando seus livros, fazendo caminhadas ou simplesmente *ficando* na casa onde passara tantos bons momentos quando garoto. Havia um cheiro ali — cera de abelhas, mofo, parafina e um aroma picante que ele não conseguia identificar — que parecia dizer *Férias!* para Andrew. Sua mãe nunca se dera bem com o velho Jocelyn. "Ele é um velho retrógrado e supersticioso", ela dizia ao filho. "Não quero saber de você acreditando nas coisas que ele diz." Mas mandava Andrew para lá em quase todas as férias para mostrar que não havia exatamente *brigado* com o pai.

Então, Andrew havia ficado com o velho Jocelyn, e os dois caminharam pelos campos, atravessaram florestas e subiram o Mel Tump, e Andrew aprendera muitas coisas. Ele não se lembrava do velho Jocelyn lhe ensinando nada particularmente mágico; mas recordava noites de camaradagem diante da lareira, na velha e bolorenta sala de estar, com as cortinas fechadas nas grandes janelas, quando o avô lhe ensinava outras coisas. O velho Jocelyn Brandon tinha uma mente prática. Ensinou o neto a fazer isca para pescar, carpinteirar e a fazer pedras de runas, figuras de origami e pipas. Juntos, eles haviam criado enigmas e inventado jogos. Era o bastante para tornar a casa valiosa para Andrew — embora ele tivesse de admitir que, agora que estava morando ali, sentia muita falta do velho.

Mas ser dono do lugar compensava, em parte, essa falta. Ele podia fazer as mudanças que desejasse. A Sra. Stock achava que ele devia comprar uma televisão para a sala de estar, mas, como Andrew não gostava de televisão, não comprou. Em vez disso, comprou um freezer e um micro-

-ondas, ignorando os protestos da Sra. Stock, e examinou a casa para ver de quais consertos necessitava.

— Um freezer e um micro-ondas! — contou a Sra. Stock à irmã, Trixie. — Ele acha que vou congelar comida boa pelo simples prazer de descongelar novamente com *raios*?

Trixie comentou que a Sra. Stock tinha os dois utensílios em sua própria casa.

— Porque sou uma mulher que trabalha — retrucou a Sra. Stock. — Não é disso que estou falando. Estou lhe dizendo, o homem vive em seu próprio mundo!

Grande foi sua indignação quando chegou à casa no dia seguinte e descobriu que Andrew havia mudado de lugar toda a mobília na sala de estar, de modo que pudesse enxergar enquanto tocava piano, e levar a melhor poltrona para a frente da lareira. A Sra. Stock levou uma manhã inteira de resmungos, arquejos e empurrões para pôr tudo de volta como estava.

Andrew, que inspecionava o telhado e o alpendre no quintal, voltou, depois de ela ter ido embora, deu um leve suspiro e arrumou tudo novamente da forma como queria.

Na manhã seguinte, a Sra. Stock olhou, soltou uma exclamação e correu para arrastar o piano de volta ao seu lugar consagrado, no canto mais escuro.

— Vive em seu próprio mundo! — murmurou ela, empurrando e chutando o tapete. — Esses professores! — exclamou, erguendo a poltrona, o sofá, a mesa e as luminárias de pé para seus lugares tradicionais. — *Maldito* seja! — acrescentou, descobrindo que o tapete agora havia adquirido um vinco longo e oblíquo de canto a canto. — E a *poeira*! — berrou ao sacudir o tapete, alisando-o. Levou a manhã inteira para

VITRAL ENCANTADO

limpar a poeira. — Assim, terá de comer a mesma couve-flor gratinada no almoço *e* no jantar — disse a Andrew, como uma séria advertência.

Andrew assentiu e sorriu. Aquele alpendre, ele vinha pensando, iria cair assim que a magia de seu avô escoasse dali. Da mesma forma seria com o telhado da casa. Nos sótãos, era possível ver pedaços de céu em meio às teias de aranha nos telhados inclinados. Ele se perguntava se poderia pagar todos os consertos necessários, além do aquecimento central que queria instalar. Era uma pena que tivesse gasto tanto do que restava do dinheiro do avô em um novo computador.

À noite, depois que a Sra. Stock se foi, ele pegou uma pizza no freezer novo, jogou fora a couve-flor gratinada e, enquanto a pizza aquecia, arrumou novamente a mobília da sala do jeito que queria.

Obstinadamente, no dia seguinte, a Sra. Stock a colocou outra vez onde a tradição dizia que deveria ficar.

Andrew deu de ombros e a mudou de novo. Como vinha usando o método que empregara com seu carro caído no fosso, enquanto a Sra. Stock usava a força bruta, esperava que ela logo se cansasse disso. Nesse meio-tempo, ele estava ganhando uma excelente prática de magia. Naquela noite, o piano de fato arrastou-se obedientemente para a luz quando ele gesticulou em sua direção.

E ainda havia o Sr. Stock.

O método de tirania do Sr. Stock era chegar pela porta dos fundos, que se abria direto para a cozinha, quando Andrew tomava o café da manhã.

— Nada em particular que o senhor queira que eu faça hoje, então farei o de sempre — anunciava ele.

E saía, deixando a porta aberta aos ventos.

Andrew se via forçado a se levantar num pulo para fechar a porta antes que ela batesse. Uma batida de porta, como seu avô deixara claro, poderia facilmente quebrar o delicado vitral colorido que havia na metade de cima da porta. Andrew amava aquele vitral. Quando garoto, havia passado horas fascinado, olhando o jardim através de cada vidraça de cores diversas. Dependendo do ângulo, via-se um jardim de pôr do sol cor-de-rosa, silencioso e imóvel; um jardim laranja tempestuoso, onde subitamente era outono; um jardim tropical verde, onde parecia que surgiriam papagaios e macacos a qualquer momento. E assim por diante. Agora, já adulto, Andrew apreciava aquele vitral ainda mais. Magia à parte, ele era muito, muito, muito antigo. O vidro tinha todo tipo de vincos internos e bolhas aprisionadas, e seu fabricante, falecido havia anos, de alguma forma conseguira fazer as cores ao mesmo tempo intensas e enevoadas, de modo que, em algumas luzes, o vidro violeta, por exemplo, era tanto de um rico púrpura quanto de um suave lilás tudo de uma vez só. Se um pedaço daquele vidro tivesse quebrado ou mesmo rachado, o coração de Andrew teria se partido com ele.

O Sr. Stock sabia disso. Era sua forma de se assegurar, assim como a Sra. Stock, de que Andrew não faria mudanças.

Infelizmente para o Sr. Stock, Andrew examinava o terreno tão cuidadosamente quanto examinava Melstone House. A horta murada era linda. A grande ambição do Sr. Stock era ganhar o Primeiro Prêmio em todas as classes vegetais no Festival de Verão de Melstone, fosse com sua própria horta mais adiante na estrada ou com a de Andrew. Assim, os legumes e verduras eram fenomenais. Quanto ao

VITRAL ENCANTADO

resto, porém, o Sr. Stock se contentava em apenas cortar a grama. Andrew balançava a cabeça ao olhar para o jardim e estremecia diante do pomar.

Passados alguns meses, enquanto esperava que o Sr. Stock se emendasse e o Sr. Stock continuava na mesma, Andrew começou a se levantar sobressaltado assim que o Sr. Stock aparecia. Mantendo aberta a preciosa porta, pronto para fechá-la novamente depois que o Sr. Stock saísse, ele dizia coisas como: "Acho que hoje seria um bom dia para se livrar de todas aquelas urtigas no canteiro principal" e "Me dê uma lista dos arbustos mortos que precisamos substituir pois vou encomendar" e "Não vai fazer mal nenhum podar as macieiras hoje: nenhuma delas está dando frutos". E assim por diante. O Sr. Stock se via forçado a deixar suas hortaliças, muitas vezes por dias a fio.

E se vingava de sua maneira tradicional. Na segunda feira seguinte, ele abriu a porta dos fundos com um chute. Andrew teve tempo apenas de evitar que ela batesse na parede, embora houvesse deixado de lado sua torrada e saltado para a maçaneta ao avistar o chapéu do Sr. Stock delineado através do vitral.

Vai precisar das duas mãos   disse o Sr. Stock. Aqui. — E colocou uma grande caixa de papelão carregada de legumes nos braços de Andrew. — E deve comer todos esses *sozinho*. Não deixe aquela velha mandona roubá-los de você. Porque ela faz isso. Conheço a ganância dela. Ela os coloca na bolsa e corre para casa se tiver chance. Portanto, trate de *comê-los*. E não tente se livrar deles. Eu vou saber. Sou eu quem esvazia as lixeiras. Então... Nada em particular que o senhor queira que eu faça hoje. Farei o de sempre, está bem?

— Bem, na verdade, tem, *sim* — disse Andrew. — As rosas precisam ser amarradas e adubadas.

O Sr. Stock o fuzilou com o olhar, incrédulo. Isso era insurreição.

— Por favor — acrescentou Andrew com sua costumeira cortesia.

— Ora, eu...! — disse o Sr. Stock.

Então virou-se e saiu pisando duro.

Andrew, com muita gentileza, fechou a porta com o pé e descarregou a caixa de papelão ao lado de sua torrada. Era isso ou deixar cair, tão pesada estava. Aberta, revelava seis cebolas enormes, um feixe de cenouras de trinta centímetros, um repolho maior do que a cabeça de Andrew, dez pimentões do tamanho de melões, um nabo que parecia uma pedra de tamanho médio e uma abóbora que mais parecia o corpo de um crocodilo pequeno. Os espaços estavam cuidadosamente preenchidos com ervilhas excessivamente maduras e vagens de sessenta centímetros. Andrew sorriu. Essa era toda a produção que não estaria à altura do Festival de Melstone. Ele deixou algumas coisas mais comestíveis na mesa e guardou o restante de volta na caixa, que escondeu no canto da despensa.

A Sra. Stock a encontrou, é claro.

Ele nunca mais tinha empurrado seus restos pra gente! — anunciou ela. — Olhe só estas coisas! Só tamanho, nenhum sabor. E o que eu devo fazer para conseguirmos batatas? Assoviar? Francamente, aquele sujeito! — Então tirou o casaco e foi colocar a mobília de volta no lugar.

Ainda estavam naquilo.

No dia seguinte, o Sr. Stock abriu a porta com um chute em função de uma caixa com quatorze pés de alface. Na quarta-feira, para variar, ele abordou Andrew quando este saiu para verificar o estado dos muros da horta, e o presenteou com mais uma caixa de papelão contendo dez quilos de tomates e uma abóbora que parecia uma cabeça deformada de bebê. Na quinta, a caixa continha dezesseis couves-flores.

Andrew sorria afavelmente e aceitava essas coisas, cambaleando um pouco com o peso. O mesmo havia acontecido quando seu avô aborrecia o Sr. Stock. Eles haviam sempre se perguntado, Andrew e o avô, se o Sr. Stock colecionava caixas de papelão e as guardava prontas para quando fosse aborrecido. Andrew deu os tomates à Sra. Stock.

— Creio que é melhor a senhora fazer um pouco de chutney — disse.

— E como espera que eu encontre tempo para isso, quando estou tão ocupada... — Ela hesitou, levemente constrangida.

— Mudando a mobília da sala? — sugeriu Andrew. — Talvez a senhora devesse fazer um esforço e deixá-la como está de uma vez por todas.

Quando a Sra. Stock viu, estava preparando o chutney.

— Vive no seu próprio mundo! — murmurava sobre a panela do molho vermelho e avinagrado em fervura, e, ocasionalmente, quando guardava o molho em jarros com uma colher e ele escorria, criando poças grudentas na mesa, exclamava: — Professores! *Homens!* — E, ao vestir o casaco para ir embora, acrescentava: — Não me culpe por a mesa estar coberta de jarras de vidros. Só posso pôr-lhes o rótulo amanhã e elas não vão a lugar nenhum até que eu tenha feito isso.

Assim que se viu sozinho, Andrew fez o mesmo que fizera cada noite daquela semana. Ergueu a última caixa na despensa e a carregou para fora, onde o telhado de meia-água do alpendre criava uma leve inclinação da altura de sua cabeça. Com a ajuda de uma cadeira da cozinha, despejou as hortaliças lá em cima. Alto demais para que o Sr. Stock as visse, observara o avô, tampouco a Sra. Stock.

Tomates, abobrinhas e couves-flores, todos haviam desaparecido pela manhã, mas a abóbora permanecia ali. Uma olhada cuidadosa mostrou uma área na grama levemente pisoteada ao lado do alpendre, mas Andrew, lembrando-se do conselho do avô, não fez perguntas. Ele levou a abóbora de volta e tentou cortá-la e ocultá-la no freezer. Mas nenhuma faca conseguia penetrar o couro de crocodilo daquela coisa, e então Andrew foi obrigado a enterrá-la.

A sexta-feira trouxe uma dúzia de rabanetes do Sr. Stock e cinco berinjelas inchadas. E também trouxe o novo computador de Andrew. Enfim. Finalmente. Andrew esqueceu casa, terreno, rabanetes, tudo. E passou um dia beatífico, absorto, instalando o computador e começando o banco de dados para o seu livro, o livro que queria escrever de verdade, a nova visão da História.

— Dá para acreditar? Agora é um computrator! — disse a Sra. Stock à irmã. Ela nunca conseguia falar aquela palavra corretamente. — Sentado lá o dia todo, tec-tec, como ossos secos, chega a me dar arrepios. E, se pergunto a ele alguma coisa, é: "Faça como achar melhor, Sra. Stock." Eu poderia ter lhe servido toalhas de chá aferventadas no almoço e ele nem teria notado!

VITRAL ENCANTADO

Bem, ele *era* um professor, ressaltou Trixie, e os professores tinham fama de ser distraídos. E, em sua opinião, de qualquer forma, os homens eram sempre crianças no coração.

— Professores! Crianças! — exclamou a Sra. Stock. — Eu lhe digo, é pior do que isso. Aquele homem precisa de *alguém* para mantê-lo organizado! — Então ela se calou, uma ideia havia lhe ocorrido.

O Sr. Stock olhou possessivamente pela janela do estúdio de Andrew, que ficava no térreo. Ele examinou o novo computador e a explosão de livros grossos e papéis em torno dele, na mesa, pendurados nela, nas cadeiras, no piso, por toda parte, e o caos de fios e cabos ao redor de tudo isso. A ele também uma ideia ocorreu. O homem precisava de alguém que o disciplinasse, alguém que o impedisse de interferir com aqueles que tinham trabalho de verdade para fazer. Hum...

O Sr. Stock, refletindo profundamente, a caminho de casa passou no chalé do cunhado.

Era um chalé muito bonito, com telhado de colmo e tudo, embora o Sr. Stock não conseguisse entender por que um homem na condição de Tarquin deveria suportar uma casa *velha* só por causa de sua beleza. O Sr. Stock preferia de longe seu próprio e moderno bangalô com as janelas de alumínio. As janelas de Tarquin eram todas deformadas e não mantinham as correntes de ar do lado de fora. Mas o Sr. Stock não podia deixar de olhar com ciúme para o jardim. Tarquin O'Connor tinha um toque especial, ainda que fosse apenas com flores. As rosas que agora ladeavam o caminho até a porta da frente. O Sr. Stock não podia aprovar esse tipo romântico e antiquado de rosas, mas tinha de admitir que eram perfeitas em sua espécie, grandes cachos de cálices, rosetas, verticilos e muitos e muitos botões. Mais prêmios no Festival para Tark, com certeza. E os arbustos eram tão bem-cuidados que nem um único galho espinhento se extraviava para alcançar um visitante que passasse por ali a caminho da porta. Enquanto além deles... bem, um caos. Aromas no ar. Com inveja, ele bateu à porta.

Tarquin vira o Sr. Stock chegando. Abriu a porta quase imediatamente, apoiando-se em uma muleta.

— Entre, Stockie, entre!

O Sr. Stock entrou, dizendo:

— Bom ver você, Tark. Como vão as coisas?

A isso, Tarquin retrucou:

— Acabei de pôr um bule de chá na mesa. Ora, isso não é uma sorte? — Ele virou-se, balançando-se em ambas as muletas pela sala principal, que ocupava todo o espaço do primeiro andar afora a cozinha.

Duas xícaras na mesinha redonda perto das janelas, notou o Sr. Stock.

— Esperando minha sobrinha, não é?

— Não, não, ainda não está na hora de ela chegar. Eu estava esperando você — respondeu Tarquin, arquejando um pouco enquanto se acomodava com as muletas na cadeira atrás do bule de chá.

Uma piada? Ou será que Tarquin tinha mesmo a Visão?, perguntou-se o Sr. Stock, tirando as botas. Tarquin tinha belos tapetes. Não eram do seu gosto essas coisas orientais escuras, mas eram caros. Além disso, lidar com o aspirador de pó era um trabalho e tanto para o pobre coitado. O Sr. Stock já o tinha visto, equilibrado em uma muleta, com o coto da perna apoiado em uma cadeira, raspando e esfre-

VITRAL ENCANTADO

gando com todo o empenho. Não seria bom trazer terra para dentro de casa. Ele colocou as botas perto da porta e sentou-se de frente para Tarquin de meias, perguntando-se, como de hábito, por que Tarquin tinha deixado a barba crescer. O Sr. Stock não era favorável a barbas. Ele sabia que não era por causa de cicatrizes; mas lá estava a barbicha como um tufo grisalho na ponta do queixo de Tark. Tampouco era por conveniência. Dava para ver que o homem havia raspado em torno dela cuidadosamente. Podia muito bem ter raspado tudo, mas não o fez.

Tarquin O'Connor já fora jóquei, muito bom e muito famoso. O Sr. Stock tinha feito muitas apostas em cavalos montados por Tark e nunca perdera. Naquela época, Tark era rico. A irmã bem mais nova do Sr. Stock havia tido do bom e do melhor, inclusive tratamento médico particular e caro, antes de morrer. A filha deles havia recebido uma educação dispendiosa. Mas então Tarquin sofrera uma queda terrível. Tark, pelo que ouvira dizer o Sr. Stock, tivera sorte em sobreviver, depois de ser pisoteado e esmagado em todas as direções. Ele nunca mais cavalgaria. Hoje Tarquin vivia de suas economias e do que recebia do Fundo de Jóqueis Feridos, enquanto a filha, segundo contavam os rumores, abrira mão de todos os empregos milionários que poderia ter e ficara em Melstone para cuidar do pai.

— Como está a minha sobrinha? — perguntou o Sr. Stock, na metade de sua segunda xícara de chá. — Estes biscoitos estão gostosos. Foi ela quem fez?

— Não. — Tarquin empurrou os biscoitos para mais perto do Sr. Stock. — Fui eu. Quanto a Stashe, eu gostaria que ela tivesse um pouco mais de fé em minha capacidade

DIANA WYNNE JONES

de me virar e considerasse trabalhar mais longe de casa. Ela certamente conseguiria alguma coisa na Universidade, só para começar, conseguiria, sim.

— Onde ela está trabalhando agora? — perguntou o Sr. Stock, que sabia muito bem.

Tarquin suspirou.

— Ainda nos Estábulos. Meio expediente. E juro que Ronnie a explora. Ele a manda fazer os pedigrees e estatísticas de corrida no computador até tão tarde que penso que ela não vai mais voltar para casa. Ela é a única que entende a maldita máquina.

O computador. Fora isso que dera ao Sr. Stock sua ideia. Ele se iluminou.

— É um desperdício — afirmou ele. — Agora meu novo patrão também está nessa história de computador. Tem coisas espalhadas por todo lado. Fios, papéis. Não tenho muita certeza se ele sabe o que está fazendo.

O rosto do pobre-diabo Tarquin, com seu tufo no queixo, ergueu-se para ele. Preocupado, o Sr. Stock ficou satisfeito em ver.

— Mas ele *sabe* que tem o campo de proteção para cuidar, não sabe? — perguntou Tarquin, ansioso.

Os cantos da boca do Sr. Stock se voltaram para baixo. Era o que eu queria que ele *fizesse*, e me deixasse em paz!, pensou.

— Quanto a isso, eu não sei dizer. Ele andou um pouco para lá e para cá, se é que isso quer dizer alguma coisa. Creio que acha que está aqui para escrever um livro. Agora, voltando à minha sobrinha...

— Mas se ele não sabe, alguém precisa colocá-lo a par disso — interrompeu Tarquin.

VITRAL ENCANTADO

— Isso mesmo. Mostrar-lhe que ele tem responsabilidades — concordou o Sr. Stock. — Não é minha função. Mas você poderia.

— Ah. Não. — Tarquin encolheu-se na cadeira só de pensar. — Eu nunca estive com o homem. — Ele permaneceu curvado, pensando. — Mas de fato precisamos de alguém que o sonde. Que veja se ele ao menos sabe qual é seu dever aqui, e, caso ele *não* saiba, que diga a ele. Eu me pergunto...

— Sua filha podia fazer isso — interrompeu o Sr. Stock, com audácia. — Minha sobrinha — acrescentou, pois Tarquin parecia espantado com a ideia. — Se pudéssemos persuadi-lo de que ele precisa de uma secretária... E ele precisa, disso eu não duvido. Está acostumado com várias na Universidade, tenho certeza... Então se lhe disséssemos que temos exatamente essa pessoa, não seria conveniente?

— Parece um pouco desonesto — disse Tarquin, incerto.

— Na verdade, não. Ela é coisa de primeira, a nossa Stashe. Seria capaz de fazer esse trabalho, não seria?

O orgulho fez Tarquin sentar-se ereto novamente.

— Montes de diploma — disse. — Provavelmente é boa demais para ele.

— E boa demais para os Estábulos — instigou-o o Sr. Stock.

— Um desperdício — concordou Tarquin. — Muito bem, vou falar com ela. Segunda-feira está bom?

Na mosca!, pensou o Sr. Stock.

— Segunda está bom — respondeu ele.

Quase naquele mesmo momento, a Sra. Stock dizia à irmã:

— Bem, não vá colocando ideias na cabeça de Shaun, veja bem, mas você pode lhe dizer que precisam muito dele

25

lá. O lugar está pedindo alguém que... ah... mova móveis e coisas assim. Aquele homem está de fato impossível na atual conjuntura.

— Posso lhe dar uma descrição do cargo? — perguntou Trixie.

— Isso é bobagem — respondeu a Sra. Stock. — De qualquer forma, *alguém* precisa fazer alguma coisa e eu estou muito ocupada. Vamos cuidar disso bem cedo na segunda, está bem?

Dessa forma, fizeram-se planos para manter Andrew sob controle. O problema era que nem o Sr. nem a Sra. Stock haviam pensado muito seriamente sobre como Andrew era de verdade, ou sobre o que fazia de Melstone um lugar tão especial, então não foi nenhuma surpresa que os acontecimentos seguissem um caminho bem diferente.

Isso ocorreu, principalmente, porque Aidan Cain também apareceu na segunda-feira.

CAPÍTULO DOIS

Aidan Cain desceu do trem em Melton e entrou na fila do táxi. Enquanto a fila avançava lentamente, Aidan pegou a carteira velha e surrada que a Vó lhe dera pouco antes de morrer e a abriu com cuidado. Por um milagre, havia dinheiro suficiente para passagem saindo de Londres, mais um sanduíche de bacon e uma barra de chocolate. Agora, as únicas coisas ali dentro eram os dois cupons fiscais da comida, um pequeno pedaço do chocolate e um pedaço maior do sanduíche. A Vó criara Aidan para não enganar as pessoas, mas a situação era desesperadora.

Ainda avançando lentamente, Aidan tirou os óculos e fechou a carteira. Segurando os óculos na boca pela haste, tornou a abrir a carteira e olhou lá dentro com cautela. Sim. Os dois recibos insignificantes agora tinham o aspecto exato de uma cédula de vinte libras e outra de dez. Aidan fitou-as por um momento a olho nu, esperando que isso as fixasse naquela forma, e então recolocou os óculos. Para seu alívio, os dois cupons ainda pareciam dinheiro.

— Eu... eu preciso ir para Melstone — disse ele ao motorista de táxi quando chegou sua vez. — Hã... Melstone House em Melstone.

O motorista não se mostrou ansioso em dirigir tantos quilômetros pelo campo por causa de um garoto. Ele olhou os cabelos castanhos empoeirados de Aidan, o agasalho encardido, o jeans surrado e os tênis gastos, o rosto pálido e preocupado e os óculos baratos.

— São mais de trinta quilômetros — disse ele. — Vai ser caro.

— Quanto? — perguntou Aidan.

A ideia de caminhar trinta quilômetros era desanimadora, mas ele supôs que pudesse perguntar o caminho. Mas como saberia qual era a casa quando chegasse lá? Perguntaria outra vez, provavelmente. Levaria o dia inteiro. Tempo suficiente para que o alcançassem.

O motorista inclinou a cabeça, calculando uma quantia que fosse improvável o garoto ter.

Trinta libras? — sugeriu. — Você tem esse dinheiro?

Sim — disse Aidan.

No maior alívio, ele entrou no táxi escondendo os dedos cruzados da vista do motorista, que suspirou, irritado, e deu partida.

Era uma distância e tanto. O táxi seguiu gemendo pela cidade por tanto tempo que Aidan teve de desistir de prender a respiração, por medo de que acabasse sem ar com a perseguição. Mas só voltou a respirar com facilidade quando o táxi passou a fazer um ruído mais suave em uma estrada entre campos e bosques. Pela janela, Aidan fitava cercas vivas entrelaçadas com cerefólio silvestre e supôs que

VITRAL ENCANTADO

devia estar admirando os campos. Poucas vezes ele havia se afastado tanto de Londres. Mas estava nervoso demais para apreciar a paisagem adequadamente. Mantinha os dedos cruzados e os olhos a maior parte do tempo no taxímetro. O aparelho tinha acabado de marcar 17,60 libras quando chegaram a um vilarejo, um local comprido e serpenteante, onde a estrada era ladeada por casas antigas e novas, jardins e postes telegráficos. Começaram a descer a colina, passando por um pub e um gramado além dele, com um lago de patos e árvores frondosas, então tornaram a subir, passando por uma igrejinha atarracada cercada por mais árvores. Finalmente, dobraram numa alameda lateral com superfície coberta por musgo e pararam com um coaxar diante de um grande par de portões de ferro, encimados pelo arco de uma maciça faia púrpura. O taxímetro agora marcava 18,40 libras.

— Aqui estamos — disse o motorista, acima do resfolegar do táxi. — Melstone House. Trinta libras, por favor.

Aidan agora estava tão nervoso que batia os dentes.

— O taxímetro diz... diz dezoito libras... e quarenta — conseguiu dizer.

— Sobretaxa de intermunicipalidade — retrucou o motorista descaradamente.

Acho que ele está me enganando, pensou Aidan enquanto descia do táxi. Isso fez com que se sentisse um pouco melhor ao entregar os dois cupons fiscais, mas não muito. Ele só esperava que não voltassem à forma antiga cedo demais.

— Não dá gorjeta, é? — questionou o motorista ao pegar o suposto dinheiro.

— É... é contra a minha religião — respondeu Aidan.

Seu nervosismo obscurecia-lhe a visão, de modo que ele teve de se inclinar para a frente a fim de ler as palavras "Melstone House" esculpida em um dos pilares de pedra do portão. Então é isso mesmo!, pensou conforme o táxi se afastava ruidosamente, descendo a alameda. Ele empurrou um dos portões de ferro, abrindo-o com um retinido e um clamor de metal enferrujado sendo raspado, e foi parar em uma entrada de garagem. Estava tão nervoso agora que tremia.

A vegetação parecia excessivamente alta além do portão, mas, quando Aidan contornou um canto de arbustos, deparou-se com a luminosa luz do dia. A curva gramada da entrada da garagem levava a uma casa de pedra muito, muito velha e decadente. Uma bela casa, pensou Aidan. Tinha uma espécie de sorriso em suas janelas tortas, e havia um grande carvalho erguendo-se atrás dela. Aidan viu um carro danificado mas bem novo estacionado diante da porta da frente, o que era promissor. Parecia que o velho Sr. Brandon estava em casa afinal.

O menino passou sob as trepadeiras que contornavam a porta da frente e bateu com a aldrava.

Quando nada aconteceu, ele encontrou o botão da campainha escondido em meio às trepadeiras e o apertou. *Blim-blom*, soou lá dentro em algum lugar. Quase de imediato a porta foi violentamente aberta por uma senhora magra e loura com um penteado imponente e um guarda-pó azul engomado.

— Está bem, está bem, eu já estava vindo! — disse a senhora. — Como se eu não tivesse o bastante para fazer... Quem é *você*? Eu estava certa de que era o nosso Shaun!

VITRAL ENCANTADO

Aidan achou que devia se desculpar por não ser o nosso Shaun, mas não tinha muita certeza de como fazer isso.

— Meu... meu nome é Aidan Cain. Hã... posso falar com o Sr. Jocelyn Brandon, por favor?

— Esse é o Professor Hope agora — disse a senhora com certo ar de triunfo. — É o neto. O velho Sr. Brandon morreu faz quase um ano. — Ela não acrescentou: "E agora vá embora!", mas Aidan podia ver que era o que a senhora queria dizer.

Ele sentiu-se horrível e aflitivamente vazio e duplamente envergonhado. Envergonhado por não saber que o Sr. Brandon morrera, e ainda mais envergonhado por estar agora perturbando um ainda mais completo estranho. Além disso, tinha a sensação de que dera de cara com um muro. Não havia literalmente mais nenhum lugar aonde pudesse ir.

— Posso dar uma palavrinha com o Professor Hope, então? — perguntou ele, desesperado.

— Suponho que *sim* — admitiu a Sra. Stock. — Mas eu lhe aviso, ele está com a cabeça naquele computrator e provavelmente não vai ouvir uma palavra do que você disser. Estou tentando falar com ele a manhã inteira. Entre então. Por aqui.

Ela conduziu Aidan por um corredor escuro de pedra. Tinha um andar muito peculiar, pensou Aidan, com as pernas bem separadas, como se estivesse tentando andar de ambos os lados de um muro baixo ou algo assim. Seus pés batiam nas lajes do piso enquanto ela fazia uma curva e abria uma porta preta baixa.

— Visita para o senhor — anunciou ela. — Como é mesmo seu nome? Alan Cray? Aqui está ele então — acrescentou, e se foi, batendo os pés.

31

— É Aidan Cain — corrigiu Aidan, piscando no imenso clarão de luz dentro do estúdio entulhado.

O homem sentado ao computador do lado de uma das grandes janelas voltou-se e piscou ao vê-lo. Também usava óculos. Talvez todos os professores usassem. De resto, seu cabelo era um emaranhado de branco e louro, e as roupas eram tão velhas e encardidas quanto as de Aidan. Seu rosto pareceu a Aidan um tanto brando e submisso. Parecia muito mais velho do que o neto de alguém tinha o direito de ser. O coração de Aidan apertou-se ainda mais. Ele não conseguia ver essa pessoa sendo de nenhuma ajuda.

Andrew Hope estava confuso com Aidan. Ele conhecia pouquíssimos garotos e sabia que Aidan não era um deles.

— Em que posso ajudar? — perguntou.

Pelo menos tem uma voz agradável, pensou Aidan, antes de respirar fundo e tentar parar de tremer.

— Sei que o senhor não me conhece — começou ele. — Mas minha avó... ela me criou... disse... Ela... ela morreu na semana passada, sabe...

Então, para seu horror, ele explodiu em lágrimas. Não podia *acreditar* naquilo. Fora tão bravo e controlado até ali. Não havia chorado nem uma única vez, nem mesmo naquela noite terrível quando encontrara a Vó morta na cama.

Andrew estava igualmente horrorizado. Não estava acostumado a pessoas chorando. Mas sabia reconhecer a verdadeira aflição quando se deparava com ela. Ele se levantou num pulo e começou a tagarelar:

— Ei, fique calmo. Pronto, pronto, pronto. Tenho certeza de que podemos fazer alguma coisa. Sente-se, sente-se, Aidan, acalme-se e me conte tudo.

VITRAL ENCANTADO

Ele segurou o braço de Aidan e o sentou na única cadeira vazia ali — na única, reta e dura, encostada à parede — e continuou matraqueando:

— Você não é daqui, é? Veio de longe?

— L-Londres — Aidan conseguiu dizer enquanto era empurrado para a cadeira e tentava tirar os óculos antes que ficassem cobertos de lágrimas salgadas.

— Então você vai precisar de alguma coisa... alguma coisa... — Sem saber mais o que fazer, Andrew correu para a porta, a abriu e berrou: — Sra. Stock! Sra. Stock! Precisamos de café e biscoitos aqui imediatamente, por favor!

A voz da Sra. Stock a distância disse algo como:

— Quando eu tiver mudado este infeliz piano de lugar.

— Não. *Agora!* — gritou Andrew. — Deixe o piano aí! De uma vez por todas, eu a proíbo de tirar esse maldito piano do lugar! Traga um café, por favor. *Agora!*

Fez-se um silêncio perplexo a distância.

Andrew fechou a porta e voltou para Aidan, murmurando:

— Eu mesmo iria buscar, só que ela arma uma confusão tão grande se eu desarrumo sua cozinha.

Aidan olhou para Andrew com os óculos na mão. Visto a olhos nus, esse homem, na verdade, não era nem um pouco submisso e resignado. Ele tinha poder, um poder grande e bondoso. Aidan via esse poder resplandecendo ao redor dele. Talvez pudesse ser de alguma ajuda afinal.

Andrew empurrou dois manuais de computador e um punhado de panfletos de história de outra cadeira e a girou, colocando-a de frente para Aidan.

— Bem — disse ele, sentando-se —, o que foi que sua avó disse?

Aidan fungou e então engoliu em seco, com firmeza. Estava determinado a não perder o controle novamente.

— Ela... ela me disse — começou ele — que se algum dia eu estivesse em apuros depois que ela morresse, eu devia procurar o Sr. Jocelyn Brandon em Melstone. Ela me mostrou Melstone no mapa. E sempre repetia isso.

— Ah. Entendo. Então você veio aqui e descobriu que ele está morto. Agora só tem eu aqui. Sinto muito por isso. Sua avó era muito amiga do meu avô?

— Ela falava muito dele — contou Aidan. — Dizia que seu campo de proteção era muito mais importante que o dela e que ela sempre se aconselhava com ele. Os dois trocavam cartas. Ela chegou a telefonar para ele certa vez, quando houve uma crise relacionada a um sacrifício humano a duas ruas de distancia, e ele lhe disse exatamente o que fazer. Ela ficou muito grata.

Andrew franziu a testa. Lembrou-se do avô, quando Andrew ainda era garoto, dando conselhos a praticantes de magia de todo o país. Teve uma Sábia Escocesa perturbada que apareceu certa vez na porta dos fundos. No fim, despediu-se de Jocelyn sorrindo. Mas também teve um Homem de Poder barbudo e com cara de louco que havia quase matado Andrew de susto ao olhá-lo, maliciosamente, pelo vidro púrpura no café da manhã. O velho Jocelyn ficara muito zangado com aquele homem.

"Recusa-se a passar seu campo de proteção para alguém são!", Andrew lembrava-se de seu avô dizendo. "Pelo amor de Deus, o que ele *espera*?"

VITRAL ENCANTADO

Andrew havia esquecido essas pessoas. Elas haviam sido interrupções misteriosas e assustadoras às suas bem--aventuradas férias.

Especulando se algum deles fora essa avó de Aidan, perguntou:

— Quem era sua avó? Qual o nome dela?

— Adela Cain — disse Aidan. — Ela foi uma cantora...

— Não! *É mesmo?* — O rosto de Andrew se iluminou. — Nunca me passou pela cabeça que ela tivesse um campo de proteção! Quando eu tinha uns 15 anos, colecionava todos os seus discos. Ela era uma cantora maravilhosa... e linda também!

— Ela não cantava muito quando estava comigo — disse Aidan. — Parou depois que minha mãe morreu e eu tive que ir morar com ela. A Vó dizia que a morte de mamãe tinha sido um golpe muito forte para ela.

— Sua mãe também era viúva? — perguntou Andrew.

Aqui Aidan se viu um pouco confuso.

— Eu não sei se alguma das duas se casou. A Vó não gostava de ficar presa. Mas nunca deixou de se queixar da minha mãe. Dizia que meu pai não prestava e que mamãe devia ter tido mais juízo do que cair de amores por alguém que sabidamente era casado. Isso é tudo o que sei, de verdade.

— Ah — disse Andrew. Ele percebeu que cometera uma gafe e mais que depressa mudou de assunto. — Então você ficou sozinho no mundo depois da morte de sua avó?

— Na semana passada. Sim — respondeu Aidan. — Os assistentes sociais ficaram perguntando se eu tinha algum outro parente, assim como os Arkwright, a família adotiva temporária em que me colocaram. Mas a... a *verdadeira* razão de eu ter vindo aqui foram os Perseguidores...

Aidan foi obrigado a parar de falar nesse momento. Ele não estava arrependido. Os Perseguidores tinham sido o apavorante toque final na pior semana de sua vida. Foi a Sra. Stock que causou a interrupção ao abrir a porta com o pé e virar o corpo para dentro da sala carregando uma grande bandeja.

— Bem, eu não sei o que fiz para merecer isto! — disse ao se virar novamente. — É certamente uma invasão. Primeiro esse garoto. Agora são o Sr. Stock e esse jóquei de uma perna só com aquela filha convencida que vieram ver o senhor. E nenhum sinal do nosso Shaun.

A Sra. Stock não parecia se importar com o fato de que todas as pessoas de quem ela estava falando pudessem ouvi-la. Enquanto descarregava a bandeja sobre os livros empilhados na mesa mais próxima, os outros três a seguiram, entrando no estúdio. Aidan estremeceu, sabendo que a Sra. Stock o considerava um intruso, e recostou-se à parede, observando em silêncio.

O Sr. Stock veio primeiro, de chapéu, como sempre. Aidan ficou fascinado pelo chapéu do Sr. Stock. Talvez um dia tivesse sido uma espécie de panamá. Talvez um dia tivesse sido de uma cor definida. Agora mais parecia uma coisa que crescera — como um fungo — na cabeça do Sr. Stock, tão amassado e usado e puxado por mãos sujas de terra que podia ser confundido com um cogumelo que havia acidentalmente crescido e se transformado em uma espécie de chapéu de gnomo. Seu topo era ligeiramente abobadado, e a aba, mole. E tinha um cheiro marcante.

VITRAL ENCANTADO

Depois desse chapéu, Aidan ficou novamente atônito com o homenzinho de uma perna só, que se deslocava energicamente na sala com as muletas. *Ele* sim deveria ter o chapéu, pensou Aidan, pois certamente era um gnomo, de barba e tudo. Mas sua cabeça que começava a ficar grisalha estava descoberta e ligeiramente calva.

— O senhor conheceu meu cunhado, Tarquin O'Connor anunciou o Sr. Stock.

Ah, não. Ele é irlandês. É um leprechaun, pensou Aidan.

— Ouvi falar do senhor. Muito prazer em conhecê-lo — disse Andrew, e correu para tirar coisas de outra cadeira para que Tarquin pudesse se sentar, o que Tarquin fez, muito habilmente, girando o coto da perna e suas muletas, e oferecendo um sorriso de agradecimento a Andrew.

— Tark era jóquei — disse o Sr. Stock a Andrew. — Ganhou o Derby. E trouxe a filha, minha sobrinha Stashe, para uma entrevista.

Aidan ficou perplexo uma terceira vez, agora com a filha de Tarquin O'Connor. Ela era linda. Tinha um daqueles rostos com maçãs do rosto no alto das bochechas delicadas e olhos ligeiramente oblíquos que ele só vira antes nas capas de revistas femininas. Seus olhos também eram verdes, como os de personagens de conto de fadas, e a moça era de fato tão esguia quanto uma vara. Aidan se perguntou como alguém tão semelhante a um gnomo como Tarquin podia ser o pai de uma moça tão adorável. A única semelhança familiar era o fato de serem ambos pequenos.

Stashe entrou com o cabelo claro na altura dos ombros, um sorriso para todos — mesmo para Aidan e para a Sra. Stock — e um olhar para o pai que perguntava: "Está bem

37

acomodado nessa cadeira, papai?" Parecia carregar consigo todos os sentimentos relacionados a ser caloroso e humano. Sua personalidade claramente nada tinha a ver com conto de fadas. Ela vestia jeans, um colete acolchoado e galochas. Não, absolutamente *não* era um personagem de conto de fadas, pensou Aidan.

A Sra. Stock olhou-a furiosa. Tarquin então lançou-lhe um olhar do tipo "Não me aborreça!". Andrew estava tão espantado quanto Aidan. Ele se perguntava o que aquela moça bonita estava fazendo ali. Foi até lá, livrando outra cadeira dos papéis que se acumulavam, e apertou a mão que a jovem estendia para ele.

— Stashe? — perguntou.

— Apelido de Eustacia. — Stashe retorceu a boca, mostrando o que pensava daquele nome. — Culpe meus pais.

— Culpe sua mãe — retrucou Tarquin. — Era o nome preferido dela. Não meu.

— Por que eu deveria entrevistar você? — perguntou Andrew, no tom aturdido que com frequência achava muito útil.

— Eu a sugeri como sua nova secretária — anunciou o Sr. Stock. — Meio período, creio eu. Agora vou deixar que prossigam, está bem? — E saiu da sala marchando, empurrando a Sra. Stock à sua frente.

A Sra. Stock, ao sair, virou a cabeça para dizer:

— Vou lhe trazer Shaun assim que ele chegar. — O que soou como uma ameaça.

Andrew ocupou-se bastante servindo a todos café e um pouco daqueles biscoitos rechonchudos, macios e irregulares que a Sra. Stock sempre fazia. Precisava de tempo para pensar naquilo tudo.

VITRAL ENCANTADO

— Tenho que resolver a questão com essa jovem primeiro — disse ele em tom de desculpas para Aidan. — Mas vamos conversar depois.

Ele me trata como adulto!, pensou Aidan. Então teve de equilibrar o café na escrivaninha ao seu lado, a fim de tirar os óculos e piscar, reprimindo mais lágrimas. Todos sempre o trataram como criança, e uma criança bem pequena, depois que a Vó morreu, principalmente os Arkwright. "Venha e me dê um abraço como o menino bonzinho que você é" era a frase favorita da Sra. Arkwright. A outra era: "Agora não preocupe a sua cabecinha com isso, querido." Eles eram muito bondosos — tão bondosos que chegavam a ser constrangedores. Aidan se doía todo por dentro só de pensar neles.

Enquanto isso, Andrew dizia a Tarquin:

— O senhor mora naquele chalé com as rosas, não é? — Tarquin, lançando-lhe um olhar de esguelha e analítico, assentiu. — Eu as admiro todas as vezes que passo por lá — prosseguiu Andrew, parecendo desesperado para dizer algo cortês.

Tarquin tornou a assentir e sorriu.

— Ah, não precisa perder tempo com cortesias — protestou Stashe. — Vamos direto ao assunto. Ou o senhor no fim das contas não aprova, pai?

— Ah, eu gosto bastante dele — disse Tarquin. — Mas receio que o professor não nos queira. O senhor é um pouco recluso, não é?

— Sim — respondeu Andrew, confuso.

Aidan prendeu os óculos em um joelho, tomou seu café e ficou observando, fascinado. Para seus olhos nus, ali estavam três pessoas fortemente mágicas. Ele estivera certo ao pensar no homenzinho bravo e astuto de uma perna só como um leprechaun. Era quase isso. Alguém cheio de dons. Mas exatamente que influência isso exercia em Stashe, Aidan não sabia dizer. Ela era tão *afetuosa*. E direta como um raio de sol.

— Ah, deixem de rodeios, vocês dois! — dizia ela agora. — Eu seria uma boa secretária, Professor Hope. Tenho todas as qualificações possíveis, inclusive a magia. Papai me ensinou magia. Ele é uma autoridade e tanto, o papai. Por que não me aceita para uma semana de experiência, sem compromisso, sem ressentimentos se não der certo?

— Eu... hã... — retrucou Andrew. — Suponho que hesito por já ter dois funcionários de personalidade forte. E tem a questão do dinheiro...

Stashe jogou a cabeça para trás e riu para as vigas do teto.

— Esses Stock — comentou ela. — Não gostam de mudanças, nenhum deles. Eles vão mudar de opinião. Enquanto isso, diga sim ou não. Eu lhe disse quanto cobraria. Se não puder pagar, diga não. Se puder, diga sim. Acho que vai descobrir que valho essa quantia. E então pode voltar para esse pobre garoto sentado aqui, morrendo de preocupação.

Todos os três se voltaram e olharam para Aidan.

Tarquin, que evidentemente estivera observando o menino o tempo todo sem parecer sequer olhá-lo, disse:

— Está com vários problemas, não é, filho?

Stashe abriu um sorriso ofuscante para Aidan, e Andrew lançou ao garoto um olhar surpreso, que dizia: "Ah, puxa! É tão ruim assim?"

VITRAL ENCANTADO

— Quem está perseguindo você agora? — acrescentou Tarquin.

— Assistentes sociais, eu acho. A essa altura já devem ter a polícia com eles — Aidan se viu respondendo. O homenzinho era *mesmo* poderoso. Aidan tivera a intenção de parar por ali, mas parecia compelido a prosseguir: — E pelo menos três grupos de Perseguidores. Dois deles tiveram uma espécie de luta no jardim da minha família adotiva na noite de anteontem. Os Arkwright chamaram a polícia, e o sargento disse que eram gatos, provavelmente. Mas não eram. Todos nós vimos um tipo sombrio de... gente. Eles desaparecem à luz do dia. Foi por isso que fugi quando o sol nasceu esta manhã.

Fez-se um breve silêncio, então Andrew falou:

— A avó de Aidan morreu na semana passada e lhe disse, antes de morrer, que procurasse Jocelyn Brandon se estivesse em apuros. E, naturalmente, meu avô também está morto.

Depois de outro breve silêncio, Stashe disse:

— Beba mais um pouco de café.

— E dê outro biscoito a ele — acrescentou Tarquin. — Você já tomou café da manhã?

Aidan pensou que ia chorar novamente. Ele conseguiu se controlar, dizendo:

— Eu tinha dinheiro para um sanduíche de bacon.

— Ótimo — disse Tarquin. — Esses Perseguidores. Eles eram fantasmas? Esse tipo de coisa?

Aidan fez que sim com a cabeça.

— Três tipos. Pareciam saber exatamente onde eu estava.

— Difícil — comentou Tarquin. — Não se pode esperar que a polícia ajude muito num caso como esse. Na minha opinião, você precisa se esconder, filho. Minha casa não tem tanta proteção quanto esta, mas você é bem-vindo, se quiser ficar comigo. A ajuda seria útil.

Antes que Aidan pudesse dizer qualquer coisa, Stashe lançou um olhar de ironia ao pai e levantou-se de um salto da cadeira:

— Certo, pai — disse ela. — Posso até ver você tentando lutar contra um bando de fantasmas, brandindo a muleta contra eles! Precisamos tomar uma decisão acertada aqui. Deve haver uma forma de manter o garoto em segurança. É o jornal de hoje que estou vendo ali?

Andrew, que estendia os biscoitos para Aidan e lentamente tomava sua própria decisão, olhou vagamente à sua volta e disse:

— A Sra. Stock trouxe o jornal para cá, eu acho.

Stashe já estava puxando o jornal preso embaixo da bandeja. Atirou a maior parte dele, com impaciência, no chão em meio aos panfletos de história e pegou a seção de esportes, que então abriu.

— Onde é que dizem os resultados das corridas neste jornaleco? Ah, aqui, bem no fim. Vamos ver. Kempton, Warwick, Lingfield, Leicester... muitos para escolher. Qual ganhou a primeira corrida em Kempton então? Eu sempre vou para a primeira que eles dão.

Tanto Aidan quanto Andrew a olharam, espantados.

— Para que quer saber isso? — perguntaram quase ao mesmo tempo.

— Aconselhamento — disse Stashe. — Previsões. Eu sempre uso os resultados das corridas como oráculo. Olho

VITRAL ENCANTADO

a primeira corrida e a última na primeira pista da lista, e então a última corrida na última pista.

— Não pode estar falando sério! — exclamou Aidan.

— Funciona para ela — afirma Tarquin, perfeitamente sério. — Nunca soube de ter falhado.

— Ah, olhe só! — falou Andrew. — Um cavalo que ganhou ontem, longe daqui, não pode ter nada a ver com...

Ele se conteve quando Stashe começou a ler em voz alta:

— Duas e cinco, em Kempton: primeiro, Ameaça Negra, segundo, Fugitivo, terceiro, Santuário. Isso parece resumir a situação muito bem, não é? Agora a última corrida. Primeiro, Esperança de Aidan, segundo, Esconderijo, terceiro, O Professor. Acho que isso resolve. Professor Hope, ele tem de ficar aqui com o senhor.

Andrew tinha certeza de que Stashe estava inventando aqueles nomes.

— Não acredito nisso! — sentenciou ele, e pegou o jornal das mãos dela.

Mas estavam todos lá, impressos, exatamente como ela os lera.

— Agora leia a última corrida em Leicester — pediu Tarquin. — Ela usa essa como confirmação.

Andrew correu o jornal à sua frente, e seus olhos se arregalaram. Ele leu alto, numa voz que diminuía de intensidade, atônita:

— Primeiro, Perigo Real, segundo, Fuga para a Esperança, terceiro, Jeito de Eustacia. Olhe só — disse —, a maior parte dos cavalos tem nomes como Bahajan King, Lorde Hannibal ou alguma coisa em árabe. O que você faz quando surge um desses?

43

— Ah, isso é simples — disse Stashe, alegremente. — De acordo com a posição em que entram esses que não têm significado, em primeiro, segundo ou terceiro, eles lhe dão um ponto de interrogação para a profecia ou aconselhamento. Significam: "Isso *pode* funcionar" ou "Isso é tudo que posso lhe dizer", coisas assim.

Essa garota é maluca, pensou Andrew. Totalmente. Mas preciso, sim, de ajuda com o computador.

— Ela é muito sensata — acrescentou Tarquin, prestimoso.

A boca de Andrew se abriu para contradizer essa afirmativa, mas, naquele momento, a Sra. Stock enfiou a cabeça pela abertura da porta.

— Aqui está nosso Shaun — anunciou. — E o senhor vai empregá-lo como faz-tudo aqui. Se não fizer isso e empregar essa Stashe, eu vou embora e o senhor pode procurar outra governanta!

Todos a olharam. Tentando não rir, Andrew tirou os óculos e os limpou lentamente com o lenço.

— Não me tente, Sra. Stock — disse ele. — Não me tente.

A Sra. Stock se empertigou.

— Isso é uma pia...? — começou ela. Então ocorreu-lhe que podia não ser uma piada. Lançou a Andrew um olhar de soslaio. — Bem, seja como for, este é o nosso Shaun. — E empurrou um jovem corpulento para dentro da sala.

Shaun devia ter uns dezoito anos. Foi necessário apenas um olhar para que Andrew — e também Aidan — vissem que Shaun era uma daquelas pessoas em Melstone que acusavam de ter "um parafuso frouxo na cabeça", ou, pensou Aidan, que os Arkwright chamariam de "mentalmente defi-

VITRAL ENCANTADO

cientes". O rosto e o corpo eram gordos daquela maneira que indicava que estavam tentando compensar o pouco cérebro. Seus olhos pareciam apertados nos cantinhos. Ele ficou ali parado, perplexo e constrangido pela forma como todos o olhavam, e enrolou os polegares gorduchos na camiseta, envergonhado.

— Ele pode fazer quase tudo — afirmou a Sra. Stock, entrando atrás de Shaun. — Desde que se explique antes.

O Sr. Stock estivera prudentemente escondido atrás das janelas do estúdio para ver como Stashe se saía. Nesse momento, enfiou a cabeça, e o chapéu, pela abertura mais próxima.

— Eu não quero esse apalermado zanzando por aqui! — disse. — Ele pisoteou todos os meus tomates no ano passado.

E, de repente, estavam todos gritando uns com os outros. Shaun deu vazão a um grande berro de tenor.

— Não foi minha *culpa*, não!

Stashe gritou com o tio para não meter o bedelho, e então virou-se e gritou com a Sra. Stock. A Sra. Stock gritou de volta, cada vez mais estridente, defendendo Shaun e dizendo a Stashe que mantivesse seu nariz mandão e controlador longe dos negócios do Professor Hope. Tarquin quicava em sua cadeira e gritava que não ia ficar ali sentado vendo a filha ser insultada, enquanto o Sr. Stock mantinha um estrondo constante, como um grande bombo, e parecia estar insultando a todos.

Aidan nunca ouvira nada *assim*. Ficou recostado em sua cadeira dura e manteve a boca fechada. Andrew revirou os olhos. Finalmente, pôs os óculos e marchou até sua mesa, onde encontrou uma régua comprida, arredondada e antiga, levou-a até as costas e a bateu com violência na lateral do computador. CLANG!

A gritaria cessou. Andrew tornou a tirar os óculos, com o intuito de não ver o olhar incrédulo de todos voltado para ele.

— Obrigado — disse ele. — Se vocês todos já acabaram de cuidar de meus assuntos para mim, agora vou lhes dizer o que *eu* decidi. Shaun, você pode trabalhar aqui por uma semana como experiência. — Ele tinha pena de Shaun e pensou que uma semana não faria mal a ninguém. — Está bom para você? — perguntou. Shaun respondeu com um meneio de cabeça ansioso e aliviado. — E você, Stashe — prosseguiu Andrew —, como sabe mexer com computador, pode vir fazer um mês de experiência. Preciso criar um banco de dados e digitalizar muitos documentos, e tem alguma coisa errada com este computador. — Provavelmente muito mais, ele pensou, agora que tinha batido na coisa. — Assim está bem?

A Sra. Stock fechou a cara. Stashe, parecendo serelepe e triunfante, disse:

— Posso vir nas terças, sextas e segundas. Quando começo?

— Ela trabalha nos Estábulos nos outros dias — explicou Tarquin.

— Então comece amanhã — disse Andrew. — Nove e meia.

Aidan estava muitíssimo aliviado. Até aquele momento havia pensado que Andrew era o tipo de pessoa em quem todos mandam.

VITRAL ENCANTADO

— Sr. Stock — continuou Andrew —, tenho certeza de que o senhor tem trabalho a fazer. E Sra. Stock, pode preparar a cama no quarto de hóspedes da frente, por favor? Aidan vai ficar aqui conosco até resolvermos o que ele deve fazer.

— Ah, *obrigado*! — disse Aidan, com um arquejo.

Ele mal podia respirar, de tão aliviado e grato que estava.

Capítulo Três

Andrew estava ansioso para fazer mais perguntas a Aidan, mas teria de esperar até a noite, quando o Sr. e a Sra. Stock tivessem ido embora. De qualquer forma, Aidan caíra em um sono de exaustão assim que a Sra. Stock o levara ao quarto de hóspedes.

Lá embaixo, as coisas estavam muito agitadas. O Sr. Stock estava furioso com a maneira como a Sra. Stock havia empurrado Shaun à força para a rotina da casa. E a Sra. Stock não perdoaria o Sr. Stock por trazer Stashe. Ela estava um pouco aborrecida com Andrew também.

— Eu acho — disse ela à irmã — que com todo o trabalho que tenho, ele não devia ter acolhido aquele menino. Tampouco tenho ideia de quanto tempo o garoto vai ficar. Vive em seu próprio mundo, aquele homem!

Como sempre que estava aborrecida, ela fez couve-flor gratinada.

Eu como — disse Aidan, quando Andrew estava prestes a jogar tudo fora.

Andrew hesitou, com a travessa acima da lixeira.

Não quer pizza? — perguntou, um tanto surpreso.

— Posso comer isso também — disse Aidan.

Enquanto tornava a colocar a infame couve-flor no forno, Andrew experimentou uma súbita e quase esmagadora lembrança do quanto precisava comer quando tinha a idade de Aidan. Essa lembrança trouxe junto uma torrente de outras bem mais vagas, de coisas que o velho Jocelyn tinha dito e feito e do quanto Andrew havia aprendido com o avô. Mas ele não conseguia identificá-las com precisão. Pena, ele pensou. Tinha quase certeza de que muitas dessas coisas eram importantes, tanto para ele quanto para Aidan.

Depois do jantar, levou Aidan para a sala de estar e começou a lhe fazer perguntas. Começou, diplomaticamente, com questionamentos inocentes sobre a escola e os amigos. Aidan, depois de olhar à sua volta e perceber, com tristeza, que Andrew não tinha televisão, estava pronto para responder. Tinha muitos amigos, ele contou a Andrew, e até gostava bastante da escola, mas teve de abrir mão de tudo quando os assistentes sociais o levaram para os Arkwright, que moravam em algum lugar nos subúrbios de Londres.

— Mas, de qualquer forma, já estávamos mesmo no fim do ano — disse Aidan, tranquilizando-o.

Ocorreu-lhe que Andrew, sendo professor, provavelmente estaria preocupado com sua educação.

Andrew fez uma anotação mental do endereço dos Arkwright. A família certamente estaria preocupada. Então ele passou para as perguntas sobre a avó de Aidan, as quais o menino estava ainda mais disposto a responder. Ele falava alegremente sobre ela. Não demorou muito para que Andrew formasse a imagem de uma senhora adorável e admiravelmente espirituosa, que criara Aidan de fato muito bem. Também estava claro que Aidan a amara muito. Andrew começou a pensar que Adela Cain fora tão maravilhosa quanto ele imaginara na época em que colecionava seus discos.

Agora vinha a parte difícil. Andrew passou os olhos pela sala comprida e tranquila, onde as janelas se abriam para a luz do sol poente. Um aroma doce e bom entrava com os últimos raios do sol, provavelmente das poucas flores que o Sr. Stock tinha reservado tempo para plantar. Seria isso mesmo? Aidan tirara os óculos e olhava com cautela para as janelas abertas, como se pudesse haver uma ameaça lá fora, e então pareceu aliviado, como se o aroma fosse seguro. Nesse momento Andrew lembrou-se de que havia sempre aquele mesmo doce aroma ali, *sempre* que as janelas estavam abertas.

Ele sentiu-se irritado. Sua memória parecia tão ruim que ele precisava de Aidan para lembrá-lo das coisas que devia saber. Resolveu tomar um drinque. Era uma dose tão pequena, num copo tão pequeno, que Aidan ficou olhando para ele. Certo de que não tinha como um gole tão pequeno ter efeito algum. Por outro lado, ele pensou, a gente tomava remédio às colheradas, e alguns eram mesmo muito fortes.

— Agora — começou Andrew, tornando a acomodar-se na confortável poltrona —, acho que preciso lhe perguntar sobre aqueles sombrios Perseguidores que você mencionou.

VITRAL ENCANTADO

— Você não acreditou em mim? — perguntou Aidan com tristeza.

Assim como os assistentes sociais e a polícia, ele pensou. Eles não haviam acreditado em uma só palavra sua.

— É claro que acredito em você — assegurou-lhe Andrew. Sabia que não ia conseguir tirar nada de Aidan, a menos que dissesse isso. — Não se esqueça de que meu avô era um mágico poderoso. Ele e eu vimos muitas coisas estranhas juntos. — E viram mesmo, Andrew se deu conta, embora não conseguisse por nada se lembrar do que tinham visto. — Qual foi a primeira vez que viu essas criaturas?

— Na noite em que a Vó morreu — disse Aidan. — O primeiro grupo veio e ficou reunido no quintal. Eram altos e imponentes. E me chamaram pelo nome. Pelo menos, pensei que estivessem me chamando, mas na verdade estavam chamando "Adam"...

— Eles se enganaram com seu nome? — perguntou Andrew.

— Não sei. Muitas pessoas se enganam — afirmou Aidan. — Os assistentes sociais também acharam que meu nome fosse Adam. Eu fui correndo para o quarto da Vó para contar a ela sobre os Perseguidores e... — Aqui ele teve de parar e engolir em seco. — Foi como descobri que ela havia morrido.

— O que você fez então? — perguntou Andrew.

— Liguei para a emergência — contou Aidan, desolado. — Isso foi tudo em que consegui pensar. Os Perseguidores desapareceram quando a ambulância chegou, e eu só voltei a vê-los quando apareceram do lado de fora da casa dos Arkwright, com os outros dois grupos que brigavam entre si. Isso foi duas noites depois. Acho que fiquei o tempo todo sentado naquele escritório, enquanto as pessoas ligavam para perguntar o que fazer comigo, e eles não conseguiram me pegar. Eles não entram em casas, você sabe.

— Sei. Só quando são convidados — disse Andrew. — Ou tentam fazê-lo sair, chamando. E você não foi bobo de lhes dar ouvidos.

— Eu estava morrendo de medo — disse Aidan. E acrescentou, infeliz: — Os outros dois grupos também se enganaram com meu nome. Eles me chamavam de "Alan" e "Ethan". E os Arkwright erraram também. Eles me chamavam de "Adrian" e ficavam me dizendo para esquecer tudo sobre a Vó.

Que dias estranhos e infelizes Aidan devia ter passado, pensou Andrew, cheios de estranhos que não conseguiam nem acertar seu nome. E não parecia que tinham respeitado o período de luto de Aidan, nem mesmo lhe foi dado a oportunidade de ir no funeral da avó. As pessoas precisavam de tempo para chorar suas perdas.

— Você pode descrever algum desses Perseguidores com mais detalhes? — perguntou Andrew.

Mas isso Aidan achou muito difícil fazer. Não só por eles sempre aparecerem à noite, explicou. Ele simplesmente não encontrava palavras para descrever o quanto eram estranhos.

— Acho — disse ele, depois de várias tentativas fracassadas — que eu podia tentar desenhá-los para você.

Andrew se pegou olhando pelas janelas para o sol poente. Tinha uma forte sensação de que desenhar as criaturas era uma má ideia.

Não — disse. — Acho que essa poderia ser uma maneira de atraí-los até você outra vez. Meu avô man

VITRAL ENCANTADO

tinha sua propriedade em segurança, mas creio que não devemos correr riscos. — Ele apoiou o minúsculo copo e se levantou. — Vamos esquecer o assunto agora até que seja dia outra vez. Venha e me ajude a me livrar do castigo do Sr. Stock enquanto ainda podemos ver. — Ele o levou até a cozinha.

Aidan não podia acreditar que legumes e verduras pudessem ser um castigo até que Andrew o levou à despensa e apontou as caixas. Então ele acreditou.

— Nunca vi tantos rabanetes juntos na minha vida!

— Sim, várias centenas, todos com buracos — disse Andrew. — Você carrega estes, e eu levo os nabos e repolhos.

— Para onde vamos levá-los? — perguntou Aidan, quando cada um deles ergueu uma caixa.

— Para o telhado do alpendre. É muito alto para que o Sr. Stock veja — explicou Andrew. — Eu nunca pergunto o quem vem para comer tudo isso.

— Deve ser um vegetariano... um vegetariano *convicto* — concluiu Aidan, com um arquejo. Rabanetes naquela quantidade eram *pesados*. Então, enquanto fazia uma curva, cambaleando até o lado sem janelas da casa e via o alpendre, uma construção alta e em ruínas com telhado de meia-água, ele acrescentou: — Um vegetariano convicto e *alto*.

— É — disse Andrew, pousando sua caixa no chão. Mas, como meu avô sempre dizia, você não quer *mesmo* saber.

Mas Aidan queria *sim* saber. Enquanto Andrew pegava a costumeira cadeira na cozinha, subia nela e ficava na ponta dos pés para rolar repolhos pelo telhado do alpendre, e então bocados de rabanetes vinham, muitos deles, tamborilando

53

DIANA WYNNE JONES

direto para o gramado, Aidan sentiu certo desprezo por alguém que se recusava a descobrir sobre algo tão estranho quanto isso. Seria o vegetariano alguma coisa que voava? Não, pois pelo que Aidan podia ver da grama, ao recolher os rabanetes caídos, o local estava bastante pisoteado. Uma girafa? Alguma coisa assim. Andrew, o corpo magricela espichado na cadeira com um braço estendido assentando um nabo lá em cima, devia alcançar uns bons três metros de altura.

— De onde seu avô dizia que essa criatura comilona vinha?

Andrew girou o corpo e apontou com o grande nabo arroxeado.

— Lá de Mel Tump — disse ele. — Agora me passe o restante dos rabanetes, está bem?

Aidan deu meia-volta. A horta acabava ali, em uma cerca viva baixa com arames. Além dela, viam-se campinas iluminadas pela luz avermelhada, várias, que se estendiam até uma colina cor-de-rosa a quase dois quilômetros dali, com o pôr do sol ao fundo. A colina era toda eriçada com arbustos e arvorezinhas mirradas. Cheia de esconderijos, pensou Aidan, recolhendo os rabanetes. Será que o professor nunca ia até lá *olhar*? A curiosidade tomou conta dele, como uma coceira. Aidan jurou para si mesmo que iria olhar, que resolveria aquele mistério. Descobriria. Mas não nessa noite. Ele ainda estava morto de cansaço.

Estava tão cansado, na verdade, que foi para a cama assim que voltaram para dentro de casa. A última coisa de que Aidan se lembrava ao subir os degraus escuros e rangentes era de Andrew dizendo do saguão:

VITRAL ENCANTADO

— Suponho que vamos ter de providenciar mais algumas roupas para você.

Foi também quase a primeira coisa que Andrew disse na manhã seguinte, quando Aidan, ainda sonolento, encontrou o caminho da cozinha, onde o dono da casa comia torrada.

— Eu preciso ir a Melton, de qualquer forma — disse Andrew. — Você precisa de, pelo menos, alguma coisa para protegê-lo da chuva.

Aidan foi verificar se estava de fato chovendo. E então viu, viu de verdade pela primeira vez, a vidraça colorida na porta dos fundos. Enquanto Andrew colocava mais pão na torradeira e gentilmente procurava cereal para Aidan, o menino tirou os óculos e olhou para o vitral. Ele nunca vira nada tão obviamente mágico em sua vida. Estava certo de que cada vidro colorido tinha um propósito diferente, embora não soubesse qual. Mas o vitral inteiro fazia alguma coisa também. Ele sentiu uma comichão de curiosidade, quase tão forte quanto na noite anterior. Queria saber o que tudo aquilo *fazia*.

Andrew percebeu que Aidan estava tirando os óculos. Pretendia perguntar sobre isso ao menino. Enquanto tomavam café da manhã, Andrew imaginou que talentos mágicos Aidan teria, qual a força deles, e como levantar a questão de uma forma que não fosse intrometida nem ofensiva.

Mas nesse exato momento teve de largar o pacote de cereal na mesa e correr para a porta, quando o perfil do Sr. Stock com seu chapéu surgia por trás do vitral colorido.

O Sr. Stock havia pensado bem. Ele ainda estava muito aborrecido com a Sra. Stock e queria irritá-la, então não levaria nenhuma verdura ou legume nesse dia. Por ou tro lado, estava satisfeito com Andrew por dar emprego a Stashe — embora também não entendesse os motivos que fizeram o Professor acolher aquele garoto fugitivo. O que os resultados das corridas sugeriam, para ele, eram apenas tolices de Stashe.

Portanto, nessa manhã, ele entrou na cozinha sem dizer uma palavra, assentiu, cumprimentando Andrew, mas não Aidan, e deixou cair ao lado do cereal uma caixa muito pequena de sapatinho de bebê. A caixa continha um minúsculo molho de salsa.

Andrew fechou a porta depois que o Sr. Stock passou e explodiu em uma gargalhada. Aidan pensou em todos os rabanetes da noite passada e também começou a rir. Os dois ainda estavam tendo acessos intermitentes de riso quando a Sra. Stock chegou, trazendo o jornal do dia e delicadamente empurrando Shaun à sua frente.

— É preciso explicar em detalhes a ele, lembre-se — disse ela.

— Certo — retrucou Andrew. — Só um momento. Quero olhar os resultados das corridas de hoje.

— Não sou a favor de apostas — disse a Sra. Stock, tirando o casaco e pegando o macacão azul engomado.

— Aquela coisa sobre os resultados das corridas não era bobagem? — perguntou Aidan.

— Provavelmente — disse Andrew, abrindo o jornal. — Mas eu quero testar. Vamos ver. Primeira corrida em Catterick... — Ele parou e ficou olhando fixamente o papel.

— O que diz? — perguntou Aidan, enquanto a Sra. Stock empurrava Shaun, tirando-o do caminho, como se ele fosse uma peça da mobília da sala, e começava a limpar a mesa.

VITRAL ENCANTADO

— Primeiro — leu Andrew, com uma voz ligeiramente estrangulada —, Triunfo de Shaun...

— Certamente que não! — exclamou a Sra. Stock, a meio caminho de colocar as luvas de borracha rosa-shocking.

— Segundo — continuou Andrew —, Secretária Perfeita, e terceiro, Monópode. O terceiro significa algo com um só pé. Se imaginarmos que isso se refere a Tarquin O'Connor, tudo parece surpreendentemente apropriado. Estou indo a Melford agora de manhã, Sra. Stock. Pode me fazer uma lista de compras?

Shaun pigarreou, ansioso.

— O que eu faço, Professor Hope?

Andrew não tinha a menor ideia do que Shaun deveria, ou *poderia*, fazer. Ele brincou com a ideia de deixar que Stashe encontrasse trabalho para Shaun, quando ela chegasse, mas concluiu que isso não era justo com nenhum dos dois. Então pensou rapidamente. Onde Shaun não causaria nenhum prejuízo?

— Hã... hum. O velho galpão no quintal precisa de uma limpeza, Shaun. Acha que pode fazer isso?

Shaun sorriu, radiante e ansioso, e fez um esforço para parecer esperto.

— Ah, sim, Professor. Posso fazer isso.

— Então venha comigo — disse Andrew. Pensando que Aidan talvez tivesse uma sugestão melhor do que Shaun poderia fazer, perguntou ao menino: — Quer vir também?

Aidan assentiu. A Sra. Stock andava pela cozinha feito um furacão, fazendo-o sentir-se muito desconfortável.

Os três saíram, deparando-se com um leve chuvisco. Estavam justamente atravessando a frente da casa para chegar ao quintal quando um automóvel pequeno subiu, apressado, a entrada da garagem e parou, espalhando cascalho molhado. Era o carro especialmente adaptado de Tarquin, com ele ao volante. A porta do passageiro se abriu e Stashe saltou. Andrew ficou olhando-a por alguns instantes. Stashe hoje optara por se vestir como uma secretária oficial. As galochas e o colete de ontem haviam desaparecido. Ela usava uma elegante camisa branca com saia curta escura e sapatos de salto alto. Andrew tinha de admitir que ela estava fabulosa, principalmente suas pernas. Pena que fosse maluca.

— Vou direto dar um jeito naquele computador, está bem, Professor? — gritou ela, e seguiu correndo em meio à chuva, entrando pela porta da frente antes que Andrew pudesse responder.

Tarquin, enquanto isso, erguia-se do assento do motorista e posicionando suas muletas.

— Posso dar uma palavrinha com o senhor, Professor, quando tiver um minuto? — pediu ele. — É breve mas importante.

Certamente — respondeu Andrew. A palavrinha seria alguma coisa na linha: Nem pense em mexer com a minha filha, imaginou ele. Compreensível. Deve ser preocupante ter uma filha linda e maluca. — Espere por mim na sala de estar, por favor. Só vai levar um minuto. Tenho de passar o trabalho para Shaun.

Tarquin assentiu e avançou, com a ajuda das muletas, até a porta da casa. Andrew, Aidan e Shaun seguiram direto para o galpão caindo aos pedaços no quintal. Andrew sempre se perguntava com que propósito teria sido construído.

VITRAL ENCANTADO

O estúdio de um artista, quem sabe? Era velho, construído com tijolos pequenos e vermelhos, de um tipo que raramente se via hoje. Alguém, fazia muito tempo, tinha dado nesses tijolos uma demão de caiação, que em grande parte já havia saído. O galpão teria sido grande o bastante — perfeitamente — para um estábulo ou uma cocheira, exceto pelo fato de que não havia janelas, apenas uma pequena e curiosa porta em arco. O teto tinha goteiras. Alguém, muito tempo atrás, havia pendurado várias camadas de encerado nos azulejos, para não deixar entrar umidade. Urtigas cresciam em moitas junto às paredes.

Andrew forçou a porta emperrada a abrir-se para uma penumbra na qual se viam sacos de cimento (quando o avô havia precisado de cimento?, perguntou-se Andrew), latas de tinta (ou de tinta?) e velhos bancos de jardim. No meio de tudo havia um imenso e velho cortador de grama elétrico enferrujado que só o Sr. Stock tinha a habilidade de colocar para funcionar.

Shaun tropeçou no cortador de grama e arranhou a canela roliça.

— Ai! — exclamou, em tom de lamento. — Está escuro aqui. Não consigo ver.

— Um instante. — Andrew saiu novamente, ficou na ponta dos pés em meio às urtigas e conseguiu alcançar uma das lonas. Então puxou.

Aquilo tudo caiu em sua cabeça como uma chuva de pedaços de gesso, galhos e quinquilharias.

No interior do galpão, Aidan exclamou e Shaun ficou parado de boca aberta. Havia uma janela ali, inclinando-se de acordo com o teto. Era feita de pedaços quadrados de vidro colorido, exatamente como a parte de cima da porta da cozinha, e, é claro, tão velha quanto ela. Mas, diferentemente daquele vitral, os vidros ali eram incrustados com poeira antiga e tinham algumas rachaduras. Deles, pendiam teias de aranha em fios e emaranhados espessos, balançando com a brisa que entrava pela porta. Mas, ainda assim, deixavam entrar uma enxurrada de luzes coloridas. Com a iluminação, Aidan viu que as paredes do galpão eram revestidas com madeira — madeira antiga e pálida, esculpida em dezenas de formas fantásticas, mas tão empoeirada que ficava difícil distinguir as figuras entalhadas. Ele tirou os óculos para investigar.

Do lado de fora, Andrew se desvencilhou do encerado, que caiu, despedaçado, a seus pés. Ele tirou os óculos para limpá-los, percebendo com pesar que havia acabado de destruir um número considerável de feitiços de seu avô. Ou de seu bisavô. Possivelmente de seu *tris*avô também.

— Venha ver isso aqui! — gritou Aidan lá de dentro.

Andrew entrou e olhou. Carvalho, pensou. Deu pancadinhas no painel mais próximo. Carvalho sólido, entalhado em padrões de flores e figuras. Carvalho velho. As paredes de tijolos lá fora eram apenas um disfarce para um local de poder.

— Meu Deus! — exclamou.

— Legal, né? — comentou Aidan.

Shaun, que tinha olhos apenas para o cortador de grama, disse:

— Isto é uma igreja.

— Bem, não exatamente — respondeu Andrew —, mas sei o que você quer dizer.

VITRAL ENCANTADO

— Professor — disse Shaun, com urgência —, posso consertar este cortador. Fazer com que funcione. É sério. Posso fazer isso?

— Hã — começou Andrew. Ele pensava no ciúme com que o Sr. Stock guardava sua habilidade com o cortador. Mas não tinha coragem de desapontar Shaun. O rapaz olhava para ele, tentando desesperadamente e com tamanha ansiedade parecer mais inteligente do que era. — Ah, muito bem — prosseguiu Andrew. E suspirou. Isso provavelmente significava sessenta e dois repolhos amanhã, mas o que importava? — Conserte o cortador, Shaun. E... ouça com cuidado... depois disso, seu trabalho será limpar este lugar devidamente. Faça isso com muito cuidado e muita delicadeza, prestando atenção para não quebrar nada, especialmente aquela janela lá em cima. Pode levar dias e mais dias, se quiser. Apenas deixe isto aqui do jeito que deveria ficar, OK?

— Sim, Professor — disse Shaun. — Obrigado, Professor.

Andrew se perguntou se ele sequer tinha ouvido, o que dirá compreendido. Mas não havia dúvida de que Shaun estava contente. Quando estava contente, ele agitava as mãos no ar como um bebê, com os dedos abertos em várias direções, e sorria, radiante.

— Posso ajudar Shaun? — perguntou Aidan.

Ele queria saber o que aquele alpendre era de verdade,

— Por dez minutos — concordou Andrew. — Vamos a Melton comprar umas roupas para você, lembre-se.

Então deixou Shaun e Aidan com aquela função. Batendo a poeira e antigos feitiços de seu cabelo e do jeans enquanto caminhava, ele se dirigiu à casa para o sermão de Tarquin.

DIANA WYNNE JONES

Tarquin estava sentado em uma cadeira de espaldar reto com o cotoco da perna apoiado no banquinho do piano. Aquele cotoco, pensou Andrew, devia lhe causar muita dor.

— Não, não causa — disse Tarquin, como se Andrew tivesse falado em voz alta. — Pelo menos a metade que está comigo não dói nada. É o pedaço que está *faltando* que me tortura. A maior parte do tempo, sinto agulhadas do joelho perdido para baixo. Agora mesmo, estou sentindo cãibra na panturrilha que não está mais aí. Não consigo convencê-la de que não tem nada aí para me dar cãibra. Stashe vive me dizendo que eu devia experimentar o hipnotismo, mas não gosto da ideia de alguém entrando em minha cabeça e me dando, sabe, ordens secretas. A ideia não me agrada nada, não mesmo.

— Não, eu também não gostaria disso — concordou Andrew. Ele tinha a sensação de que quase podia ver a metade que faltava da perna de Tarquin, com seus tendões, estendida no banquinho do piano com os músculos da panturrilha contraídos em uma bola retesada e dolorida. Um telepata e tanto, esse Tarquin. — Sobre o que queria falar comigo?

— Ah. Isso. — Tarquin de repente pareceu constrangido. — Stockie e Stashe ambos parecem pensar que sou a melhor pessoa para lhe falar, Deus sabe por que, e pensei que era melhor fazer isso antes que eu perdesse a coragem. Perdoe-me por perguntar. Estava mesmo *aqui* quando seu avô morreu?

Não era o que eu esperava!, pensou Andrew.

— Não. Eu estava em uma estrada aqui perto, sem saber que ele estava morto, e vi o seu fantasma. Então vim direto para cá.

VITRAL ENCANTADO

Tarquin o olhou com atenção.

— E como ele estava... o fantasma?

— Parecia ter muita urgência — disse Andrew. — Tentou me dar uma espécie de papel, com um grande selo, mas, quando tentei pegá-lo, minha mão o atravessou. Pensei que fosse o testamento, mas este tinha um formato bem diferente quando o advogado o apresentou.

— Ah. Foi o que pensamos. Você *não* sabe. Se quiser meu conselho, comece a procurar esse documento imediatamente. Devia ser seu campo de proteção que ele estava tentando lhe dar. Isso vai lhe dizer melhor o que fazer. Melhor do que eu

— O que devo fazer em relação a *quê*? — perguntou Andrew.

Tarquin pareceu constrangido novamente e remexeu-se na cadeira.

— Isso é o que não sei de fato — admitiu. — Não sou um mágico como Jocelyn Brandon era. Eu só tenho habilidades não oficiais, pode-se dizer: cultivar rosas, conhecer os cavalos, coisas assim. Mas ele era de verdade, Jocelyn era mesmo, ainda que estivesse velho e um pouco incapacitado quando me mudei para cá. O que sei é que tudo por aqui, em um raio de quinze quilômetros ou mais, é estranho. E especial. E Jocelyn era o responsável por tudo isso. E estava tentando passar essa responsabilidade para você.

— Mas eu não sou mágico, não mais do que o senhor! — protestou Andrew.

— Mas poderia ser — retrucou Tarquin. — A mim parece que você poderia praticar um pouco. Você tem o dom. E precisa encontrar aquele documento. Vou pedir a Stashe que o ajude a procurá-lo depois que ela tiver dado um jeito naquele computador. E pode contar comigo para qualquer ajuda de que precisar... para explicar ou aconselhar, ou o que for. Eu ficaria grato em ajudar, para dizer a verdade. Às vezes preciso desviar a mente de minha carreira perdida, algo cruel.

Tarquin falava sério, Andrew podia ver. Embora a vida de um jóquei fosse algo que Andrew mal podia imaginar, dava para ver que havia sido tão emocionante e absorvente quanto seu trabalho no livro. E ele se perguntou como se sentiria se, de alguma forma, perdesse ambas as mãos e não pudesse escrever aquele livro, ou nenhum outro, jamais.

— Obrigado — disse.

— Não há de quê — respondeu Tarquin. — Agora é melhor eu ir embora. — Ele pareceu subitamente aliviado. — A cãibra passou! Cãibra virtual, deve ser. Sumiu como num passe de mágica. Então vou embora agora, mas sinta-se à vontade para me perguntar qualquer coisa sobre Melstone que você ache que eu possa saber.

Capítulo Quatro

Andrew dirigiu até Melton com a mente cheia do que Tarquin tinha lhe dito. Ao seu lado, Aidan, que não estava acostumado a carros, enfrentava problemas com o cinto de segurança.

— Empurre até você ouvir o clique — disse-lhe Andrew.

Isso acrescentou Aidan aos seus pensamentos. E esses Perseguidores de que o menino falara. Andrew supôs que podia proteger Aidan contra eles e lhe dar um descanso até que os assistentes sociais chegassem. De resto, ele não tinha certeza do que podia ser feito. E, enquanto isso, aparentemente Andrew deveria procurar o campo de proteção de seu avô. Agora, pensando bem no assunto, embora ele sempre houvesse tido consciência de que tal coisa *existia*, ele fazia pouquíssima ideia do que era. Nunca entendera muito bem o que o avô fazia. Provavelmente aquele documento que o fantasma tentara lhe dar esclareceria tudo isso. Mas onde *estava* o infeliz papel? Nunca pusera os olhos nele quando

Jocelyn estava vivo. Teria de procurá-lo, e isso interromperia o trabalho em seu livro. *Tudo* aquilo ia interrompê-lo. O coração de Andrew doía com a necessidade que sentia de escrever seu livro. Esse era, afinal, o motivo pelo qual dera o emprego a Stashe.

E isso levou seus pensamentos à questão do dinheiro. Ele agora estava empregando duas pessoas a mais e comprando roupas para Aidan, entre outras coisas. Por sorte — e não inteiramente graças ao Sr. Stock —, Melstone House produzia boa parte de sua própria comida; mas isso era uma gota no oceano, na verdade, considerando a quantidade de comida que Aidan consumia... Andrew começou a se perguntar quando iria à falência.

Remoendo essas coisas, ele passou pelas casas novas no fim do vilarejo, pelo campo de futebol e foi se encaminhando para o interior. Alguns quilômetros adiante, sentiu o leve e familiar solavanco, como se, por um segundo, o carro tivesse sido capturado por um elástico. Aidan deu um pulo.

— O que foi isso?

— Acabamos de passar pela fronteira entre a estranha área de que meu avô cuidava e os lugares normais — disse Andrew.

— Engraçado — observou Aidan. — Não percebi isso quando cheguei.

— Provavelmente tinha outras coisas ocupando sua mente — replicou Andrew.

Era verdade, percebeu Aidan. Ele estivera tendo espasmos por todo o corpo, temendo que os Perseguidores o tivessem seguido, que o motorista de táxi percebesse sobre o dinheiro,

VITRAL ENCANTADO

que o velho Sr. Brandon não pudesse ajudá-lo. Sua mente e seu corpo rugiam de nervosismo. Agora sua curiosidade tinha sido despertada.

— Qual o tamanho dessa área estranha?

— Não tenho certeza — respondeu Andrew. — Tarquin O'Connor estava justamente me dizendo que tem um raio de mais de quinze quilômetros, mas não tenho certeza de que seja tão grande, ou, ao menos, regular. A divisa desse lado do vilarejo fica apenas três quilômetros além. Já na estrada para a Universidade fica provavelmente a oito quilômetros de distância, mas isso é tudo que sei.

— Você não sabe onde fica o resto da área que não está nas estradas? — indagou Aidan.

— Na verdade, não — admitiu Andrew.

Ele lembrou-se das longas caminhadas com o avô, mas achava que haviam sido todas dentro da fronteira. A área de estranheza, se era esse o campo de proteção de Jocelyn, devia ser mesmo muito grande.

— Você precisa de um mapa — disse Aidan. — Seria muito interessante percorrer toda a área, não só as estradas, e ver até onde vai.

Andrew pensou. Tarquin parecera justamente querer lhe dizer que era sua função tomar conta dessa área de estranheza de alguma forma.

— Não só interessante — acrescentou Andrew. — Acho que é necessário. Percorrer os limites é algo que precisarei fazer.

— Eu poderia ajudar — ofereceu-se Aidan. — Posso pegar um mapa e preparar um roteiro para você, se quiser.

Ele pareceu tão ansioso quanto Shaun. Andrew sorriu.

— Podemos começar neste fim de semana. Você definitivamente vai precisar de uma capa de chuva. — Andrew ligou os limpadores de para-brisa quando a chuva recomeçou a cair.

Aidan ficou quieto, pensando. Andrew estava sendo incrivelmente generoso. Roupas eram muito caras. A Vó estava sempre se queixando do quanto custavam e da rapidez com que Aidan crescia e as perdia. Outro constante conselho da Vó era que não se devia fazer dívidas com ninguém. "Dívidas exigem pagamento", dizia. No entanto, ali estava Aidan dependendo de Andrew para lhe comprar uma capa de chuva e outras coisas. Ele sentiu-se muito culpado. O Professor tinha uma casa grande e um carro — enquanto a Vó nunca conseguira ter nenhum dos dois — e contava com pelo menos quatro pessoas trabalhando para ele, mas o menino olhou para a velha jaqueta de zíper de Andrew e seu jeans gasto, e não pôde deixar de se perguntar se ele era mesmo rico. E a única coisa que Aidan podia fazer para pagar a Andrew era desenhar um mapa de seu campo de proteção. Isso parecia muito pouco.

Ainda chovia quando chegaram a Melton e Andrew se dirigiu ao estacionamento do maior supermercado da área. Aidan teve outro ataque de culpa. Andrew estava comprando comida para ele também. A Vó sempre se preocupava com os preços da comida. Ele se sentia tão culpado que, em uma estranha mistura de esperança e desespero, pegou sua velha carteira, vazia e achatada, e olhou dentro dela.

Então soltou um arquejo, ficando branco e tonto de surpresa.

Andrew, que nesse momento saltava do carro, parou e perguntou:

— O que foi?

Aidan havia arrancado os óculos para ter certeza de que aquilo era real. Segurou-os na boca enquanto tirava o grande rolo de cédulas de vinte libras da carteira. Havia um *bolo* de dinheiro. E as notas continuavam ali diante de seus olhos nus.

— Dinheiro! — murmurou com os óculos na boca. — Esta carteira estava *vazia* agora mesmo, eu juro!

Andrew tornou a sentar-se e fechou a porta do carro.

— Posso ver? — perguntou, estendendo a mão.

Aidan entregou-lhe a carteira.

— Alguém deve ter colocado isso aí, de alguma forma — disse o menino, tornando a colocar os óculos.

Andrew sentiu o couro velho e macio chiar levemente em contato com seus dedos. Lembrou-se do avô explicando o que esse chiado significava.

— Um feitiço bastante forte — disse ele — foi lançado enquanto a carteira estava sendo feita. Como ela foi parar com você?

— A Vó me deu — explicou Aidan. — Na semana passada, uns dias antes de... morrer. Disse que eu podia ficar com ela, porque era a única coisa que meu pai dera à minha mãe... com exceção de mim, é claro.

— E quando foi que sua mãe morreu? — perguntou Andrew, devolvendo-lhe lentamente a carteira milagrosa.

— Quando eu tinha dois anos... há dez anos — contou Aidan. — A Vó disse que meu pai desapareceu da face da Terra antes mesmo de eu nascer. — Ele pegou a carteira de volta e tirou os óculos outra vez para contar o dinheiro.

DIANA WYNNE JONES

— Então, você diria — questionou Andrew, pensando — que a carteira se enche de dinheiro quando você precisa?

— Hum. — Aidan ergueu os olhos, surpreso. — Sim. Acho que sim. Sei que estava vazia quando a Vó me deu. Mas tinha o suficiente para a passagem de trem na noite antes de eu vir para cá. E então o dinheiro do táxi. Droga. Perdi a conta. — Ele voltou a contar as cédulas de vinte libras.

— Então parece que você precisa comprar suas próprias roupas — disse Andrew, com certo alívio. — Mas me diga, sempre tira os óculos para contar dinheiro?

Aidan perdeu a conta novamente.

— Não — respondeu, irritado. Será que Andrew *tinha* de ficar interrompendo? — Só para ver se alguma coisa é de verdade ou mágico ou de verdade *e* mágico. Ou para mantê-lo ali se for apenas mágico. Você *deve* saber como é. Vi você fazer isso também.

— Eu acho que não... O que quer dizer? — perguntou Andrew, sobressaltado.

— Quando está trabalhando com magia — explicou Aidan. — Você tira os óculos e os limpa quando quer que as pessoas façam o que você diz.

— Ah. — Andrew se recostou e deixou que Aidan continuasse a contagem.

O garoto tinha razão. Via-se a si mesmo, tempos atrás, limpando os óculos enquanto forçava aquela Assistente de Pesquisa a fazer o que lhe foi pedido pelo menos uma vez. Conseguia que os pais lhe dessem guloseimas da mesma forma. E — ele não pôde deixar de sorrir — uma vez passara no teste oral de francês limpando os óculos diante de um professor particularmente aterrorizante. Supunha que aquilo fosse mesmo uma trapaça. Mas o homem o tinha assustado a ponto de esquecer não só o francês como também a sua própria língua. A pergunta em questão era: como aquilo *funcionava*?

Pensando no assunto, Andrew pegou um carrinho e entrou no supermercado com a lista da Sra. Stock, naquele estado de espírito que fazia a Sra. Stock dizer: "Professores! Vivem no seu próprio mundo!" Aidan também pegou um carrinho e seguiu para o outro lado do mercado, onde ficavam as roupas.

Aidan esperava se divertir para valer. Ele nunca comprara roupas sozinho antes. Nunca tivera todo esse dinheiro. Estava preparado para esbanjar. Mas, para sua surpresa, se viu quase apaixonadamente economizando o máximo possível. Pôs-se a buscar promoções e anúncios de "Dois pelo preço de um". Fazia somas de cabeça freneticamente enquanto percorria as araras e prateleiras (não ajudava nada que a maioria das coisas custasse Tantas Libras e noventa e nove pence). Viu o par de tênis perfeito e, com dor no coração, não os comprou, porque levariam grande parte do seu dinheiro. Gastou muito tempo nas compras. Colocava coisas no carrinho e então tornava a tirá-las quando encontrava algo mais barato. E quase se esqueceu do pijama. Teve de voltar para pegar um, porque sabia que ia precisar dele quando escapasse de casa nessa noite para ver o que comia os legumes. Comprou um casaco de lã para usar por cima do pijama e um impermeável de zíper para mantê-lo aquecido. E as meias também quase ficaram para trás. Ele acabou com uma grande pilha no carrinho e apenas dois *pence* na carteira. Que alívio! Tinha feito a conta corretamente. Uma pena, no entanto, aqueles tênis perfeitos.

Foi até bom que ele demorasse. Andrew demorou ainda mais. Passou a maior parte do tempo parado diante das prateleiras de bacon e açúcar, olhando para o espaço ou tirando e tornando a colocar os óculos para ver se o bacon ou o açúcar pareciam diferentes. Pareciam embaçados, mas isso era tudo. Afinal, quem já tinha ouvido falar de bacon enfeitiçado? Então, como funcionava? Será, refletiu Andrew, que bacon a olho nu tinha a *possibilidade* de ser enfeitiça do? Seria esse o mundo real? Então, quando se colocava os óculos, talvez fosse possível ver com mais clareza, mas os óculos bloqueavam a realidade. Seria isso? Ou outra coisa completamente diferente?

Quando Andrew finalmente conseguiu colocar todas as coisas de que a Sra. Stock precisava no carrinho e pagou por elas, Aidan esperava do lado de fora na chuva fina, perguntando-se se aquele era o carro certo.

A chuva parou quando eles voltavam para Melstone, mas Andrew ainda estava mais distraído do que o habitual. Ele de fato *era* um professor, pensou Aidan, observando a testa franzida e o olhar fixo de Andrew. Esperava que não batessem em nada.

Viraram na entrada da garagem de Melstone House e quase atropelaram Shaun, que estava um pouco depois dos arbustos, agitando os braços como um bebê, com os dedos das mãos projetados como duas estrelas-do-mar. Shaun provavelmente nem percebeu o quanto esteve próximo da morte. Andrew pisou no freio com tanta força e tão rápido que Aidan olhou para ele com respeito.

VITRAL ENCANTADO

— O que foi, Shaun? — perguntou Andrew, calmamente debruçando-se para fora da janela.

— Eu consegui, Professor! *Consegui!* — afirmou Shaun. — Ele canta. Ele canta bonito. Venha ver! — Ele tinha o rosto vermelho de orgulho e excitação.

Dando-se conta de que Shaun devia estar falando do cortador de grama, Andrew disse:

— Saia do caminho então, para eu estacionar o carro.

Shaun obedientemente recuou para o meio dos arbustos e então correu atrás do carro. Assim que Andrew e Aidan saltaram, ele os conduziu para o estranho alpendre. Lá dentro, o cortador de grama estava sob o vitral colorido em um círculo de ferrugem. Shaun parecia tê-lo polido.

— Puxe o cabo. Veja como ele canta — pediu Shaun.

Duvidando, Andrew inclinou-se e se preparou para dar partida. Normalmente, a sensação era a de que se estava tentado puxar um cabo engastado em granito. Em um dia bom, podia-se puxar o cabo uns dois centímetros e meio, com um ronco forte. Em um dia ruim, o cabo não se movia, por mais força que se fizesse. Tanto em dias bons quanto em ruins, nada mais acontecia. Agora, no entanto, Andrew sentia o cordão zumbindo docemente em sua mão. Quando alcançou um comprimento crítico, o motor tossiu, pegou e começou a rugir. O cortador se sacudiu todo, enchendo o alpendre com uma fumaça azul. Shaun realizara um milagre. Andrew estava totalmente consternado. Sabia que o Sr. Stock ia ficar furioso.

— Muito *bem*, Shaun — disse ele, entusiasmado, tentando calcular quanto tempo levaria até o Sr. Stock querer cortar a grama. — Hã... — berrou mais alto que o ruído do

DIANA WYNNE JONES

cortador — ...quanto tempo falta para o Festival de Verão de Melstone? Como é que eu desligo essa coisa?

Shaun avançou e habilmente puxou a alavanca da direita.

— Duas semanas — disse, no silêncio ressonante. — Faltam duas semanas. Pensei que todo mundo soubesse disso.

— Então acho que estaremos a salvo da Ira de Stock até lá — murmurou Andrew. — Bom trabalho, Shaun. Agora pode começar a limpar o alpendre.

Não posso cortar a grama? — pediu Shaun.

Não — disse Andrew. — Isso não seria muito sensato.

Shaun e Aidan estavam ambos desapontados. Aidan pensara que se revezar com Shaun deslizando ruidosamente o cortador pela grama teria sido divertido. Shaun olhou com tristeza para as tralhas no alpendre.

— O que faço com os sacos de cimento? — perguntou.

Os sacos de cimento estavam ali fazia tanto tempo que haviam se assentado como uma fileira de grandes pedras cobertas de papel.

— É melhor enterrá-los — disse Andrew por cima do ombro enquanto conduzia Aidan para fora do alpendre. — Venha, Aidan. Precisamos tirar as compras do carro.

Ao cruzarem o gramado da frente da casa até o carro, Aidan olhou para o gramado, que era todo tufos e moitas. Tinha uma bela safra de margaridas, ranúnculos e dentes-de-leão, e vários cardos projetando-se, robustos. Se havia um gramado que precisava ser cortado...

— Não pergunte — disse Andrew. — O Sr. Stock agora vai estar ocupado o tempo inteiro até o Festival, esticando feijões e inflando batatas. Ele coleciona Primeiros Prêmios. E também se orgulha de ser o único que consegue ligar o

74

VITRAL ENCANTADO

cortador. Espero que, quando o Festival tiver acabado, o cortador de grama tenha voltado à antiga forma. Senão, vou ganhar montanhas de alface murcho.

— Entendo — disse Aidan. — Eu acho.

— E cenouras de um metro — completou Andrew, com amargura.

Eles descarregaram as compras e as levaram para a cozinha. Então Aidan voltou para suas sacolas abarrotadas. Enquanto as arrastava escada acima até seu quarto, ouviu um barulho que parecia o cortador. Shaun deve ter desobedecido Andrew, pensou, olhando pela janela. Mas o barulho era o carro adaptado de Tarquin O'Connor chegando para levar Stashe para almoçar em casa. Ótimo!, pensou Aidan. Havia uma imensa lanterna elétrica no peitoril da janela do estúdio de Andrew. Assim que Stashe estivesse fora do caminho, Aidan pretendia pegá-la emprestado. Ia precisar dela à noite.

Aidan gostava do quarto em que o acomodaram. Gostava do tamanho, do teto baixo e da janela baixa e comprida que mostrava que as paredes tinham quase um metro de espessura. Ele se perguntava se aquela janela algum dia fora várias fendas de onde se disparavam flechas. Melstone certamente tinha idade suficiente para isso. Acima de tudo, Aidan se encantava pelo modo como o piso de madeira rangia e descaía na direção das quatro paredes. Se ele colocasse a bola de gude que por acaso tinha no bolso no meio do quarto, ela rolava para qualquer uma das paredes, dependendo de como a deixasse cair.

Para sua consternação, a Sra. Stock estava no quarto, arrumando tudo com ar repressor. Proibida de mudar a mobília da sala, estava descontando no quarto de hóspedes. Olhou de cara feia para Aidan e suas sacolas.

— Está se preparando para uma longa estada, é? — perguntou ela. — Tem o suficiente aí para a vida toda. Espero que se sinta grato ao Professor Hope. Ele não é feito de dinheiro, você sabe.

Aidan abriu a boca para dizer que ele mesmo comprara as roupas. E tornou a fechá-la. Andrew não gostava de couve--flor gratinada. Se a Sra. Stock se irritasse, faria couve-flor gratinada para o jantar, o que aborreceria Andrew. Aidan precisava desesperadamente *não* aborrecer Andrew, sob pena de ser mandado de volta para os Arkwright. Ele não tinha muita certeza de que suportaria isso.

— Sim, eu me sinto — disse ele. — Muito grato. — Foi até a janela e descarregou as sacolas de roupa no peitoril de quase um metro de largura.

— O lugar delas é na cômoda — observou a Sra. Stock.

— Quero vestir algumas agora — disse Aidan, docilmente. — A senhora sabia que Shaun fez um milagre com o cortador de grama?

— E leve esse plástico todo para a lixeira... Foi mesmo?

— Foi. O Professor Hope ficou impressionado de verdade — observou Aidan, ardiloso... e quase falando a verdade. — O Sr. Stock agora pode cortar a grama.

A carranca da Sra. Stock se metamorfoseou em um sorriso malicioso.

— Rá-rá, *pode* é? — perguntou ela. — Já está mais do que na hora de aquele hortolunático fazer um pouco do trabalho pelo qual é pago! Bom para o nosso Shaun! — Ela estava tão contente com a ideia de o Sr. Stock ser afastado

VITRAL ENCANTADO

de suas Verduras Premiadas que foi correndo ao encontro de Shaun, dizendo por cima do ombro enquanto saía em disparada: — O almoço vai ser servido daqui a meia hora. Os plásticos no lixo.

Aidan deixou escapar um enorme suspiro de alívio.

Lá embaixo, Andrew enfiou a cabeça pela porta do estúdio para dizer a Stashe que seu pai chegara. Stashe olhou para ele diante de uma tela cheia de letras, sinais e números.

— Diga ao papai que vou levar ainda meia hora. Preciso deixar as coisas de modo que eu saiba onde parei. O que foi que você *fez* com essa máquina? Coloque papai em algum lugar em que ele não fique no seu caminho. Ele não vai se importar. Está acostumado a esperar gente importante no estábulo. — Ela reforçou a ordem com um sorriso deslumbrante.

Andrew saiu do estúdio sentindo-se como se aquele sorriso o houvesse ferido no peito. Embora Stashe não lhe parecesse tão louca hoje, ele ainda não tinha certeza se gostava dela. Ela era, como a Sra. Stock dissera, mandona. E Tarquin podia estar acostumado a esperar, mas Andrew não era uma pessoa importante interessada em cavalos e estaria *louco* se largasse Tarquin em um canto qualquer.

Encontrou o velho equilibrando-se nas muletas no corredor. A perna ausente estava novamente com cãibras, Andrew podia ver.

— Stashe disse que vai demorar mais meia hora. Entre aqui na sala e acomode-se.

— Encontrou um ou dois probleminhas no computador, não foi? — observou Tarquin, balançando-se atrás de Andrew. Quando chegou à sala de estar, se acomodou junto com seu cotoco no sofá e disse, com um leve arquejo: — **A perna sempre piora com o tempo úmido. Não ligue.**

— É isso que o impede de ter uma perna artificial... prótese, ou seja lá que nome dão a isso? — perguntou Andrew.

— Alguma coisa a ver com os nervos, é isso — concordou Tarquin —, mas nunca entendi o quê. Era só conversa fiada de médico. Agora já estou acostumado.

O rosto pequeno e barbudo de Tarquin parecia a Andrew estar em agonia. Mas ele lembrou a si mesmo que o homem fora jóquei, e que os jóqueis estão acostumados à dor. Para que os dois parassem de pensar no assunto, o rapaz disse:

— Sobre esse campo de proteção. Você sugeriu que era vagamente circular, com diâmetro aproximado de 30 quilômetros, mas não creio que seja assim tão grande ou com limites tão regulares...

— Não, é mais como uma forma oval irregular — concordou Tarquin. — Eu acho que você precisa se certificar quanto às divisas.

— Vou fazer isso — disse Andrew. — Descobri que o jovem Aidan pode sentir esses limites tão bem quanto eu. Assim, vou levá-lo comigo e percorrer todo o perímetro. Mas o que quero mesmo saber é o que acontece *dentro* desses limites. O que torna esse lugar diferente? O que acontece em Melstone que não acontece em Melford, por exemplo?

— Bem, quanto a *isso* — replicou Tarquin, ávido —, tenho minhas próprias teorias. Você já notou que todas as pessoas que moram em Melstone têm alguma aptidão? Stockie cultiva verduras e legumes. Trixie Appleby, que é irmã da Sra. Stock, faz penteados melhor do que qualquer cabeleireiro de Londres, dizem. Tem cinco garotos e duas garotas mais

VITRAL ENCANTADO

acima na estrada que estão se preparando para serem astros do futebol, e um desses garotos toca corneta como um anjo. Pessoas morreriam pelos bolos de Rosie Stock, da confeitaria. E assim por diante. Provavelmente até o Shaun de Trixie tem uma aptidão. Basta descobrir qual...

— Ah, acho que ele tem, sim — disse Andrew, achando graça.

Ele mal conseguia tirar os olhos da perna ausente de Tarquin, que se apoiava, latejando, no sofá. Era terrível. E tão injusto.

— E eu mesmo descobri que podia cultivar rosas assim que vim morar aqui — prosseguiu Tarquin. — Sem falar da cozinha, e nunca tive muito talento para isso antes. Isso me faz pensar que esta área está mais entranhada no ocultismo do que a maioria dos outros lugares. As coisas sobem, ou saem, de algum lugar, e era função de Jocelyn Brandon cuidar de tudo e manter tudo em ordem, de modo que não causasse nenhum mal. Veja bem, pode ser mais complicado do que isso...

Andrew tirou os óculos e os limpou. Ele simplesmente não podia suportar a visão daquela perna latejante.

— Sim, mas o senhor tem alguma ideia do que meu avô fazia para controlar ou cuidar dessa... dessa coisa oculta? — perguntou. — Eu nunca o vi fazer nada fora do comum durante o tempo da minha infância em que fiquei aqui.

— Nem eu. Havia simplesmente um poder nele — disse Tarquin. — E, no entanto, tenho certeza de que ele devia fazer algumas coisas. Mas por que tenho tanta certeza? — Pensando seriamente no assunto, esquecendo a dor e o fato de que tinha apenas uma perna, Tarquin ergueu-se do sofá e começou a andar de um lado para o outro na sala. — Sempre penso melhor de pé. Eu...

Ele parou de falar e ficou parado no meio da sala, oscilando um pouco. Abaixo da perna da sua calça jeans direita dobrada para cima, Andrew podia claramente ver a perna que faltava, transparente e vigorosa, e os músculos muito, muito fortes da panturrilha.

— O que você fez? — perguntou Tarquin, baixinho.

Usei o método de Aidan automaticamente, pensou Andrew, sentindo-se culpado.

— Não tenho certeza — respondeu ele, fazendo um gesto floreado com os óculos. — Ela estava tão presente *aí* que eu praticamente podia *vê-la* causando-lhe dor.

— Não está doendo agora — disse Tarquin, olhando para onde deveria estar seu pé —, mas não posso vê-la. Você pode?

Andrew assentiu.

— Quanto tempo isso vai durar? — perguntou Tarquin.

Provavelmente só até eu voltar a colocar os óculos, pensou Andrew. Muito lentamente e com todo o cuidado, ele o fez. A perna transparente desapareceu. Mas obviamente ainda estava lá. Tarquin não oscilou nem caiu. Ficou ali parado, firme, no meio da sala, sem as muletas, parecendo um pouco tonto.

— Mantenha as muletas ao seu alcance — disse Andrew. — Não sei quanto tempo isso vai durar.

— Meia hora já vai ser bastante para mim! — exclamou Tarquin, com sinceridade. — Você não sabe o alívio que estou sentindo! Mas vou parecer muito estranho, andando com uma perna invisível, vou, sim. É uma sensação engraçada, andar com um pé descalço.

VITRAL ENCANTADO

— Você podia soltar essa perna da calça — sugeriu Andrew — e usar um sapato.

— É, podia — concordou Tarquin. — E quem é que saberia? Mas será que ela vai desaparecer novamente, e restará apenas o cotoco, se eu for até um lugar normal?

— Eu não sei, de verdade — confessou Andrew. — Mas, se desaparecer, venha até aqui e eu a coloco de volta outra vez. — Ele podia ver que Tarquin estava à beira das lágrimas, e isso o deixou constrangido.

Enquanto isso, Aidan descia correndo a escada sentindo-se muito bacana em algumas de suas roupas novas. Naturalmente ele esqueceu de trazer as embalagens plásticas para colocar no lixo. Estava pensando apenas naquela lanterna. Supondo que Tarquin a essa altura tivesse levado Stashe para o almoço, ele entrou ruidosa e alegremente no estúdio de Andrew.

— Oi. — Stashe, sentada diante do computador, voltou-se para ele com um sorriso radiante.

Aidan parou bruscamente. O sorriso o fez sentir-se derrotado. Teria preferido que Stashe lhe dissesse para sair dali.

— Estou tendo problemas terríveis aqui — prosseguiu Stashe. — Pensei, de início, que ele tivesse comprado software com defeito... e quisera eu que fosse simples assim. Mas Deus sabe o que Andrew fez! Acabei tendo de desinstalar tudo e começar do zero. Você entende alguma coisa de computadores?

Aidan ficou muito tímido. Não estava acostumado a moças bonitas tratando-o como amigo. O que ele queria era ir embora e voltar para pegar a lanterna mais tarde. Podia vê-la no peitoril da janela atrás de Stashe, grande como um lampião antigo.

— A gente usava um pouco na escola — disse ele. — Mas estavam sempre dando defeito.

— Então você sabe como me sinto — disse Stashe. — Vou ficar o dia todo consertando este. *Depois* tenho de preparar esse banco de dados que ele quer. Eu esperava começar a arrumar os papéis do velho Sr. Brandon, mas isso não será possível. Gostaria de me ajudar a examiná-los quando finalmente chegar a hora?

Seus modos amistosos faziam Aidan querer ajudá-la, mesmo ele sabendo que examinar papéis provavelmente seria chato.

— Gostaria — respondeu.

Nesse meio-tempo, o que me diz da lanterna? Pensou Stashe não saberia para que ele a queria. Então se decidiu por andar, audaz, até a janela e simplesmente pegar a lanterna.

Stashe lhe abriu outro sorriso amistoso quando ele passou por ela.

— Roupa nova? — perguntou ela. — Muito legal.

— Obrigado — disse Aidan, com um sorriso aturdido, e saiu rapidamente.

Em segurança, já em seu quarto, ele escondeu a lanterna debaixo da cama e, depois de pensar por um instante, a grande pilha de embalagens plásticas das roupas a acompanhou. Em seguida, tornou a descer a escada em disparada.

No corredor, deparou-se com a impressionante visão de Tarquin O'Connor carregando ambas as muletas debaixo de um braço e andando com uma perna real e outra invisível.

VITRAL ENCANTADO

Andrew estava com ele. Aidan foi obrigado a parar para olhar. Os dois homens sorriam de orelha a orelha. Cumprimentaram Aidan como um amigo que estava perdido há tempos.

— Ouvi dizer que é a você que tenho de agradecer por isto, rapaz — disse Tarquin.

— Seu truque dos óculos — explicou Andrew.

Aidan estava perplexo. Ele não havia se dado conta de que uma coisa tão simples podia ser tão poderosa.

Capítulo Cinco

Aidan passou o resto do dia explorando a casa e o terreno. Andrew, debruçado atentamente sobre Stashe e o computador, e tentando apreender o que ela lhe dizia, observava Aidan para lá e para cá diante das janelas do estúdio e lembrou-se de si mesmo naquela idade. As coisas na casa do avô pareciam tão mágicas naquela época.

Não, corrigindo. As coisas *eram* mágicas. Era bem possível que ainda fossem. Vendo Aidan correr pelo gramado pontilhado por moitas, Andrew começou, finalmente, a lembrar-se de algumas das coisas muito estranhas que haviam acontecido durante sua estada ali quando garoto. Não houve um lobisomem que quase foi morto a tiros por perseguir ovelhas? Seu avô o resgatou de alguma forma. Andrew contou sobre o episódio à mãe quando voltou para casa e ela lhe disse, furiosa, que esquecesse todas as tolices e bobagens de Jocelyn.

— Está ouvindo, Professor? — perguntou Stashe. Ela usava uma voz *gentil* e especial com Andrew e a ignorância dele.

O Professor deu um pulo.

— Sim, sim. É que minha Assistente de Pesquisa costumava cuidar dessas coisas para mim. Clique duas vezes no botão do lado direito aqui, você disse. E, por favor, me chame de Andrew.

— Ou use este atalho aqui — disse Stashe, indicando-o. — Honestamente, Pro... hã, Andrew, até hoje eu não acreditava que *existisse* professor distraído. Agora eu sei que existe.

Aidan fora até o sótão, onde não havia propriamente um piso. Ele se apoiara nas vigas e examinara os buracos cheios de teias de aranha no telhado. Era estranho que não entrasse chuva por ali. Aidan tirou os óculos e viu por quê. As aparentes teias de aranha eram na verdade encantamentos finos e antigos que seguravam o telhado. Encorajado pelo que Andrew fizera com Tarquin, Aidan tentou ver os espaços cobertos pelas teias como telhas adequadas. E, enquanto olhava, o sótão foi lentamente se tornando escuro, muito escuro, e mofado, escuro demais para que ele conseguisse enxergar lá dentro.

Satisfeito consigo mesmo, Aidan tateou de viga em viga — pois de nada serviria emendar o telhado e enfiar o pé pelo teto de um quarto — e desceu para explorar o terreno. A propriedade era coberta por arbustos maravilhosos e silvestres. Mas o impressionante em relação a eles era que transmitiam uma sensação de extrema segurança, como a casa alugada da Vó fora até a sua morte. Aidan sabia que nenhum Perseguidor poderia se aproximar dele ali. Ele andou por toda parte.

Havia Seres vivendo na segurança desse terreno. Coisas que Aidan podia sentir, mas não ver pareciam mover-se, fur-

DIANA WYNNE JONES

tivas, no canto de seus olhos, particularmente no pomar, mas também entre os louros junto ao portão. Havia uma espécie de gruta perto do muro nos fundos, onde a água gotejava e samambaias cresciam. Alguma coisa por certo vivia ali, mas mesmo sem os óculos Aidan não tinha a menor ideia de que tipo de entidade era.

Numa das vezes em que cruzou os gramados, ele encontrou Shaun, que levava um saco de cimento em cada mão. E parecia perdido. Aidan ficou perplexo com a força de Shaun. Ele mesmo tentara erguer um daqueles sacos duros como pedra e não conseguira sequer movê-lo.

— O Professor mandou enterrar isto — disse Shaun. — Será que aqui está bom?

Estavam bem no meio do gramado principal.

— Não, acho que não — disse Aidan. — É melhor encontrar um lugar com terra exposta.

— Ah. — Shaun assentiu. — Mais fácil cavar.

Ele saiu caminhando com dificuldade por um lado e Aidan seguiu por outro.

Depois de algum tempo, Aidan se aproximou da horta murada, particular e privilegiada do Sr. Stock. Era tão arrumada, limpa e organizada que parecia mais um quarto que perdeu o teto do que uma horta. Aidan podia ver a cabeça com chapéu do Sr. Stock andando de um lado para o outro num canto da estufa. Ele desviou na direção do outro canto e, esperando não ser visto, contornou na ponta dos pés um canteiro de brócolis que parecia estar tentando se transformar em carvalhos. Não queria que Andrew fosse punido novamente. Mas, meu Deus, as coisas pareciam enormes nesta horta! Havia morangos do tamanho de peras

VITRAL ENCANTADO

e uma abóbora, repousando em um leito próprio, negro e rico, que lembrava a Aidan um pequeno dinossauro. Então ele pensou: Não, isso é um zepelim ecológico. Além disso, vagens de meio metro de comprimento pendiam de hastes muito, muito altas.

Mais adiante, Aidan deparou-se com Shaun ocupado abrindo outro buraco negro e farto, com os sacos de cimento na passagem esperando para serem enterrados.

Ops!, pensou Aidan. Crise!

— Hã... — começou ele. — Shaun...

Shaun sorriu para ele.

— Bom lugar — disse, e continuou a cavar.

Aidan só pôde pensar em uma forma de deter Shaun. Correu à procura de Andrew. Quando meteu a cabeça pela porta do estúdio, Stashe estava sozinha. Ela abriu para Aidan um de seus sorrisos de 100 watts.

— O que foi?

— Preciso do Professor Hope — disse Aidan. — Com urgência.

Na sala de estar — informou Stashe. — Eu o deixei sobrecarregado e ele foi tocar piano.

Aidan disparou para lá. Mas, no momento em que chegou, e Andrew ergueu os olhos das partituras que arrumava sentado no banquinho do piano, já era tarde demais. A voz do Sr. Stock ressoou como um trovão a distância.

— Meus *aspargos*! Aquele seu idiota grandalhão e sem cérebro está ESCAVANDO MEU CANTEIRO DE ASPARGOS!

E a voz da Sra. Stock gritando em resposta, aguda como adagas:

DIANA WYNNE JONES

— E se ele estiver? Não sei para que cultiva isso! Você não trouxe *um só talo* de aspargo para esta cozinha *nunca*!

— É para o Festival, sua vaca estúpida! VÁ E MANDE ELE PARAR!

— *Você* manda. Os aspargos são *seus*!

— Ah, puxa! — exclamou Andrew. — Era sobre isso que você vinha falar comigo?

Aidan assentiu, totalmente sem fôlego.

— Eu acho — disse Andrew — que a única coisa a fazer é manter a cabeça abaixada. Por quê...?

— Você pediu a Shaun que enterrasse aqueles sacos de cimento — começou Aidan, arfando. — E então *eu* disse a ele que não fizesse no meio do gramado.

Andrew sorriu.

— Então é tarde demais para fazer qualquer coisa, exceto apostar sobre qual será nosso castigo.

Aidan descobriu que gostava muito, muito de Andrew. Até então, ele se sentia tímido demais diante dele para saber. Agora retribuiu o sorriso.

— Ele tem uns brócolis que parecem pequenos carvalhos.

Não, ruibarbo — disse Andrew. — Aposto no ruibar bo. Ele tem uns que são mais altos que você.

Na verdade, o que eles receberam foi o aspargo. Poucos minutos depois de a Sra. Stock ter recolhido Shaun e ido embora, furiosa, os aspargos estavam na mesa da cozinha em uma enorme caixa cheia até a metade de areia.

— Castigo duplo — falou Andrew, alegremente. — A Sra. Stock nem esperou para fazer a couve-flor gratinada. Você gosta de aspargo?

— Nunca comi — respondeu Aidan. — Como se prepara?

VITRAL ENCANTADO

— Pode-se cozinhar no vapor, assar ou refogar — disse Andrew, remexendo a caixa. — Meu avô adorava, pois você pode mergulhá-los na manteiga e comer com a mão. Mas acho que o Sr. Stock deixou esse lote ficar grande e duro demais. Vamos apenas lavar e levá-lo para o telhado do alpendre. Alguém talvez goste.

Sim, e eu mal posso esperar para ver *quem*!, pensou Aidan.

Andrew pegou a cadeira de sempre na cozinha e subiu nela, enquanto Aidan lhe passava feixes verdes e gotejantes de aspargos, que eles haviam lavado na maior panela de ferro da cozinha.

Mal tinham começado quando Stashe surgiu correndo na esquina, cambaleando um pouco em seus sapatos elegantes.

— Está tudo certo e estou indo agora — dizia ela, mas parou e deu uma risadinha quando viu o que eles estavam fazendo. — Ah, vocês também têm um visitante? O nosso pega as coisas da mesa do quintal. Mas só carne. Papai diz que deve ser uma raposa. O que acham que o de vocês é?

Andrew, que dispunha os aspargos com todo o cuidado nas depressões do telhado corrugado, hesitou.

— Não tenho certeza. O computador está pronto?

— Perfeitamente — confirmou Stashe. — E estou saindo depressa agora para ir andando para casa e poupar papai de vir me buscar. Você não vai acreditar na confusão que ele fez hoje na hora do almoço! Esquecia a toda hora que o carro estava adaptado para ser guiado apenas com as mãos.

Então ela acenou, autoritária, para que ele se aproximasse. Andrew se viu curvando-se na cadeira para aproximar a orelha de sua boca. Mandona!, pensou. Mas Stashe certamente tinha um jeito especial. Ele não pôde deixar de rir.

— *Obrigada* pelo que fez por papai! — sussurrou ela. — Ele estava tão deprimido que eu estava começando a ficar preocupada. Como você *fez* aquilo?

— Hã... a perna dele praticamente ainda estava lá — disse Andrew. — Eu só a trouxe de volta.

— E isso vai *durar*? — perguntou Stashe, angustiada. — Não creio que ele possa suportar perdê-la outra vez.

— Posso sempre trazê-la de volta — respondeu Andrew, parecendo muito mais confiante do que se sentia de fato. — Continue dizendo isso a ele.

— É o que farei — afirmou Stashe. — Agora preciso correr. Até mais!

E lá se foi ela, ziguezagueando em ritmo acelerado em volta da casa. Andrew deu adeus com o punhado de aspargos que segurava e quase caiu da cadeira.

— Um tolo é o que eu pareço! — disse ele a Aidan. — Mais um punhado, por favor.

Quando terminaram, o alpendre parecia ter um telhado de aspargos. Aidan mal podia esperar para ver o que vinha comer aquelas coisas. Era bom que fossem muitos. Ele teria tempo suficiente para descer com a lanterna assim que ouvisse o ruído da mastigação.

Aidan foi se deitar cedo, dizendo que se sentia cansado outra vez, o que estava bem longe da verdade. Lá em cima, abriu todas as janelas do quarto o máximo possível, usando os pacotes novos de meias como calços. Então vestiu o pijama, o casaco de lã e, por cima de tudo, o impermeável, todos novos. Em seguida pegou os travesseiros na cama para

Vitral Encantado

deixar o peitoril da janela confortável e acomodou-se ali com a lanterna para esperar e ouvir. O alpendre ficava logo depois da curva. Ele devia ouvir alguém mastigando facilmente.

Uma hora depois estava congelando, apesar do casaco novo de lã, porém nada mais havia acontecido. Aidan tinha ouvido uma coruja piar, carros passando na estrada e pessoas rindo a distância, lá no pub. Todos esses sons, no entanto, nada tinham de extraordinário. Uma hora mais tarde, quando já estava bem escuro, ele começou a se perguntar se o misterioso visitante poderia ser magicamente silencioso. Aidan ia ficar sentado ali a noite toda e não ouviria absolutamente nada.

Aquela hipótese o deixou em pânico, e ele viu que a única maneira de ter *certeza* de ver alguma coisa era ir lá para fora e esperar ao lado do alpendre. Então levantou-se num salto, agarrando a lanterna, e atravessou na ponta dos pés o piso que estalava, subindo a protuberância no meio e descendo até a porta do quarto. Abriu a porta, que rangeu. Droga. Estúpido. Devia tê-la lubrificado. Havia uma lata de óleo lubrificante na cozinha, mas ele não havia pensado em pegá-la emprestada como a lanterna. Andou furtivamente pelo corredor e desceu os degraus, que rangeram também. Será que havia alguma maneira de lubrificar degraus? Provavelmente não. As coisas rangiam quando estavam velhas. Foi um alívio chegar ao térreo, onde o piso era de pedra. Aidan correu pelas lajotas e atravessou a cozinha.

Andrew, sentado lendo na confortável poltrona na sala de estar, ouviu passos leves correndo pela passagem e isso chamou sua atenção. Aidan? O que ele estaria aprontando? Provavelmente estava com fome outra vez e fora à procura dos biscoitos que haviam comprado naquela manhã. Nada com que se preocupar. Andrew voltou sua atenção novamente para o livro e, ao fazê-lo, ouviu o som leve e distante da porta dos fundos sendo aberta e fechada com cuidado. Então soube exatamente o que Aidan estava fazendo. Ele praguejou e largou o livro.

Aidan andou na ponta dos pés pela grama coberta de orvalho, arquejando de tão gelada que estava. Ele devia ter calçado os sapatos. Agora era tarde. Alcançou a quina da casa e, com muito cuidado, encostou o ombro nas pedras do muro, espiando com a cabeça esticada.

O visitante já estava lá. Era enorme. Havia uma lua intermitente que corria em meio às nuvens que pareciam fumaça, e Aidan pôde ver sua silhueta contra o céu, elevando-se acima do alpendre, encurvado e estranho. Estendeu um pedaço de si mesmo...

Os Perseguidores em Londres vieram imediatamente à mente de Aidan. Por um minuto que pareceu uma hora, ele ficou ainda mais aterrorizado do que antes, paralisado de horror, enquanto a grande forma se desdobrava para cima e fazia movimentos misteriosos. Então surgiu um barulho de algo sendo triturado, seguido por uma mastigação ruidosa.

Ele é vegetariano, Aidan lembrou a si mesmo. Está comendo os aspargos. Então conseguiu respirar fundo. Acendeu a grande lanterna, voltou-a para a criatura e a ligou. Um leque de atordoante luz branca se abriu.

O visitante emitiu um grunhido agudo e tentou esconder os olhos com um punhado de aspargos na mão gigante. E disse, com bastante clareza:

— Não faça isso!

VITRAL ENCANTADO

Aidan, automaticamente, respondeu:

— Desculpe. — E desligou a lanterna.

Então, é claro, não conseguiu enxergar nada. Abriu e fechou os olhos para se livrar da cegueira momentânea e pensou no que acabara de ver. Por um momento, achou que tinha visto Shaun. Mas um Shaun com pelo menos quatro vezes o tamanho normal: cinco metros de altura e largura proporcional. Shaun com cabelos rebeldes emaranhados na altura dos ombros largos. Mas o rosto enegrecido em meio aos cabelos não era acolchoado com a gordura da estupidez, como o de Shaun. Não, aquele não era Shaun. Era alguma outra coisa.

— Vamos deixar claro de uma vez — Aidan se pegou falando em voz alta. — Você é um gigante.

— Ainda não — respondeu o visitante, infeliz. Sua voz devia ser grave e retumbante, mas, na verdade, era bem aguda, parecida com a de Shaun. — Eu cresço devagar — disse ele. — Quem é você? Tem janelas nos olhos, mas não é o garoto de sempre. Aquele tinha cabelo de palha.

— Eu sou Aidan. — E Aidan pensou: ele deve estar se referindo ao Professor Hope quando era garoto! Então Andrew também fora olhar! — E qual é o seu nome?

O visitante encheu a boca de aspargos e respondeu enquanto mastigava.

— Como? — perguntou Aidan. Ninguém podia se chamar *nhac*.

Naquele momento, Andrew disse da quina da casa:

— Olá, Groil!

— Olá, olá! — respondeu o visitante, animado, acenando dois feixes de aspargos contra a luz esmaecida do céu. Ele acenava da mesma forma que Shaun fazia quando estava agitado. — Quem é você? Não é o velho de sempre, é?

— Não. Eu sou Andrew.

— Andrew! Você cresceu rápido! — exclamou o gigante. Ele balançou um punhado de aspargos na direção de Aidan. — Então ele...?

— Está hospedado aqui — respondeu Andrew. — Como eu costumava ficar. Espero que Aidan não esteja perturbando o seu jantar. Meu avô ficava muito zangado comigo...

Com isso, Aidan olhou com nervosismo de Andrew para Groil, mas o gigante simplesmente enfiou os dois feixes de aspargos na boca, mastigou com força, engoliu com o som de um ralo sendo desentupido e disse:

— Nã, nã. — À luz cinzenta da lua, acompanhada pelo vento, ele parecia estar sorrindo. Depois de engolir outra vez, com outro ruído de desentupir ralo, ele disse: — Ainda uso o suéter que você me deu. Está vendo? — Puxou com orgulho algo no peito.

Aidan agora via muito bem. A coisa que Groil puxava podia já ter sido um suéter um dia, mas naquele momento era basicamente buracos, como uma camiseta de rede escura e irregular, muito esticado em seu grande peito. Na parte de baixo, ele usava uma tanga que *podia* um dia ter sido uma toalha de banho.

— Você não sente frio assim? — perguntou Aidan antes que conseguisse se conter.

— Às vezes — admitiu Groil. — No inverno. — Ele pegou outro punhado de aspargos e o apontou na direção de Andrew. — Ele me deu roupas, sabe? — E continuou apontando os aspargos para Andrew. Aidan podia ver seus grandes olhos brilhando com certa tristeza no rosto imenso. — Então ele cresceu. Todo mundo cresce muito rápido, menos eu. Agora você parece o velho mágico. Cadê ele?

— Está morto, infelizmente — disse Andrew.

Os olhos piscaram levemente. Então voltaram-se para Aidan, pedindo ajuda.

— O que significa morto? — perguntou Groil.

Aidan e Andrew falaram ao mesmo tempo. Andrew disse:

— Foi-se para sempre.

Aidan disse:

— Não está mais aqui. — E engoliu de volta a dor.

— Ah. — Groil ficou mastigando aspargos por um tempo, pensando. — E então você o comeu? Uma vez eu comi um esquilo que se foi para sempre. Não gostei muito.

— Bem, não — respondeu Andrew. — Não exatamente. Foi mais como o esquilo antes de você comê-lo. Ele me deixou cuidando disso aqui. Vamos mudar de assunto. Está gostando dos aspargos que deixamos aqui para você?

— Estes? — Groil catou outro feixe do telhado e o segurou à luz da lua. — Muito bons. Crocantes. Um pouco amargos. Tem gosto de verde. Aspargos, não é?

Aidan pensou no Sr. Stock e tentou não rir.

Groil sorriu para ele. Dentes grandes e planos refletiram o luar.

— Eu o ouvi gritando na horta — contou ele. — É uma palavra nova para mim.

Então Groil deve ficar escondido em algum lugar de Melstone House, pensou Aidan.

— O que você faz no inverno quando está frio? — perguntou o menino.

— Eu me enrosco — disse Groil. — Embaixo das coisas. A terra deixa a gente bem aquecido.

— Você não gostaria de mais algumas roupas? — indagou Aidan.

Groil pensou um pouco.

— Alguma coisa mais larga? — perguntou, puxando os fios de lã que cobriam seu peito.

— Vou ver se consigo algumas — disse Aidan.

Andrew tossiu.

— Aidan, acho que agora devíamos deixar Groil jantar em paz. Meu avô era sempre rigoroso quanto a isso. E você já devia estar na cama. Não se esqueça de trazer a lanterna.

— Ah. — Groil não era exatamente vegetariano, Aidan se deu conta. Alguém que conseguia pensar em comer avôs mortos talvez não soubesse bem distingui-lo de meninos vivos. — Ah, eu... Boa noite, então, Groil. Até mais.

— Até mais, Edwin — respondeu Groil, alegremente.

Então seus dentes morderam mais aspargos, fazendo um grande ruído.

Aidan, abaixando e procurando a lanterna que deixara em algum lugar ali da grama, perguntou-se, mal-humorado, por que *ninguém* acertava seu nome. Foi resmungando por causa disso enquanto seguia Andrew para a casa e para o calor além das janelas.

— Eu ainda não quero voltar para a cama — disse ele assim que se viram dentro de casa. — Estou agitado demais. Você se importa se eu ficar aqui e fizer algumas roupas para Groil?

A Vó teria dito Não e mandado Aidan para a cama imediatamente. Andrew, porém, perguntou com simpatia:

VITRAL ENCANTADO

— Como você se dispõe a fazer roupas?

— Eu vou mostrar. — Aidan colocou a lanterna no piano e se lançou escadas acima até seu quarto. Voltou com suas roupas velhas, que havia usado na maior parte da semana anterior, e as estendeu no tapete gasto e estampado. Então tirou os óculos. — Assim — explicou a Andrew, que agora se encontrava sentado em sua cadeira confortável, novamente com seu livro. — Se eu tirar os óculos, as coisas aumentam de tamanho. Acho que posso fazê-las crescer *bastante*.

Andrew respondeu à sua maneira educada:

— Certamente vale a pena tentar. Eu me lembro de que, quanto tinha sua idade, ficava bastante estressado com o frio que Groil devia sentir. Quando o vi pela primeira vez, ele não usava absolutamente nenhuma roupa.

E como fora se esquecer disso?, perguntou-se Andrew. Ele havia esquecido Groil completamente. Lembrava apenas que era muito imprudente tentar ver o que, ou quem, pegava a comida no telhado do alpendre. Mas devia ter lembrado. Ele se encrencara com o avô por espiar Groil, e com a Sra. Stock por ter roubado suas toalhas. Depois, quando voltara para casa, se encrencara com a mãe por ter perdido o suéter. Ela mesma o tricotara para que Andrew o usasse em Melstone. E isso era o bastante para fazer uma pessoa lembrar, qualquer um pensaria. Mas ele havia esquecido, pois, ao crescer, soube que os adultos não acreditam em gigantes nus à meia-noite.

E ainda havia a forma intrigante como Groil se parecia com Shaun. Ocorreu a Andrew que ele provavelmente dera o emprego a Shaun porque de algum modo o garoto lhe era familiar. Tinha a vaga impressão de que o avô havia conversado com ele sobre esse tipo de semelhança. Era mais

97

DIANA WYNNE JONES

uma das coisas mágicas de que Jocelyn lhe falara. Andrew suspeitava que, de uma forma ou de outra, o avô o havia preparado com muito cuidado para essa coisa do campo de proteção. E ele esquecera tudo.

— Groil lhe lembrou alguém? — Andrew perguntou a Aidan.

— Lembrou — disse Aidan. — Shaun.

Aidan estava com problemas. As roupas estavam esticando, mas muito lenta e irregularmente, e ficando finas como teias de aranha em alguns pontos. Andrew tirou os óculos e observou Aidan agachado no tapete, olhando fixamente uma calça jeans com uma perna mais comprida que a outra. Pouco tempo antes ele teria pensado que Aidan era louco.

— Tente fazê-las voltar ao tamanho normal e então pensar em cada fio mais longo e mais grosso — sugeriu Andrew. — Como se olhasse para o tecido no microscópio.

— Ah, sim, mas... Obrigado — disse Aidan, aturdido.

Fez-se uma pausa, durante a qual o suéter finalmente cresceu e o jeans encolheu.

— Sabe — disparou Aidan em sua frustração —, eu odeio o meu nome!

— Por quê?

— Ninguém o entende *certo!* — explicou Aidan. — Nem mesmo Groil! E, de qualquer forma, é um nome horrível. Aidan é um santo irlandês e Cain foi o primeiro assassino que existiu. Uma bela mistura!

— Bem, a maioria das pessoas é exatamente esse tipo de mistura — afirmou Andrew.

— Sim, mas elas não têm nomes que *dizem* isso! — retrucou Aidan, com tristeza.

VITRAL ENCANTADO

— É verdade — concordou Andrew. — Mas já lhe ocorreu que, se aqueles seus Perseguidores o tivessem chamado pelo nome certo, você talvez tivesse ido até eles?

— Ah! — Aidan estava chocado com aquilo. — Você acha que eu teria ido?

— Sim. Nomes são poderosos — disse-lhe Andrew. — O fato de eles entenderem mal o seu nome pode mesmo ter salvado sua vida. Além disso, nenhum dos seus nomes significa o que você acha. Aqui. Deixe-me lhe mostrar uma coisa.

Cansado de ficar remoendo coisas que, por não se lembrar, o estavam enlouquecendo, Andrew se levantou e foi até a estante. Aidan, descrente, observou-o pegar dois livros grossos e abri-los em cima do piano. Como um professor outra vez, pensou Aidan.

— Sim, aqui estamos — disse Andrew. — Aidan é um diminutivo, isto é, uma versão menor ou carinhosa, de um nome irlandês que significa "fogo". Você é o "jovem fogo". Pense em si mesmo crepitando e lançando longas chamas amarelas. Centelhas também. E Cain... — Ele voltou-se para o outro livro. — Diz aqui que Cain como sobrenome não tem nada a ver com o primeiro assassino bíblico. Significa ou "zona de guerra" ou "filho de guerreiro". Você pode pensar em si mesmo como "Jovem Fogo, Filho de um Soldado". Isso faz você se sentir melhor?

— Deixe eu ver — disse Aidan, dando um pulo.

Andrew prontamente empurrou os livros na direção dele. Aidan debruçou-se sobre eles e descobriu que Andrew dissera inteiramente a verdade... exceto pelo fato de que o Professor havia de certo modo tornado os significados mais coloridos do que os que os livros davam.

Quando voltou-se para as roupas no chão, viu que estavam crescendo bem e sozinhas. Agora estavam ligeiramente maiores do que o tamanho de Groil e tomavam quase todo o tapete. Isso não era problema. Groil dissera que ainda estava em crescimento.

— *Parem!* — ordenou Aidan, e elas obedeceram. O garoto voltou-se para Andrew, sorrindo de alívio. — Que baita curva de aprendizado! Feitiços e nomes.

— As duas coisas com frequência são a mesma — observou Andrew. — Mas acho que quando as pessoas dizem "curva de aprendizado" estão cometendo um erro. Aprender, para mim, parece sempre significar seguir uma linha reta e ignorante, e então, de vez em quando, dar um salto bem alto. Você não concorda?

Aidan pensou e assentiu. A gente sempre aprendia coisas de repente, quase sempre porque as pessoas vinham e nos davam a informação. Ele estava começando a pensar que Andrew era impressionantemente sábio.

— Agora vá para a cama — disse Andrew. — Senão vou dizer a Groil que você quer que ele o coma.

Capítulo Seis

Aidan foi para a cama e dormiu ternamente. Andrew, por outro lado, teve uma noite perturbada, cheia de sonhos agitados, nos quais ele estava o tempo todo tentando lembrar as coisas que o avô lhe dissera. Nos sonhos, ele procurava o avô, para perguntar, e nunca o encontrava. Uma ou duas vezes, achou Stashe, que apenas dizia jovialmente: "Está tudo no computador", e ia embora. Então Andrew sonhou que olhava o computador e encontrava informações que eram como fumaça colorida, e, como fumaça, o conhecimento lhe escapava por entre os dedos quando ele tentava agarrá-lo. A certa altura, ele praticamente acordou a si mesmo dizendo: "Suponho que tenha de resolver isso sozinho então." Isso o aborreceu, porque iria interferir em seu livro. Andrew finalmente acordou na manhã cinza e morna, aliviado que a noite tivesse chegado ao fim.

Em um dia normal, Andrew teria começado a trabalhar em seu livro. Mas precisava de Stashe para começar, e hoje não era dia de Stashe. Andrew resmungou para si mesmo no café da manhã:

— Dia perdido, dia perdido.

— Por que não pegamos um mapa e percorremos a divisa então? — sugeriu Aidan.

— Boa ideia! — concordou Andrew.

Como a Sra. Stock estava atrasada naquele dia — se é que ela iria, depois da briga com o Sr. Stock —, Andrew e Aidan fizeram sanduíches e deixaram um bilhete para ela. Andrew descobriu que usava o mesmo número de sapato Aidan — o garoto obviamente ia ficar muito alto —, então, com certa má vontade, emprestou seu segundo melhor par de botas de caminhada para ele. Pegaram agasalhos impermeáveis, encontraram o mapa e partiram pelos campos úmidos e cinzentos na direção de Mel Tump.

Aidan gostou imensamente. Não esperara que fosse assim, sendo ele um menino da cidade e desacostumado a caminhar em áreas agrestes. Na verdade, quando cruzaram a cerca viva malcuidada em frente ao alpendre, ele estava certo de que não ia gostar nada daquilo. Entrar no primeiro campo lhe deu uma sensação estranha, deixou-o nervoso.

— Não me sinto tão seguro aqui — disse ele a Andrew.

— Não, aqui provavelmente não é mesmo tão seguro — concordou Andrew. — Acho que me lembro do meu avô dizer que Melstone House e seu quintal são uma espécie de zona de segurança. Mas não fique preocupado com isso. Ele era o proprietário, e agora eu que sou, de todos estes campos, e da colina, e daquele bosque que você vê daqui. Eu os arrendei como pasto, mas ainda são meus.

VITRAL ENCANTADO

Aidan se perguntou como seria ser dono de uma extensão de terra como aquela. Muito bom, provavelmente.

Ele tampouco gostou do trecho seguinte, quando encontraram Wally Stock, o fazendeiro que pastoreava suas ovelhas e vacas nos campos de Andrew. Wally era baixo e tinha o rosto vermelho e sombrio. Usava uma boina também sombria e falava muito. Aidan ficou parado, impaciente, enquanto Wally tentava convencer Andrew a receber uma ovelha como parte do pagamento do aluguel dos campos. Andrew sabia que isso era sonegação fiscal e não estava disposto; mas, quando olhou para Aidan, inquieto ao seu lado, pensou no quanto o garoto comia. Então aceitou a ovelha e preparou-se para seguir em frente. Wally, porém, ainda não havia terminado.

— Ouviu sobre as fraudes no Comitê do Festival? — perguntou ele. Andrew disse que Não, não ouvira. — Uma rixa e tanto — continuou Wally. — Aquela Sra. Fanshaw-Stock usando sua influência no castelo pula-pula até que duas pessoas deixaram o comitê. Ninguém sabia o que fazer a princípio. Então trouxeram o vigário, bastante respeitado, para perfazer o número, e o vigário sugeriu que convidassem o Sr. Brown...

— Sr. Brown? — perguntou Andrew.

— O Sr. Brown lá da Quinta — explicou Wally. — Um perfeito recluso, pior do que o senhor, Professor. Todo mundo levou um susto quando o Sr. Brown concordou. Ninguém sabe se ele vai ser bom, mas lá vamos nós. Pelo menos temos uma celebridade à altura para abrir o Festival. Muito conhecido. Cozinha na televisão. Vai atrair as pessoas, isso vai. Com um pouco de sorte, vamos ter lucro este ano, desde que tenhamos tempo bom. O tempo até agora está horrível. Perfeito para me arruinar, com o preço do leite tão baixo e os supermercados pagando uma ninharia pelo cordeiro.

— Ele sempre diz que está arruinado — disse Andrew a Aidan quando eles finalmente conseguiram seguir adiante, depois de Wally prometer que entregaria a ovelha no mês seguinte.

— Ah, ei! — chamou Wally.

Andrew virou-se, torcendo para que Wally não o tivesse ouvido. Aidan suspirou.

— Eu ouvi — disse Wally — daquela Stashe que está trabalhando para você agora... não é? Que o pai dela conseguiu uma perna falsa afinal. Foi a um novo especialista. O senhor sabia disso?

Andrew disse que sim.

— Francamente! — exclamou ele quando Wally finalmente deixou que prosseguissem. — Será que todo mundo em Melstone sabe de tudo que fazemos?

Eles atravessaram dois campos e passaram por um portão no caminho para Mel Tump. Foi ali que Aidan começou a desfrutar de verdade a caminhada. Mel Tump, ali perto, era uma fascinante massa de pequenas trilhas verdes seguindo para um lado e para o outro entre arbustos de forte aroma. Aidan teve a sensação de que pessoas andaram muito ocupadas por ali. Talvez Groil fosse uma delas. Aidan olhava atentamente enquanto subiam, para o caso de Groil estar encolhido em algum lugar, debaixo de um arbusto ou em uma das surpreendentes cavidades gramadas, mas não havia o menor sinal dele. Havia coelhos e aves, mas nada extraordinário. Do alto da colina, dava para ver o trecho sinuoso

VITRAL ENCANTADO

do vilarejo e Melstone House, meio escondida por suas duas árvores enormes, o carvalho e a faia-de-cobre. Dava até para deslumbrar as distantes chaminés da Quinta de Melstone, onde o recluso Sr. Brown morava. Olhando para o outro lado, dava para ver quilômetros e mais quilômetros de um campo profundamente verde.

— Não dá pra ver a divisa — disse Aidan, tornando a colocar os óculos, depois de experimentar olhar sem eles.

— Nunca dá — confirmou Andrew. — Teremos de fazer isso por tentativa e erro.

Eles desceram a colina e atravessaram o campo até o trecho da divisa de que Andrew tinha certeza: a depressão na estrada onde ele havia encontrado o fantasma do velho Jocelyn. Quando chegaram lá, aquecidos pela caminhada e refrescados pelo vento levemente úmido, Aidan pensava: isto sim, é vida! Mas ficou bastante decepcionado ao encontrar apenas uma estrada comum com poucos carros passando.

Quando não vinham carros de nenhum dos lados, Andrew o conduziu encosta abaixo, atravessando a estrada bem ao lado da depressão onde estivera o fantasma. Indo o mais lentamente possível, pois havia o risco de alguém passar em alta velocidade, ele avançou, subindo e descendo a discreta elevação na estrada, até ter fixa em sua mente a sensação da fronteira. O lado onde estava o campo de proteção lhe dava a sensação do que agora ele considerava normal: intenso e levemente excitante. O outro lado...

— Ah! — exclamou Aidan. — Este lado é entediante e perigoso! Como ficar parado na pista de pouso de um avião. É monótono, mas você se sente com sorte de não estar morto.

105

— Certo. Estamos procurando essa sensação. Então saberemos que estamos fora dos limites — disse Andrew.

Havia um portão na cerca viva em frente. Além dela via-se um campo de trigo quase maduro com os restos de um caminho para carroças traçado ao lado dele.

— Parece — disse Andrew — que havia uma trilha aqui. Se existe uma trilha ao longo de toda a fronteira, nossa tarefa vai ser bem mais fácil.

Não foi assim tão fácil. *Havia*, ou houvera, uma trilha na maior parte do caminho, mas quem quer que fosse o proprietário daquelas terras tinha lavrado a trilha, ou tirado as cercas vivas para ampliar os pastos, e nesses lugares era muitíssimo difícil. Aidan, à medida que passava de intenso-e-excitante a monótono-e-perigoso, torcia para que ninguém estivesse observando. Eles deviam parecer loucos, os dois atravessando em um minucioso zigue-zague uma ampla e verde campina. Andrew estava mais preocupado com a possibilidade de que algum fazendeiro os visse pela plantação de milho que alcançaram em seguida, correndo, enlouquecidos, e tentando não estragar a colheita.

Chegaram a um riacho, sobre o qual antes havia uma ponte. No entanto, agora ela estava quebrada, e toda a extensão do rio encontrava-se ferozmente bloqueada com cerca de arame farpado e árvores grossas e frondosas.

— É quase como se alguém não quisesse que fizéssemos isso — comentou Aidan.

— É mesmo — concordou Andrew, perguntando-se se o avô tivera inimigos que ele desconhecia. — Vamos comer os sanduíches.

Vitral Encantado

Eles almoçaram sentados na margem do rio, mais acima no monótono-e-perigoso, onde havia um banco de areia que Andrew pensava que poderia ajudá-los a atravessar a água. Enquanto Aidan mastigava alegremente mais da metade dos sanduíches, Andrew pegou o mapa e marcou nele o limite que haviam encontrado até ali. Era surpreendentemente regular, uma curva contínua que parecia ser o começo de uma grande figura oval partindo de Melstone House, perto do centro. Ele ficou tentado a marcar o restante da forma oval por estimativa e voltar para casa. Mas isso parecia trapaça. Agora que estava ali, sentia-se convencido de que sua responsabilidade com o campo de proteção significava que ele tinha, pessoalmente, de percorrer cada passo de seus limites. Ainda assim, marcou a lápis o trajeto que *pensava* que a linha seguiria no mapa. Seria interessante ver se sua previsão estava correta.

Eles cruzaram o rio saltando do banco de areia e se molharam bastante ao fazê-lo. Então desceram até a ponte quebrada e prosseguiram dali.

Nesse trecho, a trilha devia ter seguido entre duas cercas vivas até ter sido esquecida. Eles agora tinham de forçar a passagem pelo meio de uma sebe, com arbustos espinhentos agarrando suas roupas, galhos açoitando seus rostos, maçãs silvestres acertando-lhes a cabeça e urtigas tentando atravessar-lhes a roupa e aferroar suas pernas. Os dois avançaram, abrindo caminho por quilômetros, acalorados e sem fôlego, enquanto seus cabelos se enchiam de sementes, até o casaco novo de Aidan não mais parecer novo e suas botas estarem pesadas de lama.

Então subitamente tudo ficou diferente. Eles pisaram cambaleando em uma pista de verdade com uma cerca do outro lado. Um aviso preso à cerca dizia:

DIANA WYNNE JONES

PISTA PARTICULAR DE EQUITAÇÃO
MANTENHA DISTÂNCIA

— O que isso quer dizer? — questionou Aidan, arfando. Ele tirou o casaco e o sacudiu, livrando-se das sementes.

— É onde eles exercitam os cavalos de corrida — explicou Andrew. Ele debruçou-se na cerca e olhou as longas faixas de relva verde correndo da direita para a esquerda e cruzando o seu caminho. — Sabe, essa divisa deve ser muito antiga. Vejo que devo cuidar de metade dessa pista, mas não da outra metade. Ela deve cruzar nossa divisa. Isso não faz sentido a menos que a pista seja muito mais recente. — Ele subiu na cerca e saltou para a grama espessa e acolchoada. — Venha, Aidan. Vamos ter de invadir um pouco.

Aidan encolheu-se. E se alguém chamasse a polícia...

— Tenho certeza de que está tudo bem — assegurou-lhe Andrew. — Eles só exercitam os cavalos de manhã bem cedo, eu sei disso. Vou ficar surpreso se virmos alguém.

Ele afastou-se, deixando cair torrões de lama misturada com sementes ao caminhar. Aidan o seguiu, encolhido. Os espaços verdes só eram separados um do outro por faixas de grama mais alta cheias de flores silvestres. Eles se abriam pela encosta da colina num tosco formato de um cacho de bananas, tão abertos e expostos que Aidan esperava que a qualquer segundo alguém os veria e gritaria com eles. E, de certa forma, ele tinha razão.

A divisa fazia uma curva mais abrupta ali, na direção do fim do vilarejo, formando a extremidade mais estreita da figura oval que Andrew previra. Eles a seguiram, subindo um morro íngreme e descendo novamente, até onde viam

Vitral Encantado

construções de tijolos vermelhos que eram obviamente os estábulos e a casa grande que os acompanhava, entre as árvores a distância. Nesse momento alguém montado em um cavalo veio trovejando pela relva na direção deles. Aidan virou-se e procurou, desesperado, no gramado vazio algum lugar para se esconder. Imaginou se não deveria se atirar diretamente no chão.

Andrew, porém, acenava alegremente para o cavaleiro, que acenou em resposta e galopou, animado, até eles. O cavalo emitiu uma espécie de resfôlego de protesto quando foi parado. Stashe, montada nele, surpreendentemente encantadora de capacete de equitação, sorriu de cima para eles.

— Olá, vocês dois. Estão perdidos? Ou só praticando um pouco de invasão de propriedade?

— A última opção — respondeu Andrew, em seu tom mais professoral. — Estamos percorrendo os limites do meu campo de proteção. — Ele estava muitíssimo contente com esse encontro tão inesperado, mas não sabia muito bem como mostrar seus sentimentos.

— Ah! — disse Stashe. — Então é *isso*? Parece que ele puxa você, não é? Cruza as pistas numa linha oblíqua. Se você precisa percorrer cada centímetro dele, porém, receio que terá problemas. Ele atravessa a casa de Ronnie Stock. Papai diz que a Granja Melstone deve ter sido construída muito depois de os Brandon terem estabelecido seu campo de proteção. Mas não se preocupe — acrescentou ela, rapidamente, vendo o quanto Andrew parecia desapontado. — Tem reuniões de corrida por toda parte hoje. Ronnie, a Sra. Ronnie *e* o treinador assistente estão fora, assistindo-as. Encontrem-me nos portões grandes, e verei o que posso fazer. Mas primeiro preciso dar um *pouco* de exercício ao pobre Perdição!

Ela gritou a última frase para trás enquanto o cavalo saía galopando. Andrew deu de ombro.

— Podemos muito bem continuar — disse ele.

Depois disso, para Aidan as coisas ganharam um aspecto de sonho. Eles seguiram a divisa colina abaixo, então saíram das pistas em um jardim muito bem-cuidado, pelo qual ela prosseguia, atravessando uma das extremidades de um canteiro de rosas. Tinham acabado de alcançar portões altos de ferro que pareciam se abrir para o pátio do estábulo quando Stashe chegou galopando do outro lado do muro do jardim. Ela amarrou o cavalo a uma argola no muro, deu-lhe um torrão de açúcar e — Aidan encolheu-se — um beijo em seu grande nariz, e passou pelo portão para vir ter com eles.

— Por aqui — disse ela, e os conduziu para o interior da casa grande e caprichosa. — Vocês acham que podem levar as botas nas mãos? — perguntou ela. — Não creio que Ronnie fosse gostar de toda essa lama em seus tapetes.

Assim, eles percorreram a divisa de meias. Era melhor desse jeito, Aidan descobriu. A divisa chiava sob seus pés, por baixo dos tapetes de Ronnie Stock. Eram obviamente tapetes muito caros. Aidan os achou horríveis — o que, ele concluiu, *provava* que deviam ser tapetes bons, da forma como coisas de mau gosto *eram*, assim como fazia bem comer clara de ovo. Mas era uma sensação muito estranha seguir esse chiado através da majestosa sala de jantar e, em seguida, de um grande salão, resplandecente com candelabros e mais tapetes de mau gosto. E por fim chegar a um beco sem saída em um banheiro no primeiro andar.

VITRAL ENCANTADO

— Oh, céus! — exclamou Aidan, apertado, naquele banheiro com flores azuis por toda parte.

— Use-o enquanto estamos aqui — disse Andrew. — A divisa deve passar sob a parede. Vamos reencontrá-la do lado de fora. — Ele olhou, um tanto irritado, para Stashe, que estava tendo um acesso de riso.

— Você... você tem a metade de um banheiro florido sob os seus cuidados! — Stashe conseguiu dizer.

Andrew acabou rindo também.

Passaram pela grandiosa porta da frente e sentaram-se nos imponentes degraus de entrada para tornar a calçar as botas.

— Preciso ver Perdição — disse Stashe, alegremente. — Vejo vocês depois de amanhã.

Em seguida, a divisa os levou à ampla curva de uma entrada de carros coberta de cascalho, quase até os portões de entrada da Granja Melstone. Mas ali ela se desviava novamente para os campos e o pântano do outro lado do vilarejo. Andrew olhou para aquele lado, satisfeito. Era quase exatamente a linha que ele havia traçado a lápis no mapa. Mas ele podia ver que Aidan estava bastante cansado.

— Acho melhor deixar o restante para outro dia — disse ele — e voltar para casa atravessando o vilarejo.

Aidan concordou, feliz. Tinha a sensação de que andara por uma semana. E suspeitava de que havia ainda um longo caminho através do vilarejo até Melstone House.

E estava certo. Melstone era um vilarejo estreito e comprido. Era muito bonito à luz do fim da tarde, com suas fileiras de chalés se alternando com casas maiores construídas com tijolos vermelhos antigos e um ou outro bangalô novato

111

espremido entre eles. Um daqueles bangalôs pertencia ao Sr. Stock, pensou Andrew, mas ele não sabia qual. Aidan suspirou. Aquela estava se tornando apenas uma estrada muito, muito longa para ele.

Falar sobre o Sr. Stock fez Andrew pensar nas verduras.

— Minha opinião é a de que merecemos uma ceia de primeira esta noite — disse ele. — Você entende alguma coisa de cozinha?

— Um pouco — disse Aidan. — A Vó sempre dizia que não tolerava homens inúteis que não sabiam cozinhar nem um ovo. Ela me fez aprender a cozinhar quando eu era bem pequeno. Sei fazer a maior parte dos pratos simples.

— Ótimo! — exclamou Andrew. — Então você pode cozinhar esta noite.

Ah, puxa.

— Quando minhas pernas pararem de doer — disse Aidan rapidamente, e olhou ao redor em busca de algo que tirasse a atenção de Andrew da cozinha.

A estrada os levava em uma linha sinuosa colina abaixo em direção à depressão na qual se localizava Melstone House. E lá, na esquina seguinte, erguia-se o perfeito chalé com telhado de colmo, um daqueles que se havia aninhado na terra ao longo dos séculos, tanto que não parecia ter sido construído pelo homem, mas sim nascido ali. Trepadeiras em flor contornavam suas janelas com vidraças em formato de losango. A porta de entrada era ligeiramente oblíqua e o jardim era formado por uma massa de rosas, rosas de todas as cores possíveis.

— Ei! — disse Aidan com astúcia, mas também com sinceridade. — Que casa legal! Gosto mais dela do que da casa de Ronnie Stock.

VITRAL ENCANTADO

— Quem não gostaria? — concordou Andrew. — É idílica.

Alguém estava pra lá e pra cá pelo jardim, cuidando das rosas. Quando se aproximaram, viram que era Tarquin O'Connor — Tarquin andando com duas pernas, mas muito cauteloso, como se não confiasse muito que sua nova e inexistente perna não fosse desaparecer subitamente e derrubá-lo em uma roseira.

Tarquin os viu na mesma hora. E veio mancando até o portão da frente com um sorriso de deleite acima da barbicha.

— Olá! — gritou ele. — Eu me perguntava se vocês viriam. Entrem e tomem uma xícara de chá. Acabei de fazer alguns biscoitos, fiz, sim.

Alívio!, pensou Aidan.

Eram os melhores biscoitos amanteigados que Aidan já provara. As xícaras de chá de Tarquin eram do tipo que a Vó guardava em uma cristaleira e nunca usava. Aidan mal ousava beber na sua. Ficou olhando a sala desordenada e confortável de Tarquin enquanto o ouvia confessar a Andrew, com um sorriso pesaroso, que sua perna inexistente ainda estava lá, mas que ele simplesmente não *confiava* nela.

— É a maneira como meus dedos a atravessam a meia quando as calço — explicou ele.

Andrew tirou os óculos e examinou a perna. Aidan olhou a mobília polida e o teto baixo com vigas pretas, e em seguida para os velhos e brilhantes tapetes orientais de Tarquin.

— Ah, eu gosto muito mais dos seus tapetes do que os de Ronnie Stock! — exclamou.

— E deve mesmo! — disse Tarquin, rindo. — Ronnie nunca teve gosto. Se uma coisa custa muito dinheiro, Ronnie acha que é boa. Mas como foi que você viu o interior da casa dele?

— Stashe nos levou até lá — informou Aidan.

Ele e Andrew descreveram como a divisa do campo de proteção atravessava a Granja Melstone ao meio, inclusive o banheiro do térreo.

Tarquin achou graça disso, como Stashe também achara.

— Ronnie acredita — disse ele — que a Granja é muitíssimo antiga. Ele vivia me dizendo isso quando eu montava para ele. Assim, fui até o Escritório de Registros do Condado e procurei o registro do lugar. A casa foi construída em 1832, foi, sim. Isso faz com que seja mais ou menos vitoriana. Este chalé data de trezentos anos antes disso... Talvez mais, no entanto, não existem registros anteriores. E aposto que seu campo de proteção é pelo menos da mesma época que minha casa, ou não teria a Fazenda construída sobre ele. Por falar nisso, Stashe lhe contou da grande confusão que está havendo no Comitê do Festival?

— Não — respondeu Andrew, ainda olhando para a perna de Tarquin. — Foi Wally Stock quem mencionou.

— Ele! Era *mesmo* de se esperar! — exclamou Tarquin. — Eu juro que aquele homem sabe das coisas antes mesmo de elas acontecerem! Mas é verdade, é sim, que por algum tempo parecia que todo o Festival ia ser cancelado. Eu estava pensando que Stockie, o seu Sr. Stock, provavelmente cortaria a própria garganta se não tivesse onde expor seus legumes e verduras. Mas agora trouxeram o Sr. Brown para o Comitê e está tudo bem de novo, está, sim.

VITRAL ENCANTADO

Andrew tornou a colocar os óculos e disse:

— Não conheço o Sr. Brown.

— Aquele lá da Quinta? Não mesmo? — perguntou Tarquin. E acrescentou, exatamente como Wally Stock: — Recluso e um tanto erudito, como você, Andrew. Estou surpreso que não o conheça.

Seu avô, Andrew lembrou-se, sempre dizia: "O Sr. Brown não é para nós, Andrew, mas temos de ser muito educados com ele." Então o rapaz disse, pensativo:

— Não. Meu avô parecia não se dar com ele.

— Isso não me surpreende — afirmou Tarquin. — *Ninguém* conhece o homem. O que torna ainda mais surpreendente que ele vá presidir o Festival, torna, sim. De qualquer modo, o que você conclui desta minha perna?

— Acho que posso endurecê-la — disse Andrew. — Lentamente, porém, de pouquinho em pouquinho. Apareça para me ver com a maior frequência que puder, e vou gradualmente torná-la mais sólida.

— Muitíssimo obrigado — disse Tarquin. — Foi um pouco constrangedor esta manhã quando Stockie passou por aqui, esbravejando sobre o Festival ser cancelado, e eu prendi a perna da calça em um prego. Andei em uma direção e a perna da calça foi em outra. Stockie ficou olhando.

— Eu achava que ele estivesse acostumado a essas coisas — disse Andrew —, tendo trabalhado para o meu avô durante todos esses anos. Pois bem. Seus pés já estão descansados, Aidan? É melhor irmos andando.

Capítulo Sete

A Sra. Stock já tinha ido para casa quando Andrew e Aidan chegaram a Melstone House. Havia, inevitavelmente, uma travessa de couve-flor gratinada no meio da mesa da cozinha. Debaixo dela, um bilhete em tom de reprimenda dizia: *Nosso Shaun não sabia o que fazer, então foi para aquele galpão velho. Se fez bobagem, vocês deviam estar aqui.*

Andrew apenas riu e pôs-se a preparar bife tirado do freezer. Andrew fez a maior parte, para alívio de Aidan, que não sabia onde ficavam guardadas as panelas ou como funcionava o fogão, mas ajudou. E o tempo todo ficava olhando as imensas roupas para Groil que ele trouxera para baixo e pendurara em uma cadeira da cozinha, torcendo para que não chovesse e ele pudesse levá-las para o telhado do galpão depois do jantar. Aquelas roupas eram o primeiro grande projeto mágico de Aidan, e ele queria que *funcionassem*.

Mal posso *esperar* para ver se servem!, ele ficava pensando.

VITRAL ENCANTADO

Enquanto Aidan pensava isso no mínimo pela quadragésima vez, a voz da avó lhe veio à mente, dizendo o que ela sempre dizia quando Aidan não conseguia se segurar de expectativa por alguma coisa. *Aidan, não desperdice a sua vida!* Em geral, Aidan entendia que essas palavras queriam dizer que ele não deveria desperdiçar o presente desejando alguma coisa no futuro. Dessa vez, porém, ele lembrou-se do quanto Groil era grande e que não era *estritamente* vegetariano. As palavras da Vó assumiram um significado bem diferente então. Aidan se assustou e sentiu-se muito pequeno.

Mesmo assim, observou Andrew atirar as roupas enormes no telhado do galpão ao pôr do sol. Aidan percebeu então que não tinha mais o menor desejo de saber se elas serviam ou não. E foi para a cama. Estava bastante cansado depois de toda aquela andança e caiu no sono imediatamente.

Por volta da meia-noite, foi acordado por uma batida ruidosa em sua janela. O vento, deduziu, sonolento. A batida soou novamente. Ele ouviu a janela sacudir. Ele vai quebrá-la!, pensou Aidan e levantou-se da cama rápido, subindo e descendo o piso até a janela. Muito à semelhança da noite anterior, ele podia ver uma densa lua branca atravessando uma fina fumaça de nuvens. Quando chegou à janela, lua e nuvens desapareceram atrás de um grande punho escuro. BANG. A janela se sacudiu.

Aidan subiu com cuidado no peitoril de quase um metro de largura e abriu a janela. Ajoelhou-se ali e olhou para o punho de Groil, que se deteve na hora em que ia bater no vidro novamente. Mais abaixo, o imenso rosto de

DIANA WYNNE JONES

Groil estava voltado para cima, olhando para o menino, e ele parecia-se mais do que nunca com Shaun. Quando Aidan se inclinou para fora, o rosto de Groil abriu-se em um grande sorriso, mostrando duas fileiras de dentes quadrados extremamente grandes. Aidan, vendo que Groil usava as roupas, percebeu que as fizera mesmo grandes demais. Groil tivera de dobrar as mangas e enrolar a barra do jeans. Aidan podia ver a bainha mais clara acima dos pés descalços de Groil — que ainda pareciam enormes, mesmo daquela altura.

— Ah, ótimo! Você encontrou as roupas! — exclamou Aidan.

Groil assentiu com veemência, os olhos pregueados com o sorriso.

— Foi você quem fez?

— Sim — disse Aidan.

— Foi o que pensei — retrucou Groil. — Elas têm o seu cheiro. Um cheiro de magias boas.

— E você gostou? — perguntou Aidan, ansioso.

Groil tornou a assentir e sorriu alegremente.

— Confortáveis — disse ele. — Quentes. Elegante, também. Eu vou dormir bem, quando vier o inverno. E ainda vão servir quando eu crescer. Ninguém vai poder rir de mim por estar pelado agora. Você é muito bom. Vou elogiá-lo para o Senhor Supremo. Posso até pedir a alguém que mencione você ao Rei.

— Está tudo bem — disse Aidan, perguntando-se quem seriam esse Senhor Supremo e esse Rei. — Não foi nada.

— Mas tive um pouco de problema com os não botões — contou Groil. — Eu fechei direitinho? — Ele recuou um pouco para que Aidan pudesse ver o fecho no jeans e na gola do suéter, e os apontou. — É para puxar para cima e fechar, certo?

Ambos os zíperes estavam devidamente fechados. Groil não era nenhum bobo, pensou Aidan, apesar de provavelmente nunca ter visto um fecho na vida.

— Sim — disse Aidan. — Zíperes. Você fechou os dois direitinho. Está bonito.

— Zíperes — repetiu Groil. — Eu estou bonito. Eu me sinto bem. Tenho *roupas!* — Ele rodopiou, afastando-se, agitando os braços à maneira de Shaun, e se pôs a dançar no gramado sombrio, banhado pelo luar. — Eu tenho *roupas!* — cantarolou em uma voz áspera de tenor. — Estou *bonito!* Tenho *zíperes,* tenho *roupas,* estou *bonito!* — Ele pulava, saltitava. Levantava as pernas em extravagantes piruetas. E pulava. Uma ou duas vezes Aidan teve certeza de que Groil pisara em um cardo espinhento, mas não pareceu notar. Seus pés deviam ser como couro. — Eu tenho *zíperes!* Tenho *roupas!* — Groil rugia e saltitava como um bailarino, rodopiando em pleno ar.

Depois de alguns instantes, Aidan captou o ritmo de Groil, inclinou-se para fora da janela e começou a bater palmas no ritmo da dança. Suas mãos já estavam bem doloridas quando Groil finalmente seguiu dançando até a quina da casa, desaparecendo de seu campo de visão. Ainda assim, Aidan podia ouvi-lo cantando a distância. Então voltou para a cama, assombrado com o quanto era fácil fazer alguém feliz. A Vó sempre dizia que assim você também ficava feliz, mas Aidan até então nunca acreditara muito nisso.

— Groil gostou das roupas — contou a Andrew de manhã.

Andrew sorriu, fritando bacon. Parecia que preparava o café da manhã mais cedo que de hábito.

— Eu o ouvi cantando — disse ele. — *Não* é um dos melhores tenores do mundo.

— Ele dançou também — contou Aidan.

— Senti o chão tremer — retrucou Andrew, virando o bacon e o pão frito em dois pratos. — Coma. Hoje vamos seguir a divisa no sentido contrário, para a esquerda do declive na estrada. E está parecendo que vai chover, então quero sair o mais rápido possível.

Começava a chuviscar ligeiramente quando eles partiram, e a temperatura estava decididamente mais baixa. Groil ficaria feliz com as roupas, pensou Aidan enquanto andava em meio às vacas de Wally Stock no caminho para a estrada. Pensando bem, Aidan também estava feliz com seu novo impermeável com zíper. Eu tenho zíperes, ele pensou, e não pôde deixar de sorrir.

A divisa desse lado não era tão regular quanto Andrew pensara. Fazia um grande desvio, afastando-se do bosque e dos campos de Andrew, em direção a campinas desconhecidas, e então corria ao lado da estrada por um trecho, até que a estrada se desviava na direção da antiga Universidade de Andrew. Ali eles a perderam por um tempo. Na verdade, Aidan se perguntava se eles não haviam se perdido totalmente. Os dois patinharam por um campo pantanoso cheio de juncos altos, de onde sequer podiam ver o vilarejo, embora pudessem ouvir o relógio da igreja badalar a distância, atrás do bosque. Onze horas, pensou Aidan. Já.

Nesse ponto a chuva caiu propriamente, densa e pesada. Os juncos se curvavam e sibilavam com ela, e o bosque distante estava quase apagado por bastões cinzentos de chuva. Eles mal podiam ver por onde estavam andando, quanto mais encontrar a divisa. Em segundos estavam encharcados, o cabelo escorrendo para os olhos e óculos praticamente inúteis.

Andrew deu dois passos pegajosos provavelmente na direção errada e parou.

— Isso não é nada bom — disse. — Vamos para o bosque nos abrigar até a chuva passar. Não pode chover assim tão forte por muito tempo.

Aidan tirou os óculos e pôde então ver a silhueta do bosque verde-escuro por trás da chuva. Estava muito mais distante do que pensara. Eles se dirigiram aos tropeços para lá, cada um tentando, de tempos em tempos, enxugar os óculos molhados no lenço de Andrew. Aidan esquecera, em sua explosão de compras, que poderia precisar de lenços. Ele se amaldiçoava por isso quando finalmente atravessaram uma moita de sarça e alcançaram a proteção das árvores.

— Está molhado aqui também — disse, desgostoso.

— É, mas é diferente — respondeu Andrew.

Era verdade. As folhas das árvores retinham a chuva, de modo que eles podiam pelo menos ver por onde andavam. Mas de vez em quando uma árvore ficava carregada demais e tudo vinha abaixo, o equivalente a vinte minutos de chuva pesada desabando na cabeça deles. Lá no alto, podiam ouvir a chuva sibilando incessantemente nas copas das árvores, enquanto ao redor, árvores e mais árvores descarregavam a água fria com um estrondo.

— Acho que vamos nos afogar — disse Aidan, infeliz.

Andrew olhou para ele. Um garoto da cidade. Desacostumado a isso. O rosto de Aidan estava molhado e branco, e ele tremia. Nesse aspecto, Andrew também não estava muito feliz.

— Muito bem — disse ele. — Vamos voltar para casa e esperar até a chuva parar.

Foi o que tentaram fazer. Mas, dessa vez, nenhum dos dois tinha muita certeza de para que lado ficava a casa. Depois de avançar sem direção por algum tempo — durante o qual uma árvore imensa despejou várias cargas de chuva, misturadas a galhos, lagartas e folhas, diretamente em suas cabeças —, Andrew partiu, com firmeza, em uma linha reta. O bosque não era muito grande. Ele sabia que teriam de sair dali logo. Aidan o seguiu, remexendo os ombros e morbidamente se perguntando se o movimento que descia por suas costas era apenas água ou uma criatura grande e sem pernas que havia de alguma forma entrado em seu capuz.

Até que se viram diante de um muro.

O muro não era alto. Ia aproximadamente até a altura do joelho, feito de antigos tijolos cobertos de musgo e que estavam desmoronando. Mas o fato ligeiramente sinistro que se notava nele era que alguém havia completado as lacunas e os trechos mais baixos com arame farpado novo. E parecia atravessar o bosque até onde eles conseguiam ver, em ambas as direções.

VITRAL ENCANTADO

— Eu não me lembro *disto!* — disse Andrew. — E para que o arame farpado? Tudo aqui é propriedade minha. Nunca dei permissão para ninguém cercar parte do bosque.

Com um leve resmungo, ele ergueu uma bota encharcada e a pousou do outro lado do muro, esmagando ruidosamente as folhas secas caídas ali.

Como se fosse um sinal, ouviram-se mais ruídos semelhantes um pouco à frente, perto do muro. Um homem grande com uma touca cinza e um casaco azul-marinho molhado vinha marchando de galochas ao longo do muro. Estava armado. E um cão o acompanhava na guia. Um cão de aspecto desagradável, parecendo um *bull terrier*, com a cara lisa e inchada, e olhos rosados e maléficos. Andrew, olhando do rosto do homem para o do cachorro, pensou que os dois eram extraordinariamente parecidos, até os olhos rosados e maléficos. Independentemente disso, o homem o fazia lembrar outra pessoa. Tirando o inchaço, ele pensou...

— Tire esse pé daí — grunhiu o homem para Andrew — ou eu solto o cachorro em cima de você. Se passar deste muro, estará invadindo propriedade alheia.

Andrew sentiu-se um idiota, flagrado com um muro entre as pernas assim, mas disse:

— Não, não estarei. Este bosque é meu. Eu sou Andrew Hope. Quem diabos é você?

— Segurança — disse o homem, com um rosnado.

O cão rosnou também e forçou a guia, tentando ir na direção da perna de Andrew.

Com o máximo de dignidade possível, Andrew recolheu a perna rapidamente para o outro lado do muro.

— Segurança de quem? — perguntou.

— Do Sr. Brown, é claro — respondeu o homem, rispidamente. — Este lado do muro e o bosque são todos dele. E ele não autoriza ninguém a entrar em sua propriedade.

— Quanta baboseira!

— Se não acredita em mim, vá perguntar ao Sr. Brown. Ele tem tudo lá, tim-tim por tim-tim. Portanto dê o fora daqui. Agora.

Nesse momento o cão pôs as patas dianteiras nos tijolos e rosnou lascivamente para Andrew. A baba pendia das presas grandes e amarelas.

Andrew recuou.

— Isso é uma completa invenção! — disse ele, furioso. — Você não tem o direito de me expulsar de minhas próprias terras! Eu certamente vou falar com seu patrão. Diga-me o seu nome.

— Segurança — disse o homem. — É só isso que você vai saber. Fale com quem bem entender, mas dê o fora deste bosque, antes que eu solte o cachorro. — Ele levou a mão ao fecho que prendia a guia à coleira. — Chispem daqui. Os dois. Agora.

Parecia não haver nada a fazer a não ser ir. Branco de raiva, Andrew deu meia-volta e afastou-se. Sentia-se furioso que nem lembrou que pouco antes estava perdido naquele bosque. Ele simplesmente virou-se na direção de Melstone House e seguiu para lá em passadas longas e enraivecidas, com Aidan quase correndo para acompanhá-lo. De fato, a campina verde embranquecida pela chuva surgiu entre as árvores instantes depois. Andrew atravessou em meio às ovelhas de Wally Stock, bufando.

VITRAL ENCANTADO

— Aquele bosque é *meu!* — afirmou ele. — Pertencia ao meu avô. Está na escritura. Vou telefonar para minha advogada. Esse tal de Brown não tem nenhum *direito* de cercar metade da terra, muito menos de contratar um homem para nos ameaçar!

Aidan ergueu o olhar para o rosto branco e os olhos vidrados de Andrew e ficou impressionado. Essa era a primeira vez que via o Professor parecer perigoso. E perguntou-se o que Andrew iria fazer.

Quando chegaram a casa, Andrew correu para o estúdio e pegou o pacote amarelo e poeirento que continha a escritura de Melstone House.

— O que vocês dois estão fazendo, molhando a casa toda? — indagou a Sra. Stock.

Andrew a ignorou e abriu a escritura na mesa, apesar da chuva gotejando de seu cabelo nas folhas.

— Aqui está! — disse ele a Aidan, limpando, impaciente, a água do mapa. — Exatamente como pensei. Aquela linha marca o limite da propriedade e passa *em torno* do bosque inteiro. A terra da Quinta vai só até ali. Soltar um cachorro em cima de mim, ele iria!

Pegou o telefone e digitou furiosamente o número de sua advogada.

— E vocês querem almoçar agora? — perguntou a Sra. Stock.

— Agora não — disse Andrew, com o telefone no ouvido. — Estou furioso demais para comer. Alô? Posso falar com Lena Barrington-Stock, por favor? É urgente.

— O senhor me ouviu? O almoço! — insistiu a Sra. Stock.

Uma voz no ouvido de Andrew lhe dizia que a Sra. Barrington-Stock não estava no escritório naquele momento, mas entraria em contato se Andrew deixasse o nome e o número do telefone. Ele olhou de mau humor para a Sra. Stock.

— Aidan vai almoçar — disse ele. — Eu estou ocupado.

— Como? — perguntou o telefone.

— Andrew Hope, Melstone House, Melstone — respondeu Andrew. — Vocês têm meu número no arquivo. Eu esqueci. Vá embora, Sra. Stock. — Ele desligou, pegou a lista telefônica e começou a procurar febrilmente o número dos Brown.

— Não estou acostumada a ser tratada assim — disse a Sra. Stock, e saiu, precipitada.

Sabendo que haveria páginas e mais páginas de Brown, Aidan deixou Andrew dedicado àquela tarefa e foi silenciosamente vestir roupas secas. Voltou e encontrou Andrew ainda procurando o número. E praguejando.

— Já é a segunda vez que passo por todos os Brown — disse a Aidan —, e não tem nenhum Brown numa Quinta de Melstone aqui! O ladrão desgraçado não deve estar na lista. Era de se esperar!

— Você podia almoçar então — sugeriu Aidan.

— Não, não. Estou ficando mais furioso a cada minuto que passa. — Ele largou a lista telefônica e subiu a escada, batendo os pés.

Aidan demorou-se no estúdio, ciente de que Andrew tinha de fato ofendido muito gravemente a Sra. Stock e se perguntando como podia evitar chegar perto dela. Couve-flor gratinada, ele pensou. Aos montes. Ele ainda estava fazendo hora no estúdio quando Andrew voltou tempestuosamente

VITRAL ENCANTADO

para olhar o mapa. Andrew vestia roupas muito mais elegantes que o habitual — se não se levasse em conta os remendos de couro nos cotovelos do paletó de tweed — e, na verdade, estava até colocando uma gravata.

— Estou indo até a casa do Sr. Brown — anunciou ele, pegando o mapa na mochila. — Ah. Aqui está. Eu sabia que chegar até a Quinta era difícil. É melhor você ficar fora do caminho da Sra. Stock. Pode almoçar os sanduíches na minha mochila. — Ele puxou o nó da gravata com raiva e disparou para o corredor.

— E aonde vai agora? — Aidan ouviu a Sra. Stock perguntar.

Ouviu também Andrew responder:

— Não é da sua conta qual pescoço eu quero torcer! — A isso se seguiu a porta da frente batendo com violência.

Logo depois, Aidan ouviu o carro dando a partida e o ruído do cascalho voando enquanto Andrew rugia pelo caminho até o portão.

A chuva parecia estar cedendo. Aidan decidiu sair assim que ela parasse. Nesse meio-tempo, comeu os sanduíches e foi para a sala de estar, pensando em brincar no piano. Mas a Sra. Stock estava lá, vingativamente movendo o piano outra vez para o canto escuro. Aidan retirou-se mais do que depressa. Como a chuva era agora apenas um chuvisco, ele tornou a vestir o impermeável molhado e saiu. Qualquer coisa parecia melhor do que ficar na casa com a Sra. Stock.

Aidan se acostumara à sensação não tão segura assim fora do terreno de Melstone House. Ele decidiu que exploraria a outra extremidade do vilarejo. Então, no fim da alameda virou à direita e desceu o morro, passando pela igreja entre as árvores e em seguida pela praça e pelo pub. Havia muitas outras crianças por lá. As aulas na escola local — onde quer que esta ficasse — deviam estar suspensas para o feriado. Como não conhecia ninguém, Aidan seguiu em frente, agora subindo o morro, passando o mercado e o cabeleireiro, na direção das casas novas no fim do vilarejo. Pouco antes de alcançá-las, ele foi parar no campo de futebol. Havia um grande cartaz fixado na cerca ali, anunciando FESTIVAL DE VERÃO DE MELSTONE — AQUI, SÁBADO PRÓXIMO e dando a data do sábado depois do seguinte. Um pouco maluco, pensou Aidan. E entrou ruidosamente pelo portão para investigar.

Não havia traves de gol, mas isso não impedira que onze garotos — não, dois deles eram garotas — começassem um jogo de futebol na grama molhada, com as traves do gol marcadas por suas roupas empilhadas. O lado com seis jogadores estava ganhando. Enquanto Aidan assistia, eles marcaram dois gols.

Aidan assumiu uma postura cuidadosamente casual e aproximou-se devagar. Outro gol foi marcado contra o lado com cinco jogadores no momento em que ele chegou lá.

— Posso ficar no gol se vocês quiserem — ofereceu, como se não desse muita importância.

Eles aceitaram a oferta imediatamente. Aidan guardou os óculos no impermeável, fechando-o com o zíper, colocou-o na pilha que marcava a trave do gol com as outras roupas e, feliz, juntou-se aos meninos. Mais ou menos uma hora depois, o jogo estava empatado e Aidan tinha onze novos amigos.

VITRAL ENCANTADO

Assim, tanto Aidan quanto Andrew perderam o incidente que foi A Gota D'Água para a Sra. Stock e que a levou a pegar Shaun e ir embora cedo, deixando um bilhete no qual seus sentimentos levaram a melhor sobre a ortografia:

Vocês ainda não derão nenhum trabalho a Shaun. Apareceu uma mulher rondando a casa e expiando as janelas, saí e lhe paçei um sabão. O extoque de colve-flor do Sr. Stock se esgotou então fiz batata gratinada. Mandamos que ela foce cuidar da própria vida.

CAPÍTULO OITO

Chegava-se à Quinta de Melstone pegando a estrada estreita atrás da igreja, embora fosse preciso tomar cuidado para não *pegar* a outra estrada estreita com a placa que indicava MELFORD. Normalmente, Andrew poderia ter cometido esse erro. Mas, naquele dia, sua fúria o levou direto à estrada correta, sem sinalização, e em seguida o fez sacolejar por uma alameda não pavimentada. Essa alameda de repente se transformou em uma trilha esburacada que cortava campos pontilhados com árvores altas. Um bando de alces fugiu em disparada do caminho do motorista furioso, que dobrou velozmente uma esquina e chegou à Quinta.

A propriedade era em alto grau elisabetana. Tinha chaminés altas, muitas vigas pretas externas e um grande número de janelas amplas com vidraças em formato de losango. E empenas suficientes para várias casas de fazenda.

— Como um filme de fantasma! — disse Andrew entre dentes. — Um filme B ruim! Absurdo!

Ele estacionou diante da imponente porta de entrada de carvalho, marchou sob o chuvisco, subiu os degraus de tijolo e puxou o grande sino de bronze. Um retinido abafado soou em algum lugar no interior da casa.

Andrew esperou, torcendo muito para que tivesse chegado a tempo de interromper o almoço do Sr. Brown. Ele estava prestes a puxar o cordão do sino com mais força ainda quando a porta se abriu com um rangido impressionante. Um homem baixo e gordo de fraque olhou de baixo para ele.

— Pois não, senhor?

O mordomo, pensou Andrew. Tinha de haver um mordomo. Alguma coisa no rosto gorducho do homenzinho lhe pareceu familiar, mas Andrew estava zangado demais para pensar a respeito.

— Quero ver o Sr. Brown — disse ele. — Agora.

— Sim, senhor. Que nome devo anunciar, senhor? — perguntou o homenzinho.

Isso parecia fácil demais. Andrew se recusou a se deixar desconcertar.

— Diga-lhe que é o Professor Hope — rosnou ele. Todos ali pensavam que ele era um professor. Podia muito bem fazer uso do título. — De Melstone House — acrescentou, ameaçador.

— Sim, senhor. Por favor, siga-me, senhor. — O mordomo acenou para que Andrew entrasse na casa e fechou a porta atrás dele com outro rangido impressionante.

Então se foi ruidosamente para o interior sombrio, passando por paredes revestidas de carvalho esculpido e uma imensa área de ladrilhos vermelhos.

Andrew o seguiu. O fato de estar sendo recebido sem questionamento o deixava mais furioso que nunca. O mordomo nem parecia notar que ele estava com raiva. Tentando enfraquecer o meu ímpeto!, ele pensou. Havia um forte cheiro de rosbife no ar, o que levou Andrew a torcer para que estivesse prestes a irromper no meio da refeição do Sr. Brown, que provavelmente tinha um guardanapo debaixo do queixo e um *decanter* ao lado do gordo cotovelo.

Mas parecia que o almoço na Quinta tinha chegado ao fim. O mordomo o conduziu até uma biblioteca escura e confortável, onde livros encadernados em couro brilhavam nas paredes, e cadeiras de couro vermelho com botões espalhavam-se em um grosso tapete castanho-claro. Um fogo fraco bruxuleava no fundo de uma vasta lareira em arco, com um brasão de armas em sua fachada de metal.

— Um Professor Hope deseja vê-lo, senhor — disse o mordomo, mantendo aberta a grossa porta de carvalho com entalhes. — De Melstone House, ele diz.

— Entre, entre, Professor — convidou uma voz agradável e clara. Um cavalheiro alto e grisalho, com um terno listrado e elegante, levantou-se ao lado da lareira e avançou com a mão estendida. — Tenho muito prazer em conhecer o inquilino de Melstone House. Posso lhe oferecer uma bebida?

— Não, obrigado — respondeu Andrew, feliz por não ser um grande bebedor. — E não se trata do *inquilino*. Trata-se do *proprietário*. — Ele conseguiu evitar o aperto de mão do Sr. Brown tirando os óculos e pondo-se a limpá-los. Aos seus olhos nus, o homem parecia ainda mais alto e impossivelmente magro. Parecia haver uma espécie de halo prateado em torno dele.

O Sr. Brown recolheu a mão, demonstrando perplexidade.

— Mas certamente, meu caro senhor, seu nome não deveria ser Brandon se não é inquilino?

— Jocelyn Brandon era meu avô — disse Andrew. — E lamento conhecê-lo com esse tom inamistoso, mas vim até aqui com uma queixa.

— Ora, ora — replicou o Sr. Brown. — Bem, se não quer uma bebida, pelo menos sente-se e desabafe.

Ele indicou a Andrew a cadeira vermelha com botões diante daquela em que estivera sentado. Andrew sempre pensara que esse tipo de cadeira devia ser muitíssimo desconfortável. Sentou-se com cautela e descobriu que tinha razão. A coisa era toda calombos escorregadios. O instinto fez com que se mantivesse sem óculos. Sob o pretexto de encontrar uma mancha na lente esquerda e depois uma na direita, Andrew conseguiu manter os olhos nus pela maior parte do que se seguiu.

Ele observou o Sr. Brown afundar sua extensão prateada na cadeira em frente e pegar o copo no qual estava bebendo. O líquido era cor-de-rosa. De tempos em tempos, até parecia, indistintamente, que o Sr. Brown estivesse de fato bebericando em uma rosa de verdade. O decanter que Andrew imaginara antes estava lá, em uma mesa, perto do cotovelo magro do Sr. Brown. Na realidade, havia vários decanters. Um deles continha um líquido azul estranhamente pulsante. Outro era amarelo, e guardava um fascínio que fez os olhos de Andrew lacrimejarem, e um terceiro era violentamente verde. Nenhum deles era cor-de-rosa. Andrew sentiu-se extremamente feliz por ter recusado a bebida. E agradeceu silenciosamente a Aidan por mostrar-lhe esse truque com os óculos.

— Sr. Brown — disse —, há mais ou menos uma hora eu estava caminhando em meu bosque, Melstone Wood, como é chamado na escritura de *minha propriedade,* e encontrei metade do bosque isolada por uma cerca e patrulhada por um sujeito extremamente desagradável que disse ser seu Segurança. Ele me mandou embora com ameaças. Agora, quem quer que ele seja...

O Sr. Brown deu de ombros cortesmente.

— Receio que não lhe possa dar nenhum outro nome que não Segurança — disse ele.

— ...eu repudio fortemente — prosseguiu Andrew — o fato de ser expulso de minhas próprias terras.

— Mas veja a questão do meu ponto de vista — argumentou o Sr. Brown, calmo e tranquilizador. — Há criaturas naquele bosque que eu desejo proteger.

— Eu posso perfeitamente bem proteger meus próprios esquilos! — argumentou Andrew. — O fato é que o senhor não tem absolutamente nenhum direito de cercar metade do meu b...

— Não estamos falando de esquilos. — O Sr. Brown o interrompeu, plácido e prateado. — Estamos falando da minha privacidade, cuja proteção é dever meu, não seu.

— Seja como for, ninguém vai mesmo naquele bosque — soltou Andrew, com um rosnado —, exceto eu, que sou o *proprietário,* Sr. Brown! De *todo* ele.

— Como eu disse — prosseguiu o Sr. Brown, como se Andrew não tivesse falado —, o senhor precisa ver a questão do meu ponto de vista, Sr. Hope. Como erudito e, presumo, um cavalheiro, o senhor certamente é capaz de ver os dois lados de uma questão. Voltei a morar nesta Quinta no ano

VITRAL ENCANTADO

passado, urgentemente necessitado de privacidade. Minhas duas ex-mulheres estão, ambas, tramando contra mim. Naturalmente, até que eu possa destruir a arma que elas têm contra mim, preciso de um lugar bastante protegido para viver. Infelizmente, essa arma está se mostrando bastante difícil de localizar e, até que eu consiga fazer isso, devo insistir em minha privacidade.

— Escapa à minha compreensão — retrucou Andrew — o que sua vida amorosa tem a ver com isto! Estamos falando dos meus direitos legais!

O Sr. Brown sacudiu a cabeça prateada e deu um sorriso de compaixão.

— Ah, Sr. Hope, o senhor deve ser mais jovem do que parece se ainda não teve problemas com mulheres gananciosas. E eu devo ressaltar que a minha posição seria muito mais confortável se o senhor tivesse feito o mínimo esforço para cumprir nosso acordo.

— Que acordo? — perguntou Andrew. — Até hoje eu nem sequer o conhecia.

— Sim. Foi por isso que presumi que o senhor estivesse meramente alugando Melstone House — disse o Sr. Brown, cruzando placidamente as pernas de risca de giz e bebericando de sua indefinida taça cor-de-rosa. — Se o senhor de fato herdou aquela propriedade, então está na obrigação de proteger a mim e aos meus, por acordo assinado por seus ancestrais. Não pense que o fato de não se chamar Brandon o exime disso, Sr. Hope. Eu também tenho direitos legais.

— Não, não tem! — respondeu Andrew, tão furioso agora que se ergueu bruscamente da cadeira desconfortável e ficou de pé, olhando de cima, ameaçadoramente, para o Sr. Brown. — O senhor está simplesmente tentando distrair minha atenção do que fez. Eu repito, Sr. Brown, o senhor não tem *nenhum direito* de cercar metade do meu bosque!

O Sr. Brown não pareceu se sentir nem um pouco ameaçado. Ele sorriu calmamente, olhando de baixo para Andrew.

— Preciso — disse ele — naturalmente lhe apresentar meu ponto de vista. É muito mais importante do que o seu. Já que o senhor não faz nenhuma tentativa de sustentar o acordo, não tenho escolha senão me proteger. Meu refúgio aqui agora está correndo risco. Seu suposto avô foi tão negligente quanto o senhor. Quando voltei para cá, a fim de evitar minhas mulheres, ficou claro pelo número de contrapartes em seu campo de proteção que meu domínio está com um vazamento há anos. O senhor dever corrigir isso, sim, senhor.

— Não sei do que está falando — disse Andrew. — Seu refúgio, como o senhor o chama, é a Quinta de Melstone. E nada mais. O *senhor* é o responsável pelo vazamento.

O Sr. Brown, com um sorriso indulgente, balançou a cabeça prateada.

— Vá para casa, Sr. Hope. Vá para casa e consulte o seu acordo. Vai descobrir que ele determina claramente que contrapartes não devem ocorrer.

— O que quer dizer com... contrapartes? — perguntou Andrew. Seus pensamentos se dirigiram, inquietos, para o fantasmagórico papel com o selo preto que o espírito do avô tentara lhe dar. Mas isso não tem nada a ver com esse camarada tranquilamente tentando roubar metade do meu bosque!, ele pensou. — Não tenho a menor ideia do que está dizendo.

VITRAL ENCANTADO

— Vejo que o senhor é muito ignorante — observou o Sr. Brown, com um suspiro. — Muito bem. Dessa vez vou desculpá-lo por esse motivo. Isso e porque estou vendo que meu Segurança o aborreceu...

— Me *aborreceu?* — Andrew quase gritou.

— Vou lhe dar ordens que o expulse de forma mais educada no futuro — prosseguiu o Sr. Brown. — Também vou esclarecer sua ignorância explicando-lhe, como a uma criança, o que são contrapartes. Contrapartes são pessoas dentro de seu campo de proteção que se assemelham fortemente... na aparência *e* nos poderes... a pessoas que pertencem aos meus domínios. O senhor deve ordenar que todas essas contrapartes deixem Melstone, Sr. Hope. Ou... — Nesse ponto o Sr. Brown, ainda sorrindo, pareceu mudar da prata para o aço. — ...ou terei de supor que o senhor está tentando estabelecer uma base de poder contra mim. E nós não íamos querer isso, íamos, Sr. Hope?

Por um segundo aproximadamente, não ocorreu a Andrew nenhuma palavra para dizer. *Ordenar* que as pessoas *fossem embora*! O Sr. Brown era louco? Ou será que ele e o Sr. Brown simplesmente estavam em duas frequências diferentes? Nesse caso, a frequência do Sr. Brown parecia a Andrew sinistramente oculta. Andrew não era seu avô. O ocultismo era algo a respeito do qual ele nada sabia. Então decidiu-se por uma risadinha desconfortável.

— É claro que não estou estabelecendo nenhuma base de poder contra o senhor — disse ele. — Eu não saberia como. E, se isso é tudo que o tem a dizer, muito brevemente terá notícias da minha advogada.

— Assim que tiver, naturalmente pedirei desculpas de forma muito cortês pelos maus modos do meu Segurança — afirmou placidamente o Sr. Brown. — Tenho certeza de que podemos ser civilizados nessa questão. Creio que agora o senhor deveria partir, Sr. Hope.

— É o que penso também! — disse Andrew, entre dentes. E pôs os óculos com um floreio. — Boa tarde!

Deixou estrepitosamente a biblioteca e seguiu para a maciça porta na entrada tão rápido que o pequenino mordomo teve de se esbaforir, enlouquecido, pelos ladrilhos vermelhos atrás dele, a fim de lhe abrir a porta e despachá-lo, com uma mesura, para a fraca luz do sol lá fora.

— Sabe, senhor? — começou o homenzinho. — Teria sido muito melhor se tivesse aceitado aquela bebida. A maior parte dos seus ancestrais aceitou.

— Eu não bebo! — retrucou asperamente Andrew, e desceu pisando duro os degraus até o carro.

Deu a partida ruidosamente e, até chegar à estrada principal, não conseguiu fazer nada que não fosse esbravejar sobre o quão cortesmente grosseiro o Sr. Brown tinha sido. Quando virava na direção de Melstone House, ocorreu-lhe, ao trancos, que algumas coisas que o Sr. Brown dissera eram muito esquisitas. Dizer-lhe que expulsasse as pessoas de Melstone, por exemplo. Aquilo *tinha* de ser uma piada. Sim, provavelmente era uma piada, destinada a desviar a atenção de Andrew do fato de que o Sr. Brown havia se apossado de metade do bosque. O Sr. Brown estava *brincando* com ele! A fúria de Andrew aumentou. Sua advogada logo esclareceria *aquilo*. *Ladrão grisalho* e afável!

Quando entrou intempestivamente em Melstone House, o que mais queria era contar a alguém as coisas extraordinárias

VITRAL ENCANTADO

que o Sr. Brown tivera o descaramento de dizer. Stashe teria sido a pessoa perfeita para isso, mas só estaria lá no dia seguinte. A Sra. Stock tinha ido embora. Andrew encontrou seu bilhete e o jogou fora com uma risada zangada. Chegou a pensar em jogar também a tigela grande e desleixada de batata gratinada, mas lembrou-se de Aidan e do quanto o garoto comia. Deixou a tigela na mesa da cozinha e circundou a passos firmes a casa, à procura de Aidan, para lhe contar o que o Sr. Brown tinha dito. Tampouco Aidan se encontrava ali. Andrew dirigiu-se, furioso, para o estúdio e ligou novamente para a advogada.

Dessa vez, foi atendido por alguém que parecia saber um pouco mais que a pessoa anterior. A voz lhe disse que a Sra. Barrington-Stock estava fora, de férias, mas entraria em contato com ele assim que voltasse. Andrew largou o aparelho, aborrecido, e se perguntou se deveria procurar Aidan novamente. Dessa vez, porém, já havia se acalmado o suficiente para concluir que não deveria oprimir alguém da idade de Aidan com todas aquelas coisas estranhas. Não. O mais urgente era desencavar os documentos do velho Jocelyn e ver se conseguia encontrar o contrato, ou acordo, ou o que quer que o Sr. Brown acreditasse que fosse.

A Sra. Stock, ele se lembrava, havia embalado todos os papéis do velho Jocelyn em três grandes caixas de papelão.

— Não joguei nada fora — dissera a Andrew —, nem mesmo os limpadores de cachimbo. Não sei o que é importante. — E guardara as caixas em algum lugar até que Andrew tivesse tempo de examiná-las.

Andrew agora não conseguia encontrar essas caixas. Não estavam em seu estúdio, nem no armário do corredor, nem no armário debaixo da escada, e certamente não estavam na sala de estar — onde ele ficou furioso ao descobrir que a Sra. Stock havia mudado *novamente* de lugar o piano. As caixas também não estavam em nenhum dos quartos, nem no sótão nem em qualquer outro lugar que Andrew pudesse imaginar. Quando terminou de vasculhar a casa, havia sossegado o suficiente para perceber que estava com fome. Preparou um bule de chá e tomou com pão e mel. Então sentiu-se calmo o bastante para mover o piano. A essa altura, a raiva tinha migrado para o fundo de sua mente e ficado lá, dura, negra e inflexível.

Quando Aidan finalmente voltou, encontrou Andrew na sala de estar, lendo um livro sobre fabricação de vidro no início da era vitoriana.

— Falou com o Sr. Brown? — perguntou Aidan.

— Sim — disse Andrew.

— Meus amigos do futebol disseram que ele dá medo — contou Aidan.

— Ele é um bandido afável e grisalho — afirmou Andrew, com o que pareceu a Aidan uma calma verdadeiramente espantosa.

— Acha que ele é um gângster? — perguntou Aidan, interessado.

— Provavelmente. O que quer que seja, alega ter algum tipo de contrato com meu avô. Mas vou ter de esperar a Sra. Stock antes de descobrir do que se trata.

— Posso comer aquela batata gratinada?

A Sra. Stock chegou ligeiramente mais tarde do que de hábito naquela sexta-feira. Sua irmã Trixie a acompanhava. As duas conduziam ternamente Shaun entre elas. Shaun

VITRAL ENCANTADO

tinha um novo corte de cabelo. Aidan não conseguia parar de olhar. O alto da cabeça de Shaun era todo louro, com toques de vermelho, e o vermelho e o louro se uniam na nuca, repartindo-se ao meio de forma eriçada. Aidan nunca vira ninguém com o cabelo repartido atrás da cabeça. Ficou olhando até Shaun parecer constrangido.

Andrew também encarava. Trixie era tão gorda quanto a irmã era magra, rósea e uniformemente acima do peso, e, estava claro, era muitos anos mais jovem que a Sra. Stock. Apesar disso, as duas eram tão parecidas que podiam ser confundidas com gêmeas. Tinham o mesmo cabelo claro arrumado no mesmo penteado elaborado, e o rosto do mesmo formato, com os mesmos olhos azuis astutos e levemente esbugalhados. As duas até andavam da mesma forma, como se tivessem os pés um de cada lado de um muro. Nesse momento Andrew lembrou-se novamente do Segurança do Sr. Brown e engoliu a raiva. Ainda assim, perguntou-se qual seria o motivo da presença de Trixie ali. Ele sabia reconhecer uma delegação e perguntava-se qual seria o propósito dessa.

A verdade era que a Sra. Stock havia se lembrado da não exatamente piada que Andrew fizera no dia em que Aidan chegara. Ela podia estar furiosa com Andrew, mas também receava perder o emprego. Seu objetivo era distrair a atenção de Andrew e levá-lo a uma espécie de reconciliação.

— O senhor não está aborrecido *de verdade* com Shaun, Professor — disse Trixie, com simpatia. — Ele só estava fazendo o que pensou que fosse correto.

— E como ele poderia saber que o Sr. Stock estava cultivando aspargos? — acrescentou a Sra. Stock. — Ele manteve essa informação sigilosa, isso eu posso lhe dizer!

Andrew tinha esquecido completamente a questão dos aspargos.

— Não, não. Não estou nem um pouco aborrecido — disse ele.

— Sabe, o senhor tem de dizer a Shaun exatamente o que fazer — afirmou Trixie, séria. — E então ele faz, sem problema.

— E o senhor não lhe disse absolutamente o que fazer nestes dois últimos dias — interveio a Sra. Stock, em tom de reprovação, conforme haviam planejado.

— Elas estão dizendo que o senhor vai me pôr na rua, Professor — disse Shaun, ansioso.

Andrew perdeu a paciência com essa manipulação.

— É claro que não vou pôr você na rua! — disse a Shaun. Eu lhe disse que limpasse o velho galpão. Você está fazendo isso, não está? — Shaun assentiu energicamente, de modo que seu cabelo brilhou na luz colorida que vinha da porta dos fundos. — Então vá e continue fazendo isso — disse Andrew. — Esse é o seu trabalho.

— Iurru! — gritou Shaun, e fez seu típico movimento com os braços.

Tanto Andrew quanto Aidan pensaram: Exatamente como Groil! E Andrew ainda pensou: Contrapartes?, e sentiu uma inquietação. Shaun não era um gigante, mas ninguém podia negar que tinha uma constituição física grande.

Trixie sorriu, triunfante, para a irmã.

— Eu lhe disse que ia ficar tudo bem. — E foi gingando até Andrew e lhe deu tapinhas no ombro. — O senhor é um bom homem para cuidar do meu Shaun. Sempre que quiser um corte de cabelo gratuito, me procure. Tenho um produto

VITRAL ENCANTADO

excelente que vai colorir esse seu grisalho nas têmporas. Isso vai deixá-lo com uns dez anos a menos, Professor, se me permitir.

Sua mão gorducha deu tapinhas delicados na lateral da cabeça de Andrew, que se sentiu constrangido. Ele podia sentir o rosto esquentando e ver que Aidan tentava não rir ao imaginar Andrew com um cabelo no estilo do de Shaun.

Felizmente, a porta dos fundos se abriu naquele momento e Stashe entrou, toda serelepe. Andrew sentiu um alívio infinito. Que alegria! Agora poderia dar prosseguimento ao seu livro. Stashe era como uma rajada de ar fresco, afastando Trixie de sua cabeça. Além disso, ela estava linda em um vestido verde curto que deixava à mostra aquelas lindas pernas. Ele percebeu que estava sorrindo antes que ela chegasse ao centro da sala.

— Bom dia a todos — disse Stashe. — Oi, Trixie. Eu ia telefonar para você. Pode reservar uma hora para um corte quarta no fim do dia? Ronnie Stock precisa que eu fique lá até as cinco.

— Posso — disse Trixie alegremente.

Stashe então voltou-se para Andrew.

— Professor...

— Ah, por favor, me chame de Andrew — disse ele. Aidan olhou com sagacidade dele para Stashe e pensou: se esses dois ficarem juntos, não vão me querer por perto. Então suspirou, pensando nos Arkwright.

— Andrew — corrigiu-se Stashe —, se você não precisar de mim para fazer anotações ou escrever cartas, vou começar a organizar os papéis do velho Sr. Brandon para você.

— Sim, faça isso. Mas não sei onde estão os papéis.

A Sra. Stock estalou a língua.

— Vive em seu próprio mundo! Eu lhe disse, Professor. Estão no quartinho perto do seu estúdio, aquele que costumava ser a dispensa quando o estúdio era a cozinha. — Então voltou-se para Stashe: — Homens!

— Ótimo — respondeu Stashe. — Então estarei por perto se precisar de mim... hã... Andrew.

— Homens — repetiu Trixie, concordando com a irmã. — Bem, vou embora. Quarta-feira, fim do dia então, Stashe. E você, Shaun, seja um bom menino e trabalhe com *capricho*, está bem?

Shaun assentiu humildemente.

— Certo. — Stashe segurou Aidan pelo ombro. — Vamos, meu rapaz. Você prometeu que ia me ajudar a examinar aqueles papéis.

— Ah... eu... — começou Aidan. — Eu combinei que ia jogar futebol...

— Com Jimmy Stock. Eu sei — afirmou Stashe. — Mas você prometeu a *mim* antes de sequer conhecer Jimmy, e é errado quebrar promessas, sabe disso.

Aidan deu um suspiro e seguiu Stashe. Trixie foi embora. Shaun partiu, sorrindo alegremente. A Sra. Stock dirigiu-se à sala de estar, onde deu a toda a mobília uma viradinha na direção das posições originais, só para mostrar que não tinha perdoado Andrew.

Ficando sozinho, Andrew pegou o jornal que a Sra. Stock trouxera e procurou os resultados das corridas do dia anterior. Ele sabia que estava sendo tão supersticioso quanto Stashe, mas por alguma razão não conseguiu resistir. Descobriu que somente uma pista de corrida não tinha sido inun-

VITRAL ENCANTADO

dada pela chuva do dia anterior, e o vencedor do primeiro páreo tinha sido Prazer do Nabo. Aquilo não significava nada. Eu sabia!, pensou Andrew. O segundo cavalo a chegar era chamado Dia de Cão, e o terceiro, Rainha de Peso.

— Isso prova que esse método é uma bobagem — disse Andrew, atirando o jornal de lado e levantando-se bem a tempo de segurar a porta dos fundos enquanto o Sr. Stock entrava sorrateiramente e largava uma caixa em cima do jornal.

— Ainda vai deixar aquele abestalhado trabalhar para o senhor? — perguntou o Sr. Stock. — Não deixe que ele chegue perto dos meus legumes e verduras, ou não respondo por minhas atitudes. — E saiu.

Andrew olhou no interior da caixa. Ali estavam dois nabos compridos e gigantescos, cada um deles grande o bastante para fazer as vezes da perna ausente de Tarquin.

— Ah — disse Andrew.

Capítulo Nove

Ajudar Stashe, como Aidan descobriu, envolvia muitas idas e vindas. Ele precisou encontrar um tapete em que Stashe se ajoelhasse enquanto examinava as três caixas no quartinho vazio. Em seguida, teve de encontrar mais caixas, uma para as coisas que iam para o lixo, outra para as que *talvez* fossem para o lixo depois que Andrew as examinasse e várias outras para as coisas que seriam guardadas. Aidan pensou com cuidado nessa missão — "usando a cuca", como teria dito a Vó — e concluiu que precisaria de caixas extras quando Stashe inventasse mais categorias. Então foi corajosamente ao depósito de caixas do Sr. Stock, no galpão do jardim, e trouxe para Stashe quantas pôde carregar.

— Muito boa esta — disse Stashe, ajoelhando-se no tapete e parecendo um tanto desanimada. As caixas a serem examinadas eram imensas. Três das melhores do Sr. Stock, pensou Aidan. Provavelmente iam encontrar terra no fundo das três.

VITRAL ENCANTADO

Quando Stashe começou, de fato, a separar os papéis, perguntou:

— Para que ele guardava todas essas contas pagas? Esta aqui é de vinte anos atrás! Jogue fora, Aidan.

Aidan, obedientemente, encheu a caixa do lixo com várias centenas de contas pagas. Ele bocejou.

Stashe o pegou no meio do bocejo ao dizer:

— *Todos* esses limpadores de cachimbo! *Camadas* de pacotes! Quer ficar com eles para você? Pode-se fazer muita coisa com eles. — E, quando Aidan conseguiu fechar a boca e sacudir a cabeça, Stashe disse: — Não? Caixa do lixo, então. E agora, o que é esta camada aqui? Ah, ele parece ter feito anotações para si mesmo. O Prof... Andrew definitivamente vai querer examinar estes. Me dê uma dessas caixas especiais, Aidan.

O menino pegou uma caixa vazia e limpa e ajudou Stashe a guardar ali montes de pequenas notas amassadas. As anotações haviam sido feitas em pedaços rasgados de cartas, revistas velhas e até de papel em branco. A letra do velho Sr. Brandon era escura, rebuscada e cheia de personalidade. Aidan encontrou uma que dizia: *Se Stockie me trouxer mais alguma cenoura, vou arrancar sua cabeça!!!* Outra dizia: *O. Brown está dizendo bobagens. Contrapartes não são perigosas.* E uma terceira afirmava: *Problemas em Londres novamente. Lástima.*

Então restaram as cartas comuns, de diferentes remetentes, todas jogadas de qualquer jeito na caixa, formando uma pilha grande e instável. Stashe pegou um maço delas, o segurou de encontro à luz, franzindo a testa, e disse:

— Caixa nova.

Aidan deslizou uma caixa nova adiante, congratulando-se por ter trazido tantas, e olhou na maior delas para ver se era grande o bastante. Metade das cartas na pilha mostrava a caligrafia de sua avó. Aidan teria reconhecido aquela letra em qualquer lugar, caprichosa, leve e inclinada, com travessões no lugar de qualquer outro sinal de pontuação. A Vó sempre dizia: "Não tenho paciência com vírgulas, pontos e coisas e tais. As pessoas têm de me aceitar como eu sou."

O coração de Aidan bateu forte no peito. Seus olhos subitamente estavam quentes e transbordantes. Ele percebeu que precisava se levantar.

— Qual o problema? — perguntou Stashe.

— Aquelas cartas — disse Aidan, apontando. — São da minha avó.

Não era difícil para Stashe saber como Aidan se sentia. Depois da morte de sua mãe — quando Stashe não era muito mais velha que Aidan — houve épocas em que coisas pequenas e bobas, como o suporte para ovo quente preferido da mãe, ou apenas um cheiro leve do perfume dela, trazia-lhe a perda de volta, como se a mãe tivesse morrido havia pouco. Naquelas ocasiões, Stashe sentia necessidade de ficar sozinha e trancava-se em seu quarto, frequentemente por horas e horas.

— Quer sair? — perguntou ela a Aidan. — Vá em frente. Não tem problema.

Aidan assentiu e saiu tropeçando em direção à porta, as lágrimas jorrando por baixo dos óculos. Stashe surpreendeu-se chorando também.

Aidan correu para a sala de estar, a saída mais próxima.

VITRAL ENCANTADO

— Meu Deus! — exclamou a Sra. Stock quando ele passou pelas janelas que iam até o chão. — Qual o problema com *você?*

Aidan não se dispôs a responder. Saiu cambaleando no gramado, então deu a volta pelo alpendre e atravessou a cerca, indo para os campos mais além. Tirou os óculos, mas isso não ajudou. Seu nariz escorria, assim como os olhos, e ele continuava não tendo lenço. Ainda podia ver a Vó, exatamente como ela fora, aparecendo com seus ditadozinhos objetivos e geralmente — a menos que o dito fosse cruel — sorrindo ao dizê-los. Ele podia sentir o cheiro dela, sentir seu corpo nas raras ocasiões em que ela o abraçava. Podia ouvir sua voz...

E, no entanto, nunca mais iria ouvi-la, senti-la ou vê-la outra vez.

Aidan não podia se perdoar. Vinha se comportando como se estivesse de férias, divertindo-se, observando coisas novas, jogando futebol, explorando, vivendo na superfície de si mesmo e quase esquecendo que havia perdido a Vó para sempre. Ele nem mesmo lhe dissera o quanto a amava. E agora não podia lhe dizer mais nada, nunca mais. Ele a havia perdido para sempre.

— Ah, Vó, Vó! — soluçou ele, tropeçando em meio às vacas de Wally Stock e mal se dando conta delas. Quando andara no meio delas com Andrew, ele havia, para dizer a verdade, ficado bastante alarmado pelo tamanho daquelas vacas e pelo modo como o olhavam fixamente. Mas agora elas o olhavam e ele não dava a mínima. A Vó estava morta. Tinha partido. Estava perdida.

Aidan não tinha certeza de aonde tinha ido depois de passar pelas vacas. Perambulou por horas em seu desespero, só desejando ficar sozinho. Quando sua dor começou a amainar um pouco, ele seguiu para Mel Tump e ficou ali, andando em meio aos arbustos.

— Groil? — chamou após algum tempo. — Groil? — Não podia suportar a ideia de encontrar ninguém mais, para não correr o risco de terem pena dele. Mas pensou que Groil provavelmente não sentiria pena dele. Groil, ele podia tolerar.

Mas, assim como antes, não havia o menor sinal de Groil. Aidan desceu o morro e seguiu na direção do bosque, pensando que, para ser justo, Stashe não tivera pena dele. Na verdade, tampouco Andrew. Ambos haviam compreendido como ele se sentia, e tomaram o cuidado de não aborrecê-lo. Aidan ansiava por alguém que não *compreendesse*. Alguém que não desse a mínima. Seus amigos do futebol? Não, eles seriam como Stashe ou Andrew e — pior! — ficariam constrangidos.

Aidan ficou vagando ao longo da margem do bosque. E se ele fosse até o muro destruído e deliberadamente desse de cara com o Segurança? Este provavelmente não seria compreensivo. Tampouco seu cão. Havia uma boa chance de que o matassem. Ambos eram bastante amedrontadores. Pensando bem — e mais um pouco ainda —, Aidan não tinha certeza de que queria morrer. Achou que deveria estar com fome, embora tivesse a sensação de que nunca mais iria querer comer, e afastou-se do bosque. Ah, Vó, Vó!

Nesse momento ouviram-se vários estalidos vindos do meio do bosque.

Aidan deu meia-volta. Uma forma grande e indistinta vinha saltitando, correndo em sua direção entre as árvores e os arbustos. Socorro! Um *leão*!, pensou Aidan. Certamente era o que parecia. O animal tinha a cor exata de um leão, um tom amarelado. Mas a criatura emitiu um ganido de contentamento, e Aidan se deu conta de que era apenas um cão, que saltitava, abrindo caminho em meio às últimas árvores, vindo na direção de Aidan com as pernas compridas que esbarravam em tudo, as orelhas voando, a língua grande e rosada pendendo da boca, e a cauda abanando febrilmente.

Na verdade, é só um filhote, pensou Aidan.

O cão pulou em cima dele, arquejando com gemidinhos de alegria, pôs as patas no peito de Aidan e tentou lamber-lhe o rosto. O menino se afastou, mas não pôde deixar de rir. A cauda grande e peluda não só abanava, como rodava sem parar, como uma hélice. Aidan se viu rindo disso também. Depois, da forma mais natural possível, Aidan se pegou ajoelhado na grama abraçando a fera, acariciando-lhe as orelhas sedosas e falando todo tipo de bobagem com ela.

— Qual o seu nome, afinal? Não... não responda. Acho que é Rolf. Você tem cara de Rolf. Você é mesmo grande, não é? Seu rabo sempre fica rodando assim? A quem você pertence? De onde veio? — O cão não tinha coleira, no entanto estava claro que tinha fugido de alguém. Quem quer que fosse seu dono devia ter cuidado dele muito bem. Embora o pelo amarelo estivesse cheio de carrapichos e pega-pegas, reluzia de saúde. O focinho grande e preto do cão, com que ele ficava cutucando o rosto de Aidan, era frio e úmido, e os dentes eram brancos e perfeitos. Seus olhos graúdos e castanhos, fitando Aidan alegremente, estavam limpos e brilhantes.

Ele queria brincar.

DIANA WYNNE JONES

Aidan foi até o início do bosque procurar um graveto para atirar. O cão passou por ele correndo, desaparecendo entre as árvores, e voltou com uma bola de tênis velha. Largou a bola aos pés de Aidan, agachou-se, apoiando-se nos cotovelos peludos e incitou Aidan com um latido. Bem, ali estava alguém que não era solidário nem mesmo compreensivo, pensou Aidan. Que alívio! Então pegou a bola e a atirou. O cão disparou atrás dela, extasiado.

Eles brincaram de lançar e pegar a bola ao longo da borda do bosque pelo que pareceram horas, até Aidan se sentir bem cansado. A essa altura, a dor de Aidan pela perda da Vó se recolhera a um ponto sensível bem no fundo de seu cérebro. Ainda doía, e ele sabia que aquela dor estaria sempre ali, mas isso não lhe causava a tristeza frenética que experimentara antes. Ele olhou para cima e ao redor e se deu conta de que ele e o cachorro haviam mesmo brincado por horas. O sol já se escondia atrás do bosque, fazendo com que longas sombras de árvores se estendessem pelo campo na direção de Melstone House. A visão trouxe a Aidan a sensação de um vazio interno. Ele perdera o almoço. Talvez tivesse até perdido o jantar também.

— Muito bem — disse ele ao cão. — Hora de ir para casa. — Ele arremessou a bola no meio das árvores e, assim que Rolf saiu correndo atrás dela, pôs-se a andar na direção de Melstone House.

Foi nesse ponto que seus problemas começaram. Aidan mal dera dez passos e Rolf já estava ao seu lado outra vez, saltitando, abanando o rabo e ganindo, obviamente determinado a acompanhá-lo.

— Ah, não — disse Aidan. — Não pode. Você não me pertence. — Apontou severamente para o bosque. — Vá para casa!

152

Rolf afastou-se na direção do bosque e ficou lá parado, parecendo desolado.

Aidan tornou a apontar para o bosque e disse mais uma vez:

— Vá para *casa*!

Rolf deitou-se, ganindo, infeliz. E, assim que Aidan se virou e começou a caminhar na direção da casa, Rolf estava ao lado dele, saltitando garbosamente, fingindo estar *tão* feliz porque Aidan o estava levando também.

— Não! — disse Aidan. — Você não *compreende*. Você é de outra pessoa. Volte para o seu dono. Vá para *casa*!

O problema era que Aidan tinha certeza de que Rolf compreendia, sim, perfeitamente. Ele apenas preferia Aidan a seu dono, quem quer que fosse ele.

Isso se repetiu mais dez vezes. Aidan dava meia-volta, apontava e dizia em tom severo a Rolf: "Vá para casa!", e Rolf mudava de direção, parecendo infeliz, para então correr atrás de Aidan assim que o menino recomeçava a andar. Era ainda pior se Aidan corresse. Rolf o seguia de imediato. Ele se atirava diante dos pés de Aidan e o olhava com seus olhos grandes, castanhos e suplicantes.

A essa altura eles já tinham atravessado metade do campo. As ovelhas de Wally Stock saíam tranquilamente de seu caminho, alheias aos esforços de Aidan, assim como aos de Rolf. Não demonstravam o menor medo de Rolf. O cão o estava tratando como uma ovelha, Aidan percebeu, pastoreando-o na direção da casa. Esperto, pensou Aidan. Aquele era mesmo um cachorro esplêndido.

— Ah, francamente! — disse Aidan quando Rolf atirou-se a seus pés mais uma vez. — Eu já lhe *disse*. Você não me *pertence*!

Dessa vez a resposta de Rolf foi ficar dando voltas e mais voltas. Tentando pegar o rabo, pensou Aidan. Girando e girando, vertiginosamente, tão rápido que se transformou em um borrão amarelo. Então era uma névoa amarela, espiralando ao lado dos sapatos de Aidan. O menino recuou um pouco. Isso era muito estranho. Ele tirou os óculos, mas Rolf ainda era uma névoa amarela aos seus olhos nus. Então, observada por um círculo de plácidas ovelhas interessadas, a névoa corporificou-se em uma forma diferente e se ergueu como um garotinho. Aidan pôs os óculos de volta e Rolf continuava a ser um garotinho. Seus cabelos eram uma massa de cachos dourados, da mesma cor da pelagem do cão, e ele vestia uma espécie de macacão de veludo dourado. Olhava suplicante para Aidan com os mesmos olhos castanhos expressivos do cão e agarrou com os dois braços as pernas de Aidan. Parecia ter uns 5 anos.

— Ah, por favor, me leve com você! — pediu ele. Sua voz era mais áspera e grave do que se esperaria de um menino de 5 anos. — Por favor! Não tenho casa. Fugi quando tentaram colocar uma coleira em mim e me transformar em um Segurança. Por favor!

— Você é um homem-*cão!* — disse Aidan.

Ele supunha que isso fizesse uma diferença.

O garotinho assentiu.

— Eu sou Rolf — disse ele. — Você sabia meu nome. Ninguém mais sabe. Deixe-me ir com você.

Aidan cedeu. Eram aqueles olhos castanhos ansiosos, ele supôs.

— OK. Venha, então. Mas seja muito educado com a Sra. Stock. Acho que os outros vão entender, mas não creio que ela entenda.

VITRAL ENCANTADO

Rolf deu um grito de alegria e dissolveu-se outra vez em névoa amarela. No segundo seguinte já era um grande cão dourado, muito mais à vontade como cão do que como garoto, Aidan podia ver, enquanto Rolf corria ao redor dele, saltitando e emitindo pequenos latidos de felicidade. De vez em quando ele tentava lamber as mãos e os pés de Aidan, que teve de empurrá-lo durante toda a travessia do campo.

Enquanto isso, Andrew tentava dar continuidade ao seu livro. Com o computador funcionando e Stashe no quarto ao lado, de forma que ele podia chamá-la se precisasse de ajuda, as condições pareciam ideais ao trabalho. Ele estava pegando todo o material de que precisaria quando lhe ocorreu que deveria primeiro dar uma olhada em Shaun, para o caso de ele estar aprontando algo que resultaria em mais nabos imensos. Então levantou-se e foi até o quintal.

A primeira coisa que viu foi a máquina de cortar grama, que fora empurrada até o meio do quintal e encontrava-se cercada por velhas latas de tinta, cadeiras de jardim quebradas e duas metades de uma escada de mão. Ótimo. Isso significava que Shaun estava trabalhando onde deveria.

A próxima coisa que Andrew viu foi Groil. Ele estava debruçado no telhado do galpão, limpando cuidadosamente as vidraças coloridas da janela. De início, parecia uma ilusão de ótica nas roupas aumentadas por Aidan: um garoto muito grande limpando um galpão muito pequeno. Andrew piscou diante da visão. Então Groil era um gigante limpando um galpão de tamanho normal.

155

— Santo Deus, Groil! — exclamou Andrew. — Não esperava vê-lo!

Groil virou-se. O telhado rangeu quando ele apoiou uma das mãos nele. Então abriu um sorriso grande e tímido.

— Eu alcanço a janela, está vendo? — disse ele.

Shaun ouviu as vozes e veio até a porta do galpão.

— Consegui um amigo para me ajudar — disse ele. — O senhor não se importa, não é?

Tanto ele quanto Groil dirigiram a Andrew o mesmo sorriso, meio orgulhoso, meio culpado. Erguendo os olhos para Groil e baixando-os para Shaun, Andrew não teve a menor dúvida de que os dois eram o que o Sr. Brown chamara de contrapartes. Isto é, afora o tamanho e o novo corte de cabelo de Shaun. O cabelo de Groil era uma maçaroca desgrenhada. As outras diferenças eram que Groil parecia mais inteligente que Shaun, e Shaun parecia mais velho que Groil. Estranho isso. Até onde Andrew sabia, Groil era pelo menos da mesma idade do próprio Andrew, mas ainda parecia uma criança.

A mente de Andrew esquivou-se do que quer que isso tivesse a ver com o Sr. Brown.

— Não, é claro que não me importo — disse ele, sinceramente —, desde que você se lembre de tratar com muita delicadeza as vidraças rachadas, Groil. Assim, mais tarde você ganha um nabo.

Ele empurrou Shaun com gentileza para o lado e deu uma olhada no interior do galpão. O cheiro de sujeira molhada tomava conta do lugar, pois Shaun estava lavando uma das paredes esculpidas.

— Dá para lustrá-las muito bem depois de secas — disse Shaun, apontando para uma lata grande cujo rótulo dizia

VITRAL ENCANTADO

Melhor Cera de Abelha. — A tia me deu os trapos para usar com a cera. Mas... — Ele apontou para a janela no telhado de onde pendiam todas aquelas teias de aranha. — ...é Groil quem tem de fazer isso.

— Como? Ele consegue entrar aqui? — indagou Andrew. Shaun sorriu.

— Ele se espreme — disse ele. — Quando quer, pode ficar menor do que eu. Só que aí fica pesadão.

— Ah — disse Andrew, pensando: vivendo e aprendendo. — Ótimo. Vocês dois estão indo muito bem, Shaun. Continuem assim.

Ele voltou para o estúdio e ligou o computador. Reuniu todo o material para o banco de dados. Certificou-se de que todas as suas anotações estavam apoiadas em um atril. Então ficou sentado encarando a proteção de tela, refletindo sobre contra. partes. Como e por que elas existiam? Por que o Sr. Brown era tão avesso a elas? Por que censurava Andrew por não impedi-las? Como se Andrew *pudesse*! Shaun nascera anos antes de Andrew voltar para Melstone. Quanto mais Andrew pensava a respeito, mais acreditava que a melhor forma que tinha de ir à forra das ordens educadamente grosseiras do Sr. Brown era *encorajando* contrapartes. Se ao menos ele soubesse como...

Uma hora depois, ainda fitava a proteção de tela criando padrões coloridos e ondulantes, quando Stashe entrou carregando uma caixa de papelão.

— Seu avô escreveu pelo menos mil bilhetinhos para si mesmo — disse ela. — Organizei todos que encontrei até agora e acho que você vai ter de dar uma olhada neles. Alguns parecem importantes, mas são enigmáticos demais para mim.

Coloque-os naquele canto — pediu Andrew. — Vou olhá-los mais tarde.

Ele observou com prazer Stashe levar a caixa até um espaço livre no chão e deixá-la ali. Ela estava mesmo maravilhosa naquele vestidinho verde.

— Por falar nisso — disse ela —, Aidan saiu, pobrezinho. Muitas das cartas na caixa em que estou trabalhando são da avó dele. Isso o perturbou de verdade. Acho que ele quis ficar sozinho um pouco... você sabe como é.

Andrew assentiu. Seus pais morreram quando ele estava na faculdade. Ele sabia como era aquilo. Suspirou.

Deixe-me olhar essas cartas também, OK?

Vou organizá-las agora na ordem em que foram escritas — disse Stashe. — Alguém as colocou naquela caixa de qualquer jeito, e estão todas misturadas.

Ela estava a caminho da porta quando Andrew disse:

— Você não encontrou um papel dobrado com um selo negro, encontrou?

— Não — disse Stashe. — É importante?

— Muito. Eu acho — disse Andrew. — Se encontrar, me informe imediatamente.

Certo — concordou Stashe. — Prioridade para o selo negro, então.

— Ah, Stashe — chamou Andrew. Ela parou com a mão na maçaneta. — Sabe alguma coisa sobre contrapartes aqui em Melstone?

— Na verdade, não. Mas você vai ver que muitas anotações do seu avô são sobre contrapartes. Parece que estava envolvido em uma rixa grande sobre essa questão com o Sr. Brown, da Quinta. Tinha a ver com poder, aparentemente. Papai deve saber. Pergunte a ele.

VITRAL ENCANTADO

Farei isso — afirmou Andrew. — Ele vem aqui hoje?

Mas ele percebeu que tinha dito isso para a porta, fechada depois que Stashe saíra.

Ele suspirou e desativou a proteção de tela. Ao trabalho. O telefone tocou.

Era a secretária de sua advogada explicando novamente que a Sra. Barrington-Stock estava viajando e que entraria em contato com ele assim que voltasse no mês seguinte.

— E de que adianta o mês seguinte? — perguntou Andrew ao ar. — Quero que o Sr. Brown seja colocado no seu devido lugar agora. — Ele voltou-se para o computador e descobriu que a proteção de tela fora ativada novamente. Estava prestes a desativá-la mais uma vez quando a Sra. Stock enfiou a cabeça pela porta.

— Aquela mulher voltou — disse ela. — Está na porta da frente dessa vez, à sua espera.

— Que mulher? — perguntou Andrew.

— A que rondou a casa ontem — respondeu a Sra. Stock. — Mudou o penteado, mas ainda parece a mesma. Acha que não a reconheço pelo andar, não é? Disse-lhe que esperasse do lado de fora. Não confio nela.

Suspirando, Andrew levantou-se e foi até a porta da frente.

A mulher gorda de pé na soleira da porta olhava-o de forma ameaçadora. Ela usava o que era, possivelmente, um uniforme. Mas o principal aspecto que chamou a atenção de Andrew foi o fato de ser extraordinariamente parecida com Trixie, a irmã da Sra. Stock, isto é, se a gente imaginasse Trixie zangada, mal-humorada e com um forte cheiro de sovaco.

— Você é o responsável aqui? — perguntou ela, em tom autoritário.

— Sou o proprietário da casa, sim — disse Andrew, com cautela. Sem pensar, ele tirou os óculos e os limpou. A mulher era ainda mais parecida com Trixie a olho nu, até o penteado louro. O rosto tinha o mesmo formato, assim como os olhos azuis esbugalhados, mas a boca estava franzida de desprazer e havia rugas de mau humor em todo o rosto. A palavra "contraparte" veio à mente de Andrew e fez com que ele agisse com mais cautela ainda. — O que posso fazer pela senhora?

A mulher puxou um cartão do bolso em seu peito, agitou-o rapidamente diante dele e tornou a guardá-lo antes que Andrew tivesse chance de ver o que estava impresso.

— Mabel Brown — anunciou ela. — Estou procurando Andrew Craig. Sou sua assistente social.

Uma assistente social certamente teria o nome correto de Aidan, pensou Andrew — se é que ela estivesse atrás de Aidan. E assistentes sociais usavam uniforme? Esse uniforme era velho e apertado. O casaco de aspecto quase oficial devia ter exigido um grande esforço para abotoar. Ele se esticava no busto maciço de Mabel Brown.

— Não tem ninguém chamado Andrew Craig nesta casa — disse Andrew com sinceridade. — Creio que a senhora tenha vindo ao endereço errado.

Mabel Brown baixou as sobrancelhas louras e semicerrou os olhos esbugalhados. O resultado foi um olhar venenoso, cheio de raiva e suspeita. Ela manteve o olhar carrancudo em Andrew enquanto levava a mão a um apertado bolso inferior e pegava um bloco de anotações amassado. Então voltou o olhar carrancudo para uma de suas páginas.

VITRAL ENCANTADO

— Alan Craike — leu em voz alta. — Adrian Gaynes, Evan Keen, Abel Crane, Ethan Gay. Ele pode ter dado qualquer um desses nomes. Está aqui ou não?

— Não — respondeu Andrew. — Ninguém com qualquer desses nomes está aqui. Meu nome é Andrew Hope e acho que a senhora deve ter me confundido com outra pessoa. Como pode ver, não tenho nenhuma necessidade de um assistente social. Veio à casa errada, senhora. Bom dia.

Ele fechou a porta da frente com firmeza na cara de Mabel Brown e ficou ali parado limpando os óculos novamente, à espera de indícios de que a mulher estava indo embora. Ouviu resmungos do outro lado da porta. Pareciam conjuros. Por fim, depois do que pareceram uns dez minutos, ele ouviu passos pesados percorrendo ruidosamente o caminho até o portão. Andrew dirigiu-se à estreita janela do corredor para ter certeza. E lá, para seu alívio, estava a visão das costas largas de Mabel Brown afastando-se pesadamente, dando a impressão de que tinha um pé de cada lado de uma tábua larga.

— Ufa! — exclamou Andrew, tornando a colocar os óculos enquanto voltava ao estúdio.

— Quem era aquela? — perguntou Stashe vividamente, saindo, curiosa, do quartinho das caixas.

— Alguém procurando Aidan... eu acho — respondeu Andrew. — Ela disse que era assistente social, mas não acredito. Não creio que eles confiem em pessoas tão desagradáveis para cuidar de crianças. Pelo menos, espero que não. E ela nem mesmo sabia o nome certo de Aidan.

Ele entrou no estúdio, onde o computador emitiu uma espécie de suspiro queixoso e apagou.

— *Stashe!* — chamou ele.

Stashe veio e deu uma olhada. Debruçou-se sobre Andrew — o que ele achou muito agradável — e tentou uma coisa, depois outra. Por fim, a proteção de tela reapareceu.

— Finalmente! — exclamou Stashe. — Não sei o que foi... parece que teve alguma oscilação de energia.

— Aquela mulher...! — exclamou Andrew.

Eles se entreolharam, quase nariz com nariz. Andrew teve de se esforçar para não agarrar Stashe e beijá-la.

— Então ela definitivamente não era uma assistente social — afirmou Stashe. — Com a quantidade de proteção que seu avô tinha em torno deste lugar, seria necessário a alguém hostil um imenso aumento de energia só para chegar até a porta. Erga mais algumas defesas. — Então, para decepção de Andrew, ela saiu.

Andrew voltou ao trabalho, tentando não pensar em Stashe. Mabel Brown saiu tão completamente de sua cabeça que ele nem mesmo tentou lembrar de como deveria erguer defesas. Tinha, de fato, memórias imprecisas de Jocelyn lhe dizendo mais de uma vez como isso era feito, mas estava ocupado demais com outros pensamentos para tentar lembrar o que o avô tinha dito.

Algumas horas depois, a cabeça da Sra. Stock tornou a assomar à porta.

— Agora é uma policial — informou ela. — E eu estou ocupada com o almoço. Alguma coisa vai queimar se o senhor não se livrar dela rápido.

A policial era baixa, robusta e sinistra. O cabelo debaixo do quepe era castanho, assim como os olhos.

— Sr. Hope? — chamou ela. — Policial 92. Estou pro curando um garoto de doze anos chamado Adam Gray.

VITRAL ENCANTADO

Um metro e cinquenta e oito, cabelos castanhos, de óculos, nenhum outro traço distintivo. Temos razão para acreditar que ele veio para esta casa.

Andrew tirou bruscamente os óculos. O rosto da Policial 92 ficou embaçado. Assim como seu uniforme. Estava apertado demais, o que o fazia perder parte de seu aspecto oficial. No borrão que era o rosto dela, Andrew pôde distinguir um formato que o lembrou Trixie. Ele tinha quase certeza de que Mabel Brown e a Policial 92 eram a mesma pessoa. Havia até o mesmo cheiro de sovaco.

— Ninguém chamado Adam Gray jamais veio a esta casa — afirmou ele.

— Tem certeza? — perguntou a policial, em tom autoritário. — É crime abrigar um criminoso.

Criminoso? — perguntou Andrew. — Que crime?

O garoto fugiu de Londres com uma carteira contendo pelo menos cem libras — respondeu a Policial 92, em um tom de voz monótono e oficial.

De repente, Stashe surgiu por trás de Andrew.

— Do que a senhora está *falando*? Nós não abrigamos criminosos aqui. Seu computador apagou novamente — disse ela sugestivamente a Andrew.

— E eu vou lhe agradecer se sair da minha soleira limpa e parar de importunar o professor! — disse a Sra. Stock.

Ela apareceu do outro lado de Andrew, brandindo uma grande concha de ferro.

A Policial 92 encolheu-se, afastando-se da concha.

— Vocês estão se metendo em encrenca — disse ela — ao ameaçar um membro da força policial no cumprimento de seu dever.

— Então, se a senhora for embora — disse Stashe, doce-mente —, ela não precisará ameaçá-la, não é mesmo?

Botas pesadas aproximaram-se ruidosamente de ambos os lados da casa. Shaun surgiu vindo do quintal de trás da casa, dizendo:

— Já é hora do almoço, tia? Algum problema?

E, do lado da horta, veio o Sr. Stock, com passos mais barulhentos que de costume.

— O que está acontecendo aqui? Precisa de ajuda, Professor?

— Acho que sim — disse Andrew. — Esta pessoa afirma ser uma policial, mas tenho quase certeza de que é uma fraude.

— Ora, *isso* sim é contra a lei — disse o Sr. Stock. — Fazer-se passar por policial.

O rosto embaçado da Policial 92 tornou-se violentamente vermelho.

—- Estou aqui — entoou ela — para prender Adrian Cork pelo roubo de uma carteira contendo estimadamente cem libras.

— Ah, pelo amor de Deus, mulher! — exclamou a Sra. Stock. — Não me venha com esse inexpressivo tom de voz oficial! Não vai fazê-la parecer mais real.

— Nem tampouco sua acusação disparatada! — acrescentou Stashe.

O rosto de Shaun franziu-se sob o novo corte de cabelo enquanto ele tentava entender tudo ali.

— Já sei — disse ele, desfranzindo o rosto. — Posso botá-la para correr daqui, Professor.

— Você não ousaria! — disse a Policial 92.

VITRAL ENCANTADO

— Sou mais forte que você — observou Shaun. — Assim como o Sr. Stock. Ele é magro, mas muito forte. E a tia tem uma concha de ferro.

A Policial 92 olhou para a concha, nervosa, e recuou, descendo da soleira. Nesse momento, Tarquin O'Connor surgiu atrás dela, caminhando rapidamente com sua muleta. Andrew quase deu uma gargalhada. Era ridícula a forma como todos pareciam ter vindo em seu socorro. Mas, mesmo assim, ele estava impressionado — quase honrado.

Tarquin avaliou a situação com um único e penetrante olhar.

— É melhor você ir embora — disse ele à Policial 92 —, antes que as coisas fiquem feias. Você precisou de um boca-do de energia para vir até aqui, não foi? Pude sentir logo no carro. Então, agora vá embora, antes que nós a expulsemos.

A Policial 92 jogou a cabeça para trás.

— Vou prestar queixa contra todos vocês — disse, inso-lente — por obstruírem o trabalho policial.

— Faça isso — disse Tarquin. — Mas faça o mais longe daqui que puder.

Todos observaram a suposta Policial 92 dar meia-volta e afastar-se a passos firmes pelo caminho até o portão.

— Não gosto dessa maneira estranha como ela anda, com os pés separados — disse a Sra. Stock. — Não é natural.

Capítulo Dez

Tarquin havia chegado, ao que parecia, com a esperança de que Andrew pudesse fortalecer sua perna ausente antes de ele levar Stashe para almoçar em casa.

— Preparei verdadeiras iguarias para ela hoje — disse ele. — Adoro cozinhar. O que aquela mulher estava procurando? Aidan?

Andrew fez que sim com a cabeça.

— Foi o que pensei — disse Tarquin. — Ela é uma daquelas que não usam ferro. É engraçado como dá para saber. Achei o tempo todo que era mesmo esse tipo que estava atrás do garoto. É melhor reforçar suas defesas. Hoje pode-se fazer isso pelo computador. Peça a Stashe que lhe mostre como. Ela fez isso para Ronnie há algum tempo quando correu o rumor de que havia alguém tentando sabotar seus cavalos. Por falar nisso, onde está Aidan? Aquela mulher chegou a vê-lo?

Andrew sacudiu a cabeça, concentrando-se na perna de Tarquin.

VITRAL ENCANTADO

— Ele saiu. Acho que a ficha da morte da avó acaba de cair, e ele quis ficar sozinho.

— Pobrezinho. — Tarquin apoiou a perna ausente em um sofá e continuou tagarelando, alegremente. — O luto é uma coisa engraçada, isso, sim. Posso jurar que Stashe não pareceu notar que a mãe havia partido para sempre até duas semanas depois, quando encontrou um suporte para ovo quente que minha mulher gostava de usar. Estava escondido em um armário. Aí não houve como consolá-la. Para dizer a verdade, pensei que ela nunca superaria.

Ele continuou tagarelando. Logo estava contando a Andrew sobre os problemas no Comitê do Festival. Aparentemente a celebridade culinária que deveria abrir o Festival havia cancelado.

— Foi convidado para ir para os Estados Unidos e parece que a ideia lhe agradou mais — disse Tarquin. — Deixou todos na mão, foi o que ele fez. Estavam procurando um substituto, até que alguém disse que Ronnie Stock era suficientemente famoso para isso. Assim, convidaram-no. E Ronnie é tão vaidoso que aceitou imediatamente. É o fim de semana das Corridas de York e ele tem cavalos disputando em Bath e em Brighton também, mas está tão lisonjeado com o convite de abrir nosso Festivalzinho insignificante que está mandando a mulher para York em seu lugar. Loucura! Precisa de um exame na cabeça. Mas, por outro lado, ela sempre foi um pouco inchada. Você vai contar a Aidan que essas pessoas o rastrearam até aqui?

Andrew assentiu, distraído, embora não tivesse certeza do que ia fazer. Por um lado, sabia que isso deixaria Aidan apavorado. Por outro, Mabel Brown e/ou Policial 92 haviam plantado sementes de dúvida na mente de Andrew. Aidan, segundo a história que ele próprio contara, havia de fato fugido de Londres e estava de posse, sim, de uma carteira. Podia muito bem ser através dessa carteira que Mabel Policial 92 tinha rastreado Aidan. Ela devia emitir um aumento de energia quando se enchia de dinheiro. Portanto, não havia a menor dúvida de que *alguém* estava atrás dele. Mas não havia como saber quem estava certo e quem estava errado. Andrew contava apenas com a palavra de Aidan na maior parte da história. Ele *achava* que Aidan era honesto, mas não sabia. Ocorreu a Andrew que ele podia ter sido confiante demais. Resolveu fazer muitas outras perguntas a Aidan quando ele viesse para o almoço.

Mas, quando Aidan voltou, já estava mais perto da hora do chá do que do almoço, e ele estava acompanhado por um cão grande e brincalhão, com uma cauda semelhante a uma hélice que saiu derrubando coisas pela casa toda. Todos tiveram de parar tudo que estavam fazendo enquanto a Sra. Stock deixava seus sentimentos claros.

— Tenho muito o que fazer sem ficar recolhendo coisas atrás de um cachorrão sujo! — disse ela, repetidas vezes.

Não estou acostumada com cães. Pelos e patas cheias de lama! Não posso com isso! Ele já é treinado para ficar dentro de casa? *É?* E vocês esperam que eu o alimente, esperam?

Misturado a isso tudo havia as queixas da Sra. Stock sobre a hora em que Aidan chegara.

— E ainda por cima o almoço completamente estragado! O melhor prato de fígado e bacon que você já viu completamente estragado! Arruinado! Olhe para isto! *Olhe* para isto! — Ela agitava sob o nariz de Aidan o almoço afrontoso,

VITRAL ENCANTADO

que agora parecia uma sola de sapato negra com biscoitos de cachorro. — Olhe só para isto! — proclamou a Sra. Stock.

— Rolf pode comê-lo — sugeriu Aidan.

— Que desperdício! — retrucou a Sra. Stock. — Dar isto para cachorros vira-latas porque você trata a casa do professor como um hotel e chega na hora que bem entende! E ele é treinado para ficar dentro de casa? É?

A essa altura, Andrew e Stashe haviam chegado à cozinha e Shaun e o Sr. Stock olhavam pela janela acima da pia. Aidan começou a torcer para que acontecesse um grande terremoto nesse momento e que um buraco se abrisse no chão e engolisse a ele e a Rolf. Ele ajoelhou-se diante de Rolf.

— Você é treinado para ficar dentro de casa? — sussurrou, em tom urgente. Rolf o olhou suplicante e fez um leve aceno afirmativo com a cabeça. — Ele é treinado — confirmou Aidan. Mas sua voz foi abafada pela dos outros.

— É um cachorro lindo, tia — disse Shaun.

— Sei que não está de coleira, mas está em ótimas condições — observou Stashe. — Deve ser de alguém. Você não pode simplesmente ficar com ele, Aidan.

— Ah, pare de fazer barulho, mulher — disse o Sr. Stock à Sra. Stock. — O velho Sr. Brandon teve seus dois spaniels por anos. Você nunca se incomodou com aqueles cães, não como eu. Costumavam enterrar os ossos debaixo dos meus tomates, aqueles dois. *Você* costumava dar os ossos a eles.

A objeção da Sra. Stock a essas palavras foi tão enfática que Andrew tirou Aidan e Rolf do meio daquele alarido e fechou a porta do estúdio atrás deles.

— Bem, ouça aqui, Aidan — começou ele. — Sei que é um cachorro encantador, mas ele certamente pertence a outra pessoa e...

— Não pertence — disse Aidan. — Ele não é um cachorro. Mostre a ele, Rolf.

Rolf assentiu, sacudiu-se e perseguiu rapidamente a própria cauda. No momento seguinte, era uma onda de névoa amarela espiralando sobre uma pilha de panfletos de história, e mais um segundo depois era um garotinho olhando para Andrew com olhos de cachorro grandes e ansiosos.

— Por favor, fique comigo! — implorou ele em sua voz semelhante a um grunhido.

Andrew tirou os óculos e o olhou.

— Ah — disse ele. — Suponho que isso faça uma diferença.

— Ele é um homem-cão — explicou Aidan. — Não pode ser de ninguém, pois na verdade é uma pessoa. Mas ele quer ficar aqui, e eu quero ficar com ele. Por favor...

— Você prefere ser um cachorro ou um garoto? — perguntou Andrew a Rolf.

— Cachorro — respondeu Rolf. — É mais fácil. — Então se dissolveu em névoa novamente e tornou-se um cão, arranhando, suplicante, a perna de Andrew com uma pata grande e úmida.

Bem, é mais fácil explicar um cachorro que uma criança, pensou Andrew. De repente, lembrou-se que o segundo cavalo nos resultados das corridas tinha o nome de Dia de Cão. Era provavelmente o destino deles ficar com Rolf. E o terceiro cavalo, Rainha de Peso, tinha de se referir a Mabel

VITRAL ENCANTADO

Policial 92. O método de previsão do futuro de Stashe funcionava mesmo!

— Está bem — disse ele, resignado, a Rolf. — Vou lá acalmar a Sra. Stock. Pelo menos tentar.

Meia hora depois, Rolf teve permissão para comer o almoço desperdiçado de Aidan, e pareceu comer com muitíssimo gosto, enquanto Aidan comia quase um pão inteiro com mel. A Sra. Stock ficou apenas tempo suficiente para preparar a couve-flor gratinada de Andrew com uma couve-flor passada que havia sido esquecida nos fundos da despensa, antes de pegar Shaun e ir embora queixar-se com Trixie.

— Queria que ele fosse meu — disse Shaun, tristonho, enquanto a Sra. Stock o arrastava dali.

O Sr. Stock sacudiu um dedo sujo de terra debaixo do focinho de Rolf.

— Se eu achar algum osso nas minhas verduras — disse ele —, vou atrás de você com uma pá. Entendeu? — Rolf assentiu com humildade, ligeiramente vesgo por causa do dedo.

Andrew então explicou a questão para Stashe. Se alguém tivesse lhe dito um mês antes, pensou ele, que estaria contando com seriedade a uma secretária jovem e linda que agora tinha um homem-cão morando com eles, teria reagido com extremo desdém. E ainda mais incrível era que Stashe recebesse a informação com toda calma. Ela virou-se para Rolf.

— Será que isso explica por que nosso visitante sempre come pedaços substanciais de churrasco? — perguntou ela. Rolf baixou os olhos, envergonhado, e não negou. — Então, no fim das contas, não era uma raposa — afirmou Stashe. — Bem, agora você não está mais vivendo largado. Portanto, comporte-se.

171

Depois disso, Rolf e Aidan dividiram a couve-flor gratinada. Stashe foi para casa e Andrew ficou contemplando os dois imensos nabos.

— Sua avó algum dia lhe ensinou a preparar nabos? — perguntou a Aidan, em tom lamentoso.

— Ah, ensinou, sim — disse Aidan, recolhendo pratos vazios. — Creme de nabo é uma delícia. É só cozinhá-los, depois colocar no processador de alimentos com sal, pimenta, bastante manteiga e creme de leite. Quer que eu lhe mostre?

— Por favor — respondeu Andrew. — Pense nisso como uma maneira de você merecer Rolf.

Assim, Aidan lavou os nabos — que, ele pensou, era como dar banho na perna de alguém — e separou um deles para Groil. Depois encontrou a faca mais afiada da Sra. Stock e tentou cortar o outro nabo. No primeiro corte, a faca enterrou-se e ficou presa. Aidan puxou-a, retorcendo-a, mas a faca se recusava a se mover.

— Pode me ajudar? — perguntou ele a Andrew. Então, esquecendo-se de que Andrew poderia não entender as coisas da maneira que a Vó entendia, ele explicou: — Acho que transformei essa faca em Excalibur.

— Estou vendo. — Andrew tirou os óculos para olhar. — A Espada no Nabo. Não soa tão romântico quanto a história do Rei Arthur, não é? — Assim que disse essas palavras, Andrew soube que acabara de dizer uma coisa muito importante. Ficou imóvel, pensando no assunto.

Aidan riu, encantado que Andrew compreendesse as coisas da mesma maneira que a Vó.

Andrew continuou pensando, durante toda a hora que levaram para picar e domar o nabo — que se mostrou deli-

VITRAL ENCANTADO

cioso — e seguiu pensando durante toda a noite e madrugada adentro. Desistiu de fazer quaisquer perguntas a Aidan por enquanto, tampouco mencionou Mabel Policial 92 para ele. De qualquer forma, Aidan estava muito ocupado, rolando no chão com Rolf. Andrew os observava e refletia.

Havia alguma coisa muito especial em Aidan. Andrew recriminava-se por não descobrir o que era. Ele sabia que deveria ter investigado logo de cara. Deveria, no mínimo, ter dito a alguém onde Aidan estava. Mabel Policial 92 fizera Andrew se dar conta de que assistentes sociais — os de verdade — deviam estar procurando Aidan por Londres inteira. As pessoas se *preocupavam* quando uma criança esta va desaparecida. Andrew se censurava por simplesmente ter deixado Aidan ficar. Ele vinha, sabia disso, se comportando como se Aidan fosse um de seus alunos. Se um de seus alunos houvesse decidido ir para Hong Kong ou São Francisco em seu tempo livre, Andrew não teria se preocupado — desde que voltasse com um ensaio pronto — e Andrew vinha va-gamente pensando em Aidan da mesma forma. Sabia que não poderia ser assim. Não era de admirar que a Sra. Stock saísse por aí murmurando: "Vive em seu próprio mundo!"

Muito depois de Aidan ter ido para cama, Andrew tomou uma decisão. Teria de ir a Londres no dia seguinte e fazer algumas perguntas com cautela. A questão era: devia dizer a Aidan? Sim, decidiu. Era justo. Subiu ao segundo andar e pôs a cabeça no quarto de Aidan, encontrando-o banhado em luar. Tanto Aidan quanto Rolf dormiam na cama do garoto, um de costas para o outro, ambas as cabeças no travesseiro. Rolf tinha as quatro patas firmadas na parede, de uma forma que sugeria que empurraria Aidan para fora da cama antes da manhã. Andrew não teve coragem de perturbá-los. Sorriu e desceu a escada para deixar um bilhete na mesa da cozinha, dizendo simplesmente que tinha ido a Londres.

De manhã, seguiu de carro até Melton e pegou o trem para Londres.

Na estação, comprou um jornal. Quando o trem partia, desdobrou o jornal e procurou o resultado das corridas, pensando: estou ficando tão supersticioso quanto Stashe! Sorriu ao pensar nela e então se concentrou nos resultados. O vencedor da primeira corrida do dia anterior na distante Catterick era chamado Confirmação. O cavalo que chegara em segundo era Cuidado Cuidado e o terceiro Ui. Sabendo que estava sendo muito tolo em acreditar naquelas coisas, Andrew ainda assim decidiu tomar bastante cuidado.

Em Londres, pegou um táxi até a rua onde Aidan dissera que fora colocado com os Arkwright. Enquanto se dirigia lentamente para a casa, tentou ignorar a sensação que experimentava fora dos limites de seu campo de proteção, a de que esse mundo era ao mesmo tempo muito insosso e muito perigoso. Eram casas tão normais, grandes e independentes, todas com falsas vigas em suas cumeeiras frontais e jardins diferentes mas bem-cuidados. No entanto, a sensação de perigo crescia. Quando Andrew passava diante do Número 43, a sensação de estar sendo observado era tão grande que os pelos se eriçaram em sua nuca. Ao passar pelo Número 45, a sensação era tão forte que ele ficou tentado a dar meia-volta e ir embora. Mas disse a si mesmo que isso era tolice, agora que tinha chegado até ali, e seguiu para a casa que procurava, o Número 47. Quando ergueu o trinco do portão da frente,

Vitral Encantado

pareceu-lhe que os observadores invisíveis diziam "Ah!" e concentravam toda a atenção nele.

Fui um tolo de vir até aqui!, pensou Andrew. Um arrepio percorreu todo o seu corpo, fazendo-o estremecer, quando ele seguiu pelo caminho de entrada e tocou a campainha na porta da frente.

A campainha soou um doce *blim-blom* lá dentro. Uma senhora de meia-idade de aspecto agradável com cabelos grisalhos bem-arrumados e um avental florido diante do corpo amplo, abriu a porta e lhe dirigiu um olhar inquiridor. Era tão completamente normal que Andrew disse a si mesmo que estava sendo um *bobo* ao se sentir tão inquieto.

— Sra. Arkwright? — perguntou ele.

Ela assentiu.

— Bom dia — prosseguiu Andrew. — Lamento incomodá-la. Estou procurando um garoto chamado Aidan Cain. Sou um primo distante dele e soube que poderia estar aqui. Meu nome é Andrew Hope. — Ele lhe entregou um dos antigos cartões de visita que por acaso ainda estava em sua carteira.

A Sra. Arkwright pegou o cartão e o olhou, evidentemente aflita. Ali dizia DR. A. B. HOPE e o endereço era o de sua antiga Universidade. A Sra. Arkwright pareceu achar aquilo tudo demais para ela. Assim, deu meia-volta e gritou:

— Pai! Pai! É melhor você vir aqui!

Eles aguardaram. Andrew perguntou-se o que deveria esperar. O velho pai da Sra. Arkwright?

Uma porta atrás da Sra. Arkwright se abriu e um homem de meia-idade surgiu arrastando os pés. Ele usava chinelos e um velho cardigã de zíper. Não parecia bem.

DIANA WYNNE JONES

Andrew viu imediatamente que devia ser o marido da Sra. Arkwright, e não o pai. Ele e ela provavelmente complementavam o auxílio-doença do Sr. Arkwright abrigando órfãos. O corredor atrás do Sr. Arkwright estava se enchendo de crianças curiosas. Eram de etnias e tamanhos diversos, mas eram todos, sem exceção, pelo menos alguns anos mais novos que Aidan. Pobre Aidan!, pensou Andrew. Devia destoar deles.

— O que foi, Mãe? — perguntou o Sr. Arkwright.

Embora sua voz fosse fraca e trêmula, ele parecia totalmente no controle das coisas.

— Tem um professor aqui, de uma universidade, procurando Adrian — disse a Sra. Arkwright, em tom de desamparo.

— Peça que ele entre então, Mãe. Peça que entre — disse o Sr. Arkwright, a voz trêmula. Então virou-se para as crianças que os observavam. — Voltem, vocês todos — disse-lhes ele com bondade. — Entrem e voltem a assistir à TV. Isso é assunto de adultos, então não apareçam na cozinha até termos terminado. Fiquem no salão.

— Por favor, entre, Sr.... hã... Dr. Hope — disse a Sra. Arkwright. — Por aqui.

Ela fechou a porta da frente quando Andrew passou e o conduziu por um vestíbulo cheirando a bacon e aromatizador de ambiente, enquanto as crianças avançavam, amontoadas, diante deles. No caminho para a cozinha, conduzido pela Sra. Arkwright, Andrew vislumbrou todas as crianças se acomodando lado a lado em um comprido sofá, diante de uma televisão na qual era travada uma batalha espacial silenciosa. Um garotinho chinês de uns

VITRAL ENCANTADO

8 anos pegou o controle remoto. Uma garotinha de aparência indiana menor também o pegou e disputou com ele por um momento, antes de ceder. O menino chinês pressionou um botão. Rugidos, apitos e explosões tomaram conta da sala.

Andrew estremeceu. Ele nunca suportara televisão. Ficou feliz quando o Sr. Arkwright fechou a porta com firmeza e o seguiu, arrastando os pés, até a cozinha impecável e com cheiro de aromatizador de ambiente.

— Por favor, sente-se — convidou a Sra. Arkwright, puxando um banco de baixo da grande mesa coberta por uma toalha de plástico. — Posso lhe oferecer um café?

— Só se vocês também forem tomar — disse Andrew, cauteloso.

Ele era exigente em relação a café. A Sra. Arkwright parecia mais uma pessoa de chá.

— Ah, o Pai sempre bebe um a essa hora —assegurou ela, alegremente, e seguiu, apressada, para algum lugar ali por perto, onde Andrew, empoleirado em seu banco, não podia vê-la.

Ele não tinha certeza do que ela estava fazendo ali, mas temeu o pior daquele café. O Sr. Arkwright acomodou-se em uma majestosa cadeira de carvalho, forrada com almo fadas, e olhou para Andrew com uma espécie de educada perspicácia.

— Bem, senhor — disse ele a Andrew —, talvez queira explicar como chegou aqui.

Mentindo, Andrew não pôde deixar de pensar. Aquele cartão de visitas era de fato uma mentira, assim como passar-se por primo de Aidan. Que vergonha. Essas eram pessoas generosas, bem-intencionadas e ia contra sua natureza mentir para elas. Mas depois que sentira alguma coisa observando-o do lado de fora, tinha certeza de que precisava evitar a todo custo lhes dizer onde Aidan estava.

— Eu moro e trabalho em uma universidade e estou certo de que vocês sabem que as universidades são torres de marfim. Portanto, foi só... hã... ontem que soube que minha prima distante, Adela Cain, havia morrido. Eu...

— E como foi que o senhor soube disso? — perguntou o Sr. Arkwright.

Bastante razoável, pensou Andrew. O Sr. Arkwright não é nenhum bobo.

— Ah, um colega me mostrou seu obituário no jornal — disse ele. — Ela era uma cantora bem conhecida...

— E bem famosa nos seus dias — concordou o Sr. Arkwright. — Não que eu aprove essa coisa de cantores e tal, mas ouvi, sim, falar dela quando era mais jovem. E...?

— Bem — inventou Andrew —, eu sabia, é claro, que a filha de Adela estava morta e que Adela tinha a guarda exclusiva do neto, e me dei conta de que devo ser o único parente vivo da criança. Portanto...

E como foi que o senhor chegou a nós?   quis saber o Sr. Arkwright, sagaz.

Hum, pensou Andrew. Sim, como?

Felizmente, naquele momento a Sra. Arkwright colocou diante de Andrew uma caneca com os dizeres ESTE É UM LAR FELIZ pintados nela.

— Leite? Açúcar? — ofereceu ela, alegremente.

A caneca estava cheia de um líquido marrom pálido que cheirava fortemente a escovas velhas. Andrew se viu

VITRAL ENCANTADO

inclinando-se sobre ele com incredulidade. Como alguém podia chamar isso de café?

— Não, obrigado — disse ele, valente. — Vou bebê-lo assim como está.

Outra caneca foi posta na frente do Sr. Arkwright, que esperava pacientemente a resposta de Andrew. A Sra. Arkwright acomodou-se em outro banquinho.

— Café faz mal ao meu pobre estômago — explicou ela.

Não é de surpreender!, pensou Andrew. A essa altura, uma parte distante e criativa de seu cérebro havia elaborado uma resposta para o Sr. Arkwright.

— Procurei na internet — disse-lhe Andrew. — E então, naturalmente, verifiquei com a polícia — acrescentou ele, no caso de a primeira resposta soar demasiadamente improvável.

Para seu alívio, os Arkwright pareceram aceitar a resposta. Eles assentiram e se entreolharam, infelizes. Em seguida, o Sr. Arkwright disse com ar de gravidade:

— Receio que sua informação esteja um pouco desatualizada. Adrian não está mais aqui. Tivemos de pedir aos assistentes sociais que o levassem para outro lugar. Tivemos alguns problemas com ele, sabe?

Como assim? — perguntou Andrew.

A Sra. Arkwright olhou para o Sr. Arkwright. Ambos pareciam muito pouco à vontade agora. Durante o silêncio que se seguiu, Andrew ouviu distintamente um leve ruído de pés se arrastando do outro lado da porta da cozinha. Parecia que nem todas as crianças estavam obedientemente assistindo à guerra espacial.

— Bem, não que Adrian não fosse um bom garoto — começou a Sra. Arkwright.

— Aidan — corrigiu-a Andrew.

— Adrian — concordou a Sra. Arkwright, como se fosse o que Andrew tivesse dito. — Mas ele era um pouco *estranho*. Entende o que quero dizer? Você esperaria que alguém cuja avozinha houvesse acabado de morrer ficasse feliz com um abraço, um carinho. Eu ficava lhe pedindo um abraço, mas ele sempre dizia não. Dizia não e saía. Eu ficava muito magoada, para ser sincera. E então... Devo lhe contar o resto, Pai? Ou você prefere contar?

— Eu conto. — O Sr. Arkwright olhou sério e diretamente nos olhos de Andrew e pronunciou gravemente: — Poltergeist, atividades paranormais.

— Como disse? — perguntou Andrew.

— Isso mesmo — disse o Sr. Arkwright. — Foi o que eu disse. Fenômenos de poltergeist. O senhor, sendo um homem da universidade, deve saber tudo sobre isso, mas eu tive de ler sobre o assunto. Era exatamente isso. Adolescentes em um estado de espírito angustiado, dizia o livro, podem fazer com que estranhas energias sejam liberadas. As coisas voam pelo ar, ouvem-se barulhos estranhos. Eles podem causar muitos danos. Naturalmente, não sabem que estão fazendo isso.

Coisas *voavam* pelo ar? — indagou Andrew.

— Não, isso viria em seguida — disse-lhe o Sr. Arkwright. — Não esperamos por isso. O que vimos já foi bastante ruim: barulhos estranhos em volta da casa, gritos, choramingos e coisas assim, o portão do jardim batendo sem parar. E as crianças ficavam dizendo que viam estranhas formas esvoaçantes. Não podíamos com isso.

VITRAL ENCANTADO

— Tivemos de nos livrar dele. Ele estava assustando as crianças — explicou a Sra. Arkwright. — Então pedimos que ele fosse levado embora.

— Então... — Andrew estava começando a se perguntar o que estava se passando ali — quando foi que Aidan foi embora?

— Na segunda-feira passada. Há quase uma semana, não foi, Mãe? — respondeu o Sr. Arkwright.

— E onde ele está agora? — perguntou Andrew.

Os Arkwright pareceram confusos. A Sra. Arkwright sugeriu, incerta:

— O senhor pode perguntar na delegacia. Nós não precisávamos saber, entende?

— Mas vocês o viram ir embora?

Eles pareceram ainda mais desorientados.

— Creio que sim — disse o Sr. Arkwright. — Mas, aqui, as crianças vêm e vão. O senhor sabe como é. Eu não me lembro exatamente, para dizer a verdade.

Alguma coisa muito esquisita estava acontecendo ali. Andrew bebeu um gole corajoso de sua caneca. O suposto café tinha sabor semelhante ao cheiro. Ele colocou a caneca na mesa e se levantou.

— Muito obrigado pela ajuda — disse, com sinceridade. — Foi gentileza me dedicarem seu tempo. Agora preciso ir.

Ir para onde?, ele se perguntou ao sair pelo portão dos Arkwright. A única coisa que estava clara era que algo peculiar havia acontecido ali, com alguém que talvez se chamasse Adrian. Andrew perguntou-se se deveria perguntar à polícia. Imaginava que sim, caso contrário teria contado um monte de mentiras à toa...

DIANA WYNNE JONES

A sensação de ser observado voltou, intensa, assim que ele pôs os pés na rua.

Vou para casa, decidiu Andrew, com a nuca formigando. E dessa vez faria muito mais perguntas a Aidan. Ele seguiu na direção da rua principal, onde era maior a chance de encontrar um táxi.

Uma voz aguda gritou atrás dele:

— Ei! Senhor!

Andrew girou a tempo de ver o garotinho chinês saltar do muro dos Arkwright e correr até ele, seguido pela garotinha menor de aparência indiana, seguida, por sua vez, por uma garotinha negra. Ambas tinham o cabelo amarrado com fitas vermelhas brilhantes que esvoaçavam, ondulantes, enquanto elas disparavam atrás do menino.

— Senhor! Senhor, espere um momento! — gritavam eles.

Os três, arfando, alcançaram Andrew e tinham urgência no olhar.

— O que foi? — perguntou ele.

— Eles disseram um monte de bobagens para o senhor — soltou o garoto, com um arquejo — sobre Aidan. Havia coisas *de verdade* em torno da casa à noite. Três grupos.

— Atrás de Aidan — disse a menina asiática. — Eles ficavam gritando: "Adrian!" Todo mundo entende o nome dele errado, mas era Aidan que eles queriam.

— Eram alienígenas — acrescentou a garotinha negra. — Um grupo tinha coisas parecidas com antenas na cabeça. Duas varinhas compridas que balançavam.

— E eles não gostavam uns dos outros — afirmou a garota asiática. — Eles brigavam.

VITRAL ENCANTADO

— Obrigado — disse Andrew. — Obrigado por me contarem. — Todas as três crianças estavam caprichosamente limpas e bem-cuidadas. A Sra. Arkwright obviamente fazia um esplêndido trabalho quando se tratava das necessidades físicas. — Vocês ficaram muito assustados? A Sra. Arkwright disse que sim.

— Um pouco — respondeu o menino. — Mais do que qualquer coisa, era emocionante. A Sra. Arkwright é que ficava assustada de verdade.

— Mai Chou ficou com medo — disse a garotinha negra com desdém.

— Ela é pequenininha. E boboca — falou a outra menina.

— *Mas* — interveio o menino chinês, firme, sem fugir do assunto —, eles também mentiram sobre a partida de Aidan. Eles não o mandaram embora. Ele fugiu.

As duas meninas confirmaram com um gesto da cabeça, as fitas tremulando.

— Ele nos contou que ia embora — disse a asiática. — Falou para a gente não se preocupar e que, se ele fosse embora, os alienígenas deixariam a casa em paz. E deixaram mesmo.

— *Aidan* estava com medo — falou a garotinha negra. — A boca dele tremia.

— Bem, era ele que queriam matar — afirmou o garoto. — E a polícia achava que eram apenas gatos brigando!

— Aidan lhes disse aonde ia... — começou Andrew.

Mas se conteve. Uma figura alta e estranha estava parada diante deles, surgida, ao que parecia, do nada. Tinha quase dois metros e meio de altura e claramente não era humana. O corpo esguio era coberto pelo que parecia uma armadura dourada, com — possivelmente — um manto púrpura transparente pendendo dos ombros. Ou será que o manto seriam na realidade asas?, Andrew se viu conjecturando. Ele fitou a cabeça alta e de formato estranho da criatura, encimada por arabescos dourados e por partes laterais douradas que se enroscavam em suas bochechas estreitas, e se perguntou se aquilo seria um capacete ou a cabeça real da criatura. Ainda mais estranho: o rosto que o fitava em meio aos cachos dourados era exatamente como o do Sr. Stock, magro, retorcido e mal-humorado. Outra contraparte?, Andrew perguntou-se, totalmente abalado. Aqui? Em Londres?

As três crianças haviam corrido para trás de Andrew. Ele podia senti-las se pendurando na parte de trás de seu casaco, enquanto o próprio Andrew olhava freneticamente ao redor, em busca de ajuda. Não havia ninguém passando por ali. Carros subiam e desciam a rua, mas nenhum de seus ocupantes olhava em sua direção.

Nada a fazer então a não ser enfrentar, pensou Andrew. Ele tirou os óculos. A criatura pareceu ainda mais estranha a seus olhos nus. Era como um esqueleto dourado cercado por um halo prateado, embora ainda não conseguisse chegar à conclusão se o manto eram asas ou não.

— O que *você* quer? — Andrew perguntou em tom severo.

A criatura inclinou-se em sua direção. E falou em uma voz profunda, seguida por um eco:

— Diga — ordenou ela. — Diga-nos onde Adrian está.

Andrew sentiu uma urgência muitíssimo intensa de dizer àquele ser que Aidan estava em Melstone. Na verdade, se a criatura houvesse dito "Aidan" e não "Adrian", tinha certeza de que lhe teria dito imediatamente.

VITRAL ENCANTADO

— Este é um deles — disse o menino por trás de Andrew, como se o impulso urgente o tivesse forçado a falar. — Aquele grupo ficou rindo perto do muro.

— Então vocês estavam brigando no quintal dos Arkwright, é? — comentou Andrew.

A urgência parecia de fato forçá-lo a dizer *alguma coisa*. A criatura empertigou-se em toda a sua altura.

— Eu não — ecoou ele, desdenhoso. — Eu não brigo como aqueles. Sou um homem do Rei.

— E que Rei seria esse? — indagou Andrew.

— Oberon, é claro — respondeu a criatura, com altivez.

Cada vez mais estranho, pensou Andrew. *Assombrosamente* estranho. Uma criatura alienígena surge numa rua de Londres e calmamente se anuncia um seguidor do Rei das Fadas.

— Isto é loucura — disse ele. — Por que isso o faria querer matar... hã... Adrian?

— Por ser o único filho vivo do meu Rei — respondeu a criatura, como se essa fosse a mais natural das razões. — O Rei não vai tolerar ser forçado a deixar o trono.

Andrew não conseguiu pensar em nada para dizer, exceto:

— Bem, vivendo e aprendendo. Tem *certeza* disso?

— Então diga — repetiu a criatura, inclinando-se novamente. A pressão parecia comprimir o crânio de Andrew.

— Não *podemos!* — gritou o garoto chinês por trás de Andrew. — Aidan não *falou*. Ele disse que, se não nos contasse, não poderíamos dizer a vocês.

— Portanto vá embora e pare de nos assustar! — gritou uma das meninas.

— Sim, vá embora — insistiu Andrew. Ele podia sentir as crianças tremendo, o que o deixou zangado. O que essa criatura tinha a ganhar tentando aterrorizar três crianças que por acaso estiveram no mesmo lugar em que Aidan? Em uma imensa onda de fúria, ele agitou os óculos na direção daquele ser e esbravejou: — *Vá embora! Dê o fora!* — Uma expressão de espanto tomou conta do rosto estreito da criatura. Andrew não pôde deixar de pensar no Sr. Stock, na ocasião em que Andrew lhe disse que adubasse as rosas. Isso o fez perceber que estava no seu direito aqui também. — Estou falando sério! — gritou. — *VÁ!*

Para sua surpresa, a criatura se foi. Pareceu comprimir-se de ambos os lados cercados de névoa prateada, até tornar-se um risco de ouro e prata que desapareceu no ar. A urgência para falar e a sensação de estar sendo observado que havia pairado como um peso na rua todo o tempo também desapareceram.

— E não volte! — acrescentou Andrew para a calçada vazia.

— Mandou *bem,* senhor! — exclamou o menino com admiração.

— Eu sabia que ele era bom — disse uma das meninas.

— Vamos voltar, senão vão sentir nossa falta — falou a outra.

Os três se afastaram correndo, de volta à guerra espacial.

Andrew prosseguiu então, no que se mostrou uma terrível jornada de volta: escassez de táxis, atrasos e cancelamentos de trens, e por fim o trem que Andrew pegou quebrou três estações depois de Melton. Era quase como se aquela criatura houvesse lhe rogado uma praga. No

VITRAL ENCANTADO

entanto, Andrew mal notou esses acontecimentos, pois passou a viagem inteira pensando: Não acredito nisso! Não *acredito* nisso!

O problema era que ele acreditava, *sim*. E achava que não podia culpar os Arkwright por inventarem sua própria versão da história.

CAPITULO ONZE

Quando Aidan desceu para a cozinha bocejando naquela manhã, com Rolf seguindo-o, ansioso, encontrou o bilhete de Andrew na mesa. Em nenhum momento lhe ocorreu que a viagem de Andrew a Londres tivesse alguma coisa a ver com ele. Perguntou-se se deveria deixar o bilhete para a Sra. Stock. Sabia que era o tipo de coisa que a faria dizer "Vive em seu próprio mundo!" e começar a preparar a couve-flor gratinada, mas pensou que era melhor ela saber aonde Andrew tinha ido. Assim, decidiu deixar o bilhete ali mesmo, mas tomaria o cuidado de não estar em casa quando ela o encontrasse. Enquanto isso, ficou bastante contente por Andrew não estar ali para ver quanto cereal ele e Rolf juntos estavam comendo.

Então, enquanto a Sra. Stock não chegava, Aidan tirou os óculos e examinou o vitral muito, muito antigo na porta da cozinha. Isso era algo que ele vinha ansiando fazer, mas não na frente da Sra. Stock ou mesmo de Andrew. Pareceu-lhe muito antigo e secreto.

VITRAL ENCANTADO

A princípio, tudo que pôde ver foi que o vidro tinha um imenso poder mágico. Aidan tinha a sensação de que se podia usá-lo para alguma coisa, fosse painel por painel, ou em várias combinações — vermelho com azul, azul com verde, e assim por diante — com grande efeito. Mas ainda não tinha a menor ideia do *propósito* com que usá-lo.

Rolf, assistindo a Aidan tão interessado, pôs as patas na metade inferior da porta e ergueu-se para olhar o vitral também. Aidan pôde ver o reflexo de Rolf, impreciso, no painel amarelo, no centro da base. O vidro era tão velho e opaco que as coisas se refletiam nele muito tenuemente, como se não pudessem se vistas de fato.

— Você tem alguma ideia do que este vitral *faz?* — perguntou Aidan a Rolf.

As patas de Rolf deslizaram. Ele caiu no chão com um grunhido e teve de escalar a metade de madeira da porta para olhar novamente os painéis, arranhando a madeira. Dessa vez, viu-se diante do vidro azul, à esquerda. E ganiu levemente.

Aidan pensou de início que isso era simplesmente falta de destreza do cão. Então se deu conta de que ainda podia ver o reflexo de Rolf, sutil porém bem evidente, com as orelhas espetadas, no vidro amarelo. O lindo azul-jacinto em que Rolf agora se olhava mostrava um rosto diferente.

— Brilhante! — exclamou Aidan.

A cauda de Rolf girou com tanta força que ele perdeu o equilíbrio e deslizou para o chão novamente. Rolf estava deixando arranhões visíveis na porta, Aidan viu com um sentimento de culpa, enquanto se inclinava para olhar o vidro azul. O rosto ali, enfumaçado e distante, parecia o de

Shaun. A menos que fosse o de Groil. Poderia ser qualquer um dos dois.

Estranho, pensou Aidan, e percorreu a extensão do vitral abaixado, para olhar o painel vermelho, na parte direita inferior. A forma ali, como a de uma silhueta delineada contra um pôr do sol ardente, usava um chapéu surrado. Aidan conhecia o formato daquele chapéu tão bem a essa altura que deu um salto e abriu a porta, como Andrew sempre fazia, antes que o Sr. Stock pudesse abri-la com violência.

E, de fato, o Sr. Stock assomou à porta, carregando uma caixa.

Rolf deu um latido profundo de prazer e passou pelo Sr. Stock, correndo para fora, onde ergueu a perna junto ao coletor de água da chuva e então disparou para um lado e para o outro, farejando e ocasionalmente levantando outra vez a perna para dar seu esguicho em moitas de ervas daninhas.

O Sr. Stock entrou e largou sua caixa ao lado da tigela de cereal de Aidan. Ela continha uma pilha de favas de trinta centímetros com protuberâncias ao longo de toda a extensão, como cobras que houvessem engolido vários ninhos de rato. Groil vai ficar feliz hoje à noite!, pensou Aidan. Ele não gostava de favas e torcia para que Andrew também não gostasse.

— Onde está o Professor? — perguntou o Sr. Stock. — O carro dele não está aqui.

— Foi a Londres — disse Aidan. — Deixou um bilhete.

— Tomara que saiba o que está fazendo então — disse o Sr. Stock, e se foi.

Aidan fechou a porta com cuidado e ficou na ponta dos pés para espiar os três painéis de cima. O vidro laranja, no alto à esquerda, tinha ondas que ofuscavam a visão, então

VITRAL ENCANTADO

não era possível ter certeza se havia um rosto ali também. Mas havia, sim, como alguém se dissolvendo em suco de fruta. Aidan podia distinguir o estilo do cabelo, os olhos ligeiramente esbugalhados e o rosto fino e encovado. Parecia a Sra. Stock. Ele tornou a abrir a porta, para o caso de a Sra. Stock estar ali fora agora, mas o único que entrou foi Rolf, todo animado depois de seu passeio pelo quintal.

— Quer dizer que não funciona para chamar as pessoas — disse Aidan. — Como funciona então? — Ele voltou sua atenção para o painel verde, no alto à direita.

Ali não havia dúvida. Era Stashe. Ela sorria, feliz, para Aidan, em meio a uma névoa verde-clara, quase como se estivesse prestes a falar, fazer uma piada, dizer a Aidan que ele tinha de ajudá-la com os papéis hoje ou outra coisa. Havia uma linha de bolhas verdes atravessando-a, como um raio de sol de primavera.

— E ela não vem hoje — lembrou-se Aidan. — Então não a estou chamando.

Ele passou para o painel púrpura, no meio. Esperava, se houvesse alguém ali, que fosse Andrew. O painel púrpura desde o início lhe parecera o mais importante. Em vez disso, o que viu foi um espaço cheio de um crepúsculo lilás, um espaço nada pacífico. Havia uma tempestade, ou vento forte, lançando árvores contra nuvens que corriam e ocasionais zigue-zagues pequenos de relâmpagos. Entre os púrpura e cinza resplandecentes e mutáveis, Aidan pensou ter vislumbrado um rosto. Mas não pôde vê-lo com clareza suficiente para dizer quem era.

Enquanto tentava vê-lo melhor, Aidan foi quase derrubado para trás quando a Sra. Stock entrou, seguida por Shaun.

Ele colocou os óculos depressa e as vidraças ficaram novamente vazias, nada além de cores intensas e riscos, grumos e bolhas ocasionais.

No tempo que Aidan levou para prender os óculos atrás das orelhas, a Sra. Stock leu o bilhete de Andrew, resmungou: "Homens!", despachou Shaun para o trabalho e olhou com desgosto para as favas.

— O que aquele homem espera que eu faça com *isto*? — questionou ela. — Vão parecer madeira envolta em couro. Será que ele não pode *nunca* colher as verduras quando estão tenras? — Ela pegou a caixa de cereal vazio e a sacudiu. Então foi a vez de Aidan. — Olhe para isto! Você e esse cão enorme e glutão comeram tudo! Vá comprar mais, neste instante. E aproveite e traga um pouco de ração de cachorro. A loja vende ração também.

Antes que Aidan houvesse se recomposto mentalmente para mudar dos pensamentos mágicos para os do dia a dia, ele e Rolf já estavam fora de casa com uma grande sacola de compras cor-de-rosa nas mãos.

— Bem, pelo menos vai ser uma caminhada para você — disse Aidan a Rolf.

Os dois então se puseram a caminho do vilarejo.

A loja, cujo letreiro dizia apenas A LOJA, PROPRIETÁRIA R. STOCK, ficava depois da igreja e ao lado da CABELEIREIRA TRIXIE. Rosie Stock, que mantinha a loja, olhou para Aidan com interesse de mexeriqueira. Ela claramente sabia quem ele era.

— Esse cachorro é seu? — perguntou ela. — Faça-o esperar do lado de fora. Ele não é higiênico. Na verdade, eu pensava que fosse um cachorro de rua. Faz anos que o vejo por aí. Hoje só tenho cereal de chocolate, ou será que você prefere um pacote com caixas menores? E esse cachorro come ração seca ou carne enlatada?

Aidan escolheu os dois. Enquanto Rosie arrumava tudo na sacola cor-de-rosa, Aidan percebeu que não tinha dinheiro para pagar. Rosie Stock parecia o tipo de mulher durona que nunca permitiria que uma pessoa prometesse pagar depois. Aidan duvidava de que ela tampouco concordaria em deixar que Andrew pagasse depois. Nesse caso, só havia uma coisa a fazer. Com um certo nervosismo, ele pegou a carteira velha e surrada no bolso, tirou os óculos e a abriu.

Por um momento, pareceu a Aidan que alguém a distância disse "Ah!", mas o som se misturou ao zumbido de magia da carteira e ao deleite do próprio Aidan quando encontrou ali uma nota de vinte libras. O troco foi tanto que Aidan comprou para Rolf um osso falso com aspecto grudento e uma barra de chocolate com coco para si mesmo. Ele ainda tilintava as moedas quando saiu da loja.

Usar a carteira lhe trouxera uma sensação de grande tristeza. Fizera-o lembrar-se da ocasião em que a Vó a entregara a ele — com a expressão sarcástica que sempre exibia quando falava do pai de Aidan — e de como a Vó não parecera nada bem naquele dia. Ela devia saber que ia morrer, mas Aidan nem mesmo percebera que ela estava doente. E a Vó devia ter colocado algum tipo de proteção forte em torno dele, que Aidan também não notara, porque no momento em que ela morreu, os Perseguidores se amontoaram no quintal.

Aidan não queria pensar nessas coisas. Para afastá-las da mente, continuou subindo o vilarejo com Rolf, até chegar ao campo de futebol, na esperança de que alguém estivesse jogando lá.

E estava. Todos os seus novos amigos estavam lá. Agora tinham de jogar em uma área menor do que antes, porque na extremidade mais próxima do campo havia duas vans grandes e empoeiradas, nas quais se lia em letras espiraladas: *Feira ambulante de Rowan.*

— Eles sempre vêm para o Festival — explicou Gloria Appleby. — Vai haver mais vans chegando na semana que vem. Que bom ver você de novo. Nós perdemos ontem.

Todos estavam felizes em ver Aidan. Alguns perguntaram: "Onde você estava ontem?" e outros, como Rosie Stock do armazém: "Esse cachorro é *seu*? Pensei que fosse de rua."

Logo Rolf passou a ser um problema. Aidan sentou-o perto do gol, ao lado da bolsa rosa, e disse ao cão que tomasse conta dela. Mas, no momento em que o jogo começou, Rolf saiu correndo para participar. De início, Aidan riu. A visão de Rolf, de orelhas voando, cauda girando, tentando levar a melhor sobre Gloria ou, latindo, agitado, driblando a bola com o focinho e as patas dianteiras, era verdadeiramente ridícula. E ficou ainda mais ridícula quando Rolf levou a bola para a extremidade do campo e ficou preso na cerca viva.

No entanto, ninguém mais achou graça.

— Ele está estragando o jogo! — queixaram-se eles.

Aidan arrastou Rolf e a bola da cerca viva e o fez sentar-se ao lado da bolsa cor-de-rosa novamente.

— Fique *sentado* aí — ordenou ele — ou eu o transformo em um cachorro de rua novamente!

Isso acalmou Rolf por um tempo. Ele ficou obedientemente sentado ao lado da bolsa. Mas logo, todas as vezes em que a bola chegava perto dele, Aidan via que Rolf começava a se erguer, com as orelhas espetadas, ansiando para juntar-se à brincadeira. Aidan receou que, em seu entusiasmo, ele assumisse sua forma menino, mas isso não aconteceu. Talvez Rolf soubesse que isso causaria ainda mais problemas. Só por garantia, Aidan deu-lhe um tapinha no nariz e o advertiu que fosse um bom menino. Rolf sentou-se e ganiu.

Quando Aidan tornou a olhar para onde o deixara, Rolf não estava lá. Viu apenas a bolsa cor-de-rosa.

— Para onde ele foi? — perguntou Aidan aos outros. — Alguém viu?

Antes que alguém pudesse se manifestar, a resposta veio em sonoros latidos e rosnados atrás das vans da Feira ambulante. Aidan correu para lá e encontrou Rolf numa briga ferrenha com o cão de guarda da Feira. Os dois cães pareciam estar se divertindo muitíssimo, mas a mulher que saiu correndo de uma das vans não estava nada satisfeita. Aidan a ajudou a separar os cães e depois ela lhe entregou um pedaço de corda.

— Amarre-o — disse ela, e voltou para a van, a passos pesados.

Assim, Aidan arrastou Rolf até o portão e o amarrou em um mourão. Rolf ria, à moda dos cães, com a língua pendurada, nem um pouco arrependido.

— Sim, eu sei que você estava ganhando — admitiu Aidan —, mas isso porque você não é um cachorro de verdade. Você não estava sendo justo. Você é mais inteligente que ele. Agora *comporte-se*! — E deu a Rolf o osso falso e grudento para mantê-lo quieto.

DIANA WYNNE JONES

Rolf comeu o osso em dois minutos, mas não deu mais trabalho. O jogo de futebol então seguiu pacificamente, até que Jimmy Stock olhou o relógio em seu pulso e disse que tinha de ir para casa almoçar. Todos os outros então consultaram seus relógios e disseram o mesmo. Aidan desamarrou Rolf e deu a Gloria a corda para que ela devolvesse à mulher. E todos se foram, alguns subindo a rua a caminho de casa e outros seguindo o mesmo caminho de Aidan. Rolf andava recatado no meio do alegre grupo, como um cão que nunca se comportara mal na vida.

Quando ele e Rolf pegaram a alameda que levava a Melstone House, um pensamento horrível cruzou a mente de Aidan. E se, por Andrew não estar em casa, a Sra. Stock achasse que não precisava fazer o almoço, nem mesmo couve-flor gratinada? A essa altura, Aidan estava com tanta fome que poderia ter comido todas aquelas favas cruas. Bem... quase. Ele deu a volta na casa, dirigindo-se à porta dos fundos, para dar à Sra. Stock sua bolsa cor-de-rosa e então, talvez, olhar suplicante para ela, como Rolf fazia.

Rolf disparou à frente, dobrando a esquina. Aidan o ouviu dar um latido alto, de surpresa. Aidan correu atrás dele, arrastando a bolsa. Lá estava Groil, assomando timidamente na outra esquina além do coletor de água. Rolf saltitava à volta de Groil, dando latidos à guisa de cumprimento e erguendo-se para tocar com a pata os joelhos de Groil, que fazia com que Rolf parecesse minúsculo.

— Ah, olá! — disse Aidan. — Pensei que você só aparecesse à noite.

— Agora não mais — retrucou Groil, desviando Rolf com sua enorme mão direita. — Agora eu tenho zíperes.

E amigos. — Sua moita de cabelo estava cheia de poeira e teias de aranha. Ele arrancou um punhado delas com a mão esquerda enquanto dizia: — Vim dizer que terminamos com o vidro do telhado, Shaun e eu. Quer olhar? Agora dá para ver rostos. O poder está seguindo seu curso. Você pode falar com o Senhor Supremo se quiser.

— O que você quer diz... — começou Aidan.

Uma expressão de imensa aflição surgiu no rosto enorme de Groil. Ele pôs um dedo gigantesco sobre os lábios e caiu de joelhos, implorando com o olhar que Aidan se calasse. Então — era um pouco como ver a mudança de Rolf — Groil encolheu, transformando-se em algo menor, mais escuro e mais sólido. Em menos de um segundo, alguém poderia pensar que Groil era uma rocha num dos cantos da casa.

Aidan olhava para a rocha, pensando: então é por *isso* que nunca consigo encontrá-lo durante o dia!, quando uma voz alta e aguda gritou atrás dele:

— Arrá! *Achei* você! *Peguei* você!

Aidan se virou. Rolf parou de farejar a rocha e virou-se também. Os pelos de seu pescoço se eriçaram como um arbusto em torno de seus ombros e como uma cerca viva ao longo de suas costas. Ele arreganhou os dentes e rosnou.

O homenzinho gordo, de pé ao lado de Aidan com uma das mãos estendida para agarrar-lhe o braço, recuou um passo.

— Controle essa fera! — disse ele.

Vestia um casaco preto e calça riscada, como se estivesse a caminho de um casamento.

Aidan fitou-o.

— Não posso — disse ele. — Ele não gosta de você. E quem é você? Está indo a um casamento?

— *Casamento!* — exclamou o homenzinho. — Que ideia idiota! — Seu rosto redondo corou. Aidan pensou: eis aqui outra pessoa que parece alguém que conheço! Por mais redondo, vermelho e bem barbeado que estivesse o rosto do homenzinho, ainda assim era extraordinariamente semelhante ao de Tarquin O'Connor.

— Então o que está fazendo aqui? — perguntou Aidan, não muito educadamente.

A Vó teria ficado chocada e dito algo sobre como as boas maneiras é que fazem o homem. No entanto, Aidan sabia que o sujeito estivera prestes a agarrá-lo, e estava claro que tanto Groil quanto Rolf o consideravam inimigo.

O homenzinho empertigou-se em sua obesa altura máxima.

— Sou o fiel mordomo do Rei — disse ele, com orgulho, e acrescentou, ainda mais orgulhoso: — Sou nada menos que o Puck. Venho entregar uma carta do meu senhor ao mágico Hope, e eis que encontro *você*. — Ele agitou um envelope de aparência cara em uma das mãos. E estendeu a outra para Aidan. — Você usou a carteira. Não há dúvida de quem é você. Vou levá-lo prisioneiro imediatamente.

Aidan recuou. Assim como Andrew, ele pensou: não *acredito* nisto!

Rolf, porém, evidentemente acreditava. Ele ia avançando na direção do homenzinho passo a passo, devagar, rosnando gravemente. Aidan não teria acreditado que Rolf pudesse assumir um aspecto tão sinistro.

VITRAL ENCANTADO

— Eu... eu não acredito em você — disse ele. — Vá embora, ou soltarei meu cachorro em cima de você!

Rolf não esperou pela ordem. Passou do rastejar ao salto, rosnando de modo medonho.

O homenzinho — Seria ele *mesmo* o Puck?, perguntou-se Aidan — esquivou-se, ligeiro, para um lado e protegeu as costas no coletor de água. Rolf passou trovejando por ele, conseguiu parar e voltou-se para atacar novamente. O Puck ergueu as mãos gorduchas e cantou:

— Mude! Que tudo mude! — E de repente Rolf era um garotinho de pele macia, ajoelhado na grama e parecendo muito infeliz.

— Ai! — exclamou ele. — Isso doeu.

— Era essa a intenção — disse o Puck. — Seu traidor! Você é, por direito, um de nós que não usam o ferro. Por que está defendendo um humano?

— Porque você quer fazer mal a ele, é claro! — disse Rolf, zangado.

— Eu não — retrucou o Puck. — Vou levá-lo delicada e gentilmente para meu mestre, o Rei, e meu mestre, o Rei, vai conduzi-lo delicada e gentilmente à morte. — Ele dirigiu a Aidan um sorrisinho zombeteiro. — Gentilmente — repetiu. Tornou então a erguer as mãos e cantou, num ritmo suave e vibrante:

"Venha a mim, como vespas congregue
Venha e meu prêmio então carregue."

Uma nuvem escura de grandes criaturas voadoras sobrevoou o telhado da casa e desceu na direção de Aidan. Ele tirou os óculos e tentou recuar, fugindo delas, mas aquelas coisas estavam por toda parte, circulando-o, subindo, descendo e girando, zumbindo mais alto, intenso e forte que abelhas. Enquanto isso, o Puck voltou a entoar:

"Sete vezes ao redor,
Sete vezes ao redor,
A criança que achei se enredou,
Sete vezes ao redor,
A criança enfim se quedou."

Aidan tentou fixar os olhos em uma só daquelas criaturas, para contar quantas vezes ela o circundava, mas logo percebeu que poderia ser hipnotizado dessa forma. Sem os óculos, não tinha muita certeza de que eram exatamente vespas, mas podia ver que tinham corpos grandes e listrados dobrados e ferrões que se projetavam nas extremidades. Suas asas criavam um borrão que zumbia. Aidan lembrou-se de ter lido em algum lugar que se podia morrer se muitas vespas o picassem. Ele estava apavorado. Olhou para o pobre Rolf quase nu, agachado na grama, mas as criaturas não pareciam interessados em Rolf. Pelo menos uma coisa boa.

— Socorro! — gritou. A Sra. Stock devia estar na cozinha. Certamente ela ouviria.

— *Sete vezes ao redor* — entoava o Puck. — *Sete vezes ao redor.* — E acrescentou em uma voz mais normal: — Então ande até onde minhas vespas o levam. Ande na direção da frente desta casa.

— *Não!* — gritou Aidan. — *Socorro!* — A Sra. Stock por acaso estava *surda?*

VITRAL ENCANTADO

A ajuda, porém, veio de outra direção. Pés irregulares correndo, um leve, outro pesado.

— Que diabos está acontecendo aqui? — perguntou uma voz, com autoridade. Poderia ser a voz do Puck, a não ser pelo fato de que tinha sotaque irlandês. Tarquin surgiu por trás da quina da casa e exclamou diante da visão de Aidan agachado em um funil de criaturas escuras turbilhonando. Ele praguejou. — Detenha essas coisas! — disse, apontando sua muleta para o Puck. — Detenha-as agora!

O Puck pareceu extremamente consternado ao ver Tarquin, mas balançou a cabeça.

— Eu não. Este é um trabalho do meu mestre — disse, e prosseguiu com seu canto: — *Sete vezes ao redor, Sete vezes ao redor...*

Tarquin deu várias sugestões de coisas feias que o Puck podia fazer com seu mestre e correu para o homenzinho que cantarolava, com a muleta apontada como uma lança.

— Pare! — berrou ele.

— Não recebo ordens de um *perneta!* — gritou o Puck, no momento em que a muleta de Tarquin o acertava em seu colete cinza protuberante.

A perna ausente de Tarquin imediatamente cedeu. Tarquin caiu com a perna verdadeira ajoelhada. Mas moveu a muleta ao cair e o Puck voou e caiu para trás no coletor de água. SPLASH!

Rolf aplaudiu e aproveitou a chance para transformar-se em cachorro novamente. E, Aidan viu pelo canto do olho enquanto fugia correndo do turbilhão de vespas que definhava e desaparecia, que Groil também aproveitava a oportunidade. Aidan o vislumbrou desenroscando-se e escondendo-se atrás da quina da casa.

Aidan ajoelhou-se ao lado de Tarquin.

— Obrigado — disse o menino. — O que posso fazer por sua perna?

— Só Deus sabe. Eu só sei que ela não está mais aqui — respondeu Tarquin, infeliz.

Nesse momento a porta da cozinha se abriu e a Sra. Stock surgiu com sua expressão de "o que está acontecendo". Shaun a seguia, ocupado em mastigar metade de um pão francês recheado com bife e alface. O estômago de Aidan roncou diante daquela visão. Então todos eles tiveram de proteger o rosto quando Puck se elevou aos ares, saindo do coletor em uma onda marrom de água de chuva.

— Ainda vou acertar contas com você! — gritou para Tarquin, cuspindo água e criaturas do lago.

— Minhas contas são a única coisa que você vai acertar — disse-lhe Tarquin. — Sou sua contraparte humana, sim. Conte com Shaun aqui e você está em desvantagem numérica. Vá embora. E *fique* bem longe.

— O que está...? — começou a Sra. Stock, observando o Puck vir flutuando até o chão em seu fraque gotejante. — Shaun, ponha essa criatura daqui para fora antes que meus nervos prevaleçam sobre a razão, pelos céus!

— Estou indo, estou indo! — disse o Puck, lançando-lhe um olhar furioso. — Não é preciso evocar Aquele Lugar. E — acrescentou para Aidan — vou encontrá-lo novamente, logo, logo. Sempre que usar aquela carteira. — Ele curvou-se e jogou o envelope encharcado que tinha nas mãos na sacola cor-de-rosa. E então se foi. Nada mais restou dele, a não ser um leve borrifo de água caindo entre os cardos e a grama.

VITRAL ENCANTADO

— Precisamos perguntar ao Professor uma forma de manter essas criaturas longe de você — disse Tarquin a Aidan.

— O Professor não está aqui — informou a Sra. Stock. — Foi para Londres. Vive em seu próprio mundo. O senhor queria falar com ele por alguma razão específica?

— Nada, só esperava uma fisioterapia, pode-se dizer — respondeu Tarquin. Ele ainda estava ajoelhado na perna boa, escorado na muleta. Apontou, infeliz, para o que faltava, onde a perna da calça estava caída, dobrada na grama.

— Ajude-o a se levantar, Shaun — ordenou a Sra. Stock. Ela pegou a bolsa cor-de-rosa, que ficara bastante molhada no incidente, e olhou lá dentro. — Uma carta encharcada para o Professor — disse ela. — Cereal úmido. Pelo menos comprou comida adequada para esse cachorro ingrato. — Rolf dirigiu-lhe um olhar de reprovação e se sacudiu, lançando água no avental da Sra. Stock. — Não faça isso ou não vou abrir nem uma única lata para você — advertiu a Sra. Stock. — Aidan, seu sanduíche estará pronto em dez minutos. *Fique* por aqui. — Ela voltou marchando para dentro de casa, carregando a bolsa. Rolf a seguiu, com o focinho praticamente dentro da bolsa.

Shaun, agitando seu pão francês em uma das mãos, ergueu Tarquin com a outra, e Aidan ajudou a equilibrá-lo. O sapato de Tarquin caiu de seu pé inexistente quando ele se colocou de pé.

— Está vendo? — perguntou Tarquin, desesperado. — Sumiu de novo.

A meia do pé inexistente estava perfeitamente boa. Aidan olhou para ela, feliz com a distração. Seu corpo todo ainda vibrava com aquelas vespas e de saber que alguém aqui em Melstone agora o queria morto. Ele era como as cordas do piano de Andrew, pensou, quando se tocava uma das teclas graves com força e então parava.

— Sua meia ainda está no pé — disse ele a Tarquin. Inclinou-se e tateou o ar acima da meia. Seus dedos encontraram uma canela afiada e um joelho ossudo, sustentados por músculos fortes. — Sua perna ainda está aí. O Puck só fez o senhor *pensar* que não estava. — Ele tornou a calçar o sapato por cima da meia para provar a Tarquin.

— Verdade? — A cor começou a voltar ao rosto barbudo de elfo de Tarquin. Com muito cuidado, ele se ergueu, apoiando-se nos dois pés. Em seguida, flexionou a perna ausente, e bateu o pé no chão. — Você tem razão! — exclamou ele. — Não *sumiu!*

Shaun assentiu, satisfeito por Tarquin agora estar bem, e virou-se para Aidan:

— Groil quer que você olhe o galpão. Ele limpou a janela.

Groil vinha voltando furtivamente de trás da casa, outra vez grande, com a cabeça quase no nível da janela do quarto ao lado dele. Sorriu para Aidan.

— Aquele nabo ontem à noite estava bom — disse. — Doce. Grande. Venha dar uma olhada no galpão.

Aqui estava outra distração. Aidan sorriu para ele.

— Tem umas mil favas para esta noite — declarou.

— Ah, que bom — respondeu Groil.

Tarquin inclinou a cabeça para trás a fim de olhar para Groil. Sua boca se abriu.

— Quem...? — perguntou a Shaun.

Shaun acabara de dar uma imensa mordida no pão com bife.

VITRAL ENCANTADO

— Glmf — disse, com um pedaço de alface pendurado no queixo.

— Este é Groil — apresentou Aidan. — É um daqueles que não usam ferro. Minha avó me disse que tem muitos deles por toda parte, se a gente procurar. O senhor vem?

Tarquin assentiu, admirado, e seguiu mancando atrás de Shaun, que seguia Groil e Aidan, dando a volta pela casa até os fundos. Ali Groil parou ao lado do cortador de grama e fez uma mesura, gesticulando para que Aidan se dirigisse à porta do galpão com uma das mãos imensas estendida. Era um gesto tão refinado que fez Aidan rir ao entrar no galpão.

O lugar já estava bastante diferente. Reluzia com uma luz estranhamente colorida vinda do vidro limpo e cintilando no telhado. Aidan podia ver onde Shaun estivera trabalhando nas duas paredes, limpando e polindo a madeira entalhada. As aves e pequenos animais de formato estranho se projetavam de toda a parede dos fundos, brilhando, quase douradas. O polimento revelou que havia pessoas esculpidas também, misturadas a trilhas de folhas e flores.

Aidan aspirou o cheiro de mel da cera de abelha.

— Está lindo! — exclamou. Então tirou os óculos e ergueu os olhos para o vitral colorido no telhado.

Agora mal dava para ver onde os painéis estavam rachados, ou, quando se conseguia ver uma rachadura, ela parecia fazer parte dos desenhos no vidro. Esses desenhos certamente pareciam rostos, mas a janela era alta demais para que Aidan os visse apropriadamente a olho nu. Tudo que podia ver era que pareciam se mover. Ou será que era sua cabeça que estava se movendo porque ele esticava o pescoço para trás?

Algo estranho então aconteceu.

O galpão afastou-se de Aidan e, com ele, os passos dos outros e a voz de Tarquin — que, como sempre, estava tagarelando. Aidan, porém, ainda podia ouvir pássaros cantando em algum lugar no jardim ou no pomar. Também ouvia árvores farfalhando e sentia o cheiro de folhas úmidas misturado ao aroma de mel das paredes. Em meio a isso tudo, uma voz falou com ele. Embora não parecesse usar palavras, ainda assim lembrou-lhe a voz da Vó, apesar de parecer uma voz masculina.

Do que você precisa, meu jovem graveto?

Aidan respondeu à voz em sua mente, sem falar. Eu quero ficar em segurança. As pessoas continuam vindo atrás de mim.

A voz pareceu ponderar. Em seguida, disse: *Medidas foram tomadas, por você e por outros, mas para ter certeza da segurança você precisa se livrar dessa carteira em seu bolso.*

Por quê?, perguntou Aidan, assustado.

Porque eles podem rastreá-lo através dela, gravetinho. O dinheiro vindo do nada é sempre um problema.

Aquilo soava tão parecido com os ditos da Vó que Aidan acreditou instantaneamente. E disse em sua mente: então vou me livrar dela. Obrigado.

Mas não tem mais nada de que precise? Você não tem ambições?

Bem, pensou Aidan, ele gostaria bastante de ser um astro do futebol, como Jimmy Stock obviamente seria. Mas qual era sua verdadeira ambição ele soube de repente... Quero ser *sábio* como a Vó e Andrew, e ter meu próprio campo de proteção e escrever livros sobre todas as coisas incríveis que

VITRAL ENCANTADO

descobrir, e consertar por magia aquilo que não puder ser consertado de outra forma e... e fazer muitas outras coisas que precisem de magia e... e...

A voz o interrompeu. Aidan podia ouvir nela o sorriso. *Ótimo. É um objetivo muito adequado. Perfeito para você. Terá a minha ajuda para alcançá-lo.*

O canto dos pássaros e o cheiro de folhas recuaram para o segundo plano, e Aidan se viu de volta no galpão, com os outros três. Shaun, com a boca cheia, agitava seu pedaço de pão na direção de uma parte da parede, e Groil se curvava para inspecioná-la. Aidan piscou e se perguntou como Groil conseguira se espremer ali dentro. Do seu outro lado, Tarquin tinha as mãos fechadas em torno dos olhos, como se fossem um binóculo, e olhava por elas para a janela no telhado.

— Não consigo ver todos os rostos com clareza — dizia Tarquin —, mas lá estão Wally e Rosie, e acho que Ronnie Stock também, acho, sim. Estimando por alto, eu diria que metade do vilarejo está ali no alto.

Uma silhueta de chapéu escureceu a porta.

— Shaun — disse o Sr. Stock —, o que você pretende deixando meu cortador de grama no quintal? Tire-o de lá imediatamente. Vai chover.

— Sim, Sr. Stock. Desculpe, Sr. Stock. — Shaun saiu correndo, ainda mastigando.

Aidan olhou ao redor, à procura de Groil, que havia se agachado em um canto e se feito rígido e pesado. Obviamente, ele não queria que o Sr. Stock o visse. Para todo mundo ele parecia, pensou Aidan, um daqueles velhos sacos de cimento que Shaun havia enterrado no canteiro de aspargos. Aidan foi até Groil, arrancando a carteira do bolso.

— Pode guardar isto para mim por um tempo? — perguntou-lhe.

Groil estendeu uma mão surpreendentemente pequena e compacta e pegou a carteira.

— Onde eu a guardaria? — perguntou ele, ansioso.

— No bolso. Ponha num dos bolsos com zíper — disse Aidan.

Groil deu um sorriso.

— Ah — disse ele. — Sim. Eu tenho zíperes.

Aidan lembrou-se então do quanto estava faminto. A Sra. Stock dissera dez minutos e que eu ficasse por lá. Ele passou pelo Sr. Stock e saiu correndo.

— O que aconteceu? — perguntou o Sr. Stock a Tarquin assim que Aidan se foi. — Senti alguma coisa. Precisa de ajuda?

— Agora não. Já resolvi sozinho — disse Tarquin. — Mas vou lhe avisar, Stockie, Aidan vai precisar de nós todos em alerta máximo daqui para a frente, se vai.

Enquanto Shaun deslizava o cortador de grama na direção deles, o Sr. Stock, preocupado, coçava a cabeça debaixo do chapéu.

— Está bem. Mas é o Professor o meu foco.

— Reprograme-se para focar em ambos, então — orientou Tarquin. — Acho que é uma questão urgente.

Shaun e o cortador chegaram nesse momento. Atrás de Shaun, a chuva começou a cair com força. Tarquin fez uma careta e correu para seu carro, carregando a muleta como um rifle, quase esquecido que tinha apenas uma perna.

Capítulo Doze

Choveu durante toda a tarde até a noite. Mal-humorado, Aidan foi com Rolf para a sala escura e fria, desejando mais uma vez que Andrew mudasse de ideia e comprasse uma televisão e perguntando-se o que fazer sem a TV. Perambulou pela sala, à procura de alguma coisa — qualquer coisa! — interessante. Dessa forma, encontrou, deixados por Stashe, dois pacotes que a Sra. Stock havia ocultado com grande astúcia em uma pilha de partituras sobre o piano.

Um era para Andrew. Nele, Stashe escrevera: "Andrew. Nenhum pergaminho por enquanto, mas encontrei isto. E, por favor, leia as cartas e notas que deixei no seu estúdio. Acho que são importantes. S."

O outro, para alegria de Aidan, era para ele mesmo, e era grande. O bilhete de Stashe neste dizia: "Aidan. Estas estavam todas no fundo daquela caixa. Você deveria ter esperado. Divirta-se. S."

Quando Aidan abriu seu pacote, encontrou uma pilha de velhos gibis, cada um deles etiquetado com a letra redonda e negra de um menino de escola: *Propriedade de Andrew Brandon Hope. Não jogue fora.*

— Ei, legal! — exclamou Aidan.

Então acomodou-se com Rolf, todas as almofadas e os gibis no melhor sofá, ligou o abajur de leitura e preparou-se para a diversão.

Andrew chegou horas mais tarde, cansado, exasperado e um pouco molhado pelo tempo que passou de pé nas estações à espera dos trens. Sua primeira atitude foi ir para a cozinha fazer uma xícara de café decente. Ainda trazia a dolorosa lembrança do café da Sra. Arkwright. Quando estava colocando a chaleira no fogo, notou a carta molhada no meio da mesa da cozinha, endereçada a ele com uma letra majestosa e cheia de volteios. Eis algo capaz de me tirar o gosto de Londres, ele pensou.

A carta estava molhada demais para ser lida. Andrew sentou-se com seu café, pensou um pouco e então usou uma variação do método que tinha usado para tirar seu carro da vala. Pousando a ponta dos dedos no envelope encharcado, pensou novamente em Einstein e no tempo, e o tempo passou, voltando ao momento em que a carta foi escrita, quando estava seca e firme. Ele então sugeriu à carta que voltasse à forma como era antes.

A carta obsequiosamente obedeceu. Em um segundo, tornou-se um envelope grande e caro, novo e seco, seco o bastante para que Andrew o abrisse com a extremidade de sua colher de café. Ele puxou a carta dali de dentro. Na mesma caligrafia majestosa e cheia de volteios, dizia:

Vitral Encantado

Sr. Hope,

Chegou ao meu conhecimento que o senhor agora está subornando e coagindo minha gente para passar para o seu lado. Desista disso. Caso não o faça, estará se colocando em uma posição sujeita a represálias quando meus planos para Melstone estiverem amadurecidos.

Atenciosamente,

O. Brown

Todo o prazer de Andrew com seu bem-sucedido ato de magia desapareceu em uma onda de fúria. Como o Sr. Brown *ousava* lhe dar ordens assim! A... a *audácia* do homem! Ele bebeu sofregamente o café e a raiva. Quando se serviu de uma segunda caneca, já havia se acalmado o bastante para se perguntar quem exatamente o Sr. Brown pensava que ele estava subornando. Groil e Rolf, foi a quem ele supôs que o homem se referia. Certamente não era ao Segurança.

— Absolutamente *absurdo!* — disse Andrew, em voz alta.

Groil ainda era uma criança, e seu avô o alimentara durante anos. O Sr. Brown não cuidara coisa nenhuma de Groil, que não tinha comida nem roupa até que Melstone House as fornecesse a ele. E o mesmo acontecia com Rolf, que também era pouco mais que um filhote.

— Absurdo! — repetiu Andrew.

Então jogou a carta para um lado e foi procurar Aidan.

Aidan, entre sua pilha de gibis, ergueu os olhos com um sorriso. Rolf levantou-se das pernas de Aidan, a cauda girando, e foi fazer festa para Andrew, que lhe coçou as orelhas sedosas e sentiu-se ligeiramente melhor. Aidan observou por um momento e então disse:

— Foi um dia ruim?

— Sim — respondeu Andrew. — O que é isso que você está lendo?

Aidan respondeu virando o gibi de modo que a assinatura ficasse para cima e o ergueu. Andrew inclinou-se para ver e ficou pasmo ao ver sua própria assinatura. Ele havia esquecido completamente sua coleção de gibis. Apagara de sua mente que os tinha guardado aqui em Melstone House porque seus pais se opunham a que ele lesse tais coisas. O avô não se opunha. Andrew lembrava-se do avô lendo os gibis também e se divertindo tanto quanto Andrew.

Exceto no que dizia respeito às partes sobrenaturais, lembrou-se Andrew. Nessa questão o avô ficava todo irritado e explicava a Andrew onde estavam errados, e como. "Cães-homens e outros seres desse tipo *não* precisam de lua cheia para mudar", Andrew lembrou-se de ouvir o velho Jocelyn dizer. "Essa parte é só folclore, filho. Eles mudam naturalmente, conforme a sua vontade." Depois disso, Andrew lembrou-se de Jocelyn instruindo-o no caminho real e correto dessa magia, e então dizendo-lhe tantas coisas que o Andrew atual tinha a impressão de que estava recebendo uma montanha de informações. Ele sentiu-se bastante tonto pela quantidade de coisas de que agora se lembrava. Riu, incrédulo. Obrigara-se a esquecer tudo, primeiro porque sua mãe lhe dissera que era boba gem, e depois, como um aluno aplicado, porque decidira que magia não era uma coisa que os adultos devessem saber. E, afinal, o velho Jocelyn havia instruído o neto muito detalhadamente em tudo que ele precisaria saber quando assumisse seu campo de proteção. Que tolo que venho sendo!, pensou Andrew.

Aidan observou com atenção o sorriso incrédulo e deslumbrado crescer no rosto de Andrew. Quando Andrew finalmente riu, Aidan relaxou. Agora ele podia dar as más notícias.

— Tivemos alguns problemas aqui hoje — contou —, mas a perna de Tarquin ainda *está* lá, de verdade. Eu verifiquei. — Ele prosseguiu, descrevendo seu encontro com o Puck, embora não mencionasse a estranha voz no galpão. Aquilo lhe parecia algo íntimo. — Assim, entreguei a carteira para que Groil a guardasse — concluiu ele.

— Bom — disse Andrew. — Eu vinha pretendendo adverti-lo a não usar aquela carteira. Eles podem encontrá-lo por intermédio dela. Então, após essa pequena escaramuça, talvez você não se surpreenda ao saber que eles mantêm a casa dos Arkwright, em Londres, sob vigilância. Tive um encontro lá também. Mas os Arkwright parecem ter se convencido de que foram eles que mandaram você embora por assustar as outras crianças.

— Ótimo! — exclamou Aidan. — Era minha intenção.

Andrew concluiu que essa não era a hora de ressaltar para Aidan que essa atitude era magia ruim. Aidan já ficara abalado o suficiente ao descobrir que alguém em Melstone de fato o queria morto.

— Então foi *você!* — disse ele. — Isso é um alívio. Eles me deixaram conjecturando quem de nós era louco. Mas as crianças sabiam a verdade. Foi só quando o garotinho chinês correu atrás de mim...

— Henry Lee — interpôs Aidan. — Ele é inteligente. Stashe deixou um pacote para você. Está ali, no piano.

Andrew percebeu que ficou feliz por Aidan interrompê-lo. Não faria nenhum bem dizer a Aidan quem era o pai dele — embora, agora que Andrew pensava no assunto, isso explicasse o incrível dom da magia de Aidan. Ele foi até o piano. No caminho, parou para fazer um gesto na direção do fogo que a Sra. Stock deixara arrumado na lareira. Pegue um fiapo do centro de fogo da Terra, seu avô havia lhe ensinado, Andrew agora lembrava, e jogue-o em meio aos gravetos. O fogo inflamou-se, estalando e crepitando.

— Assim está melhor — disse Andrew, pegando o pequeno pacote de Stashe.

— Você pode me ensinar a fazer isso? — perguntou Aidan enquanto Rolf seguia avidamente para o tapetinho diante da lareira e atirava-se, agradecido, no chão diante do fogo.

— Provavelmente — disse Andrew, distraído. Então abriu o pacote e foi inundado por ainda mais lembranças.

Um pequeno pingente de prata caiu, arrastando uma corrente de prata. Parecia uma cruz muito ornamental, mas sob exame atento, era mais como uma árvore, um homem ou uma cruz ansata. Ele era, Andrew sabia, muito potente. Seu avô fazia-o usar sempre que, como o velho Jocelyn costumava dizer, havia um pequeno inconveniente com ele lá na Quinta.

E havia um pequeno inconveniente agora. Andrew estendeu o pingente para Aidan.

— Use isto. Vai mantê-lo seguro.

Aidan o inspecionou, desdenhoso.

VITRAL ENCANTADO

— Eu não *uso* enfeites — respondeu. Sentira um grande desprezo ao descobrir que quase todos os seus amigos do futebol usavam crucifixos de ouro ou talismãs de prata em torno do pescoço. — A Vó disse que os amuletos são na sua maioria superstição.

— Superstição — disse Andrew — é algo em que você acredita. *Eles* acreditam nisto, então isto funciona contra eles. Pegue. Ponha no pescoço.

Aidan lembrou-se da conversa com a estranha voz. *Medidas foram tomadas*, ela dissera, *por você e por outros*. Viu que podia estar sendo tolo.

— OK — concordou e, de má vontade, pôs o pingente no pescoço. Assim que passou a corrente pela cabeça, viu-se suspirando com uma profunda sensação de paz. A sensação tensa e urgente que o havia acompanhado desde que o Puck aparecera se foi de repente. — Funciona! — exclamou ele.

— Sim. — Andrew relaxou também.

Então serviu-se de uma dose de uísque e sentou-se com as pernas estendidas na direção do fogo, com Rolf esticado aos seus pés. Era muito confortável ficar diante da lareira com um cachorro dormindo, mesmo que o cachorro não fosse exatamente um cachorro.

A Sra. Stock fora generosa naquele dia e lhes deixara uma excelente torta. E a chuva parou enquanto eles a comiam. Depois do jantar, conseguiram arrastar a caixa de favas gigantes até o alpendre de madeira.

Groil estava à sua espera, bastante molhado, os cotovelos apoiados no telhado. Abriu um sorriso radiante quando viu a caixa, e ele mesmo a colocou em cima do telhado.

— O que você está usando? — perguntou a Aidan, inquieto, enquanto pegava dois punhados de favas. — Está me fazendo sentir dor.

Aidan pensou em si mesmo e na perna de Tarquin.

— É um amuleto para fazer meus inimigos *acreditarem* que isso os machuca — disse ele. — Não pode machucar *você*, pois você é amigo.

— Ah. — Groil encheu a boca de favas, com as vagens e tudo. Mastigou um pouco e pensou. — Tem razão — disse, depois de engolir, como se tivesse um escoadouro na garganta. — É tudo um truque. Você ainda quer que eu guarde sua carteira?

— Se você não se importar — respondeu Aidan. — Está mais segura com você.

— Está bem — disse Groil. — Isso pode ser divertido.

— O que ele quis dizer com aquilo? — perguntou Andrew quando voltavam para a casa.

— Não faço a menor ideia — disse Aidan, abrindo a porta dos fundos. Isso o fez lembrar-se. O vitral. — Já ia esquecendo. Eu ia lhe contar que tem rostos no vidro colorido. Vou lhe mostrar amanhã quando estiver claro.

Andrew, porém, pegou a lanterna grande em seu estúdio imediatamente e fez Aidan ficar do lado de fora e voltar o feixe de luz da lanterna para o vitral. Aidan ficou lá pacientemente parado, ouvindo o ritmo constante da mastigação de Groil do outro lado da casa, enquanto lá dentro Andrew fitava os vitrais e se maravilhava. Ali estava mais uma coisa que o avô lhe contara e da qual ele esquecera. Lembrava-se apenas que aquele vitral era de alguma forma precioso. "Ele mostra minhas contrapartes", dissera o velho Jocelyn. "Mas até agora só temos duas." De fato, nos tempos de seu avô, Andrew só conseguia distinguir dois rostos: a Sra. Stock no laranja, no alto à esquerda, e o Sr. Stock no vermelho, na base à direita, e Andrew nunca tinha certeza se os estava vendo ou não. Agora podia, definitivamente, ver seis pessoas, e todas deviam ter contrapartes entre o pessoal do Sr. Brown. O que Andrew podia ver com mais clareza era Tarquin, no painel roxo. Seu rosto de elfo fitava-o em meio ao que pareciam ser os galhos de uma árvore, agitados por uma tempestade enfurecida atrás dele. Mas Rolf estava quase igualmente nítido no vidro amarelo na base. Rolf então devia contar como uma pessoa. A quem ele correspondia? Ao cão do Segurança? E quanto a Shaun, no painel azul — ou será que aquele era Groil?

Andrew passou o maior tempo olhando fixamente a imagem embaciada de Stashe, no vidro verde, até Aidan se queixar de que seus braços estavam doendo. Andrew o ignorou. Aquela garota era mesmo um encanto. Tão linda. Como um dia de primavera...

Meus braços estão me *matando!* — gritou Aidan. Esta lanterna é *pesada!*

Andrew suspirou. Ainda faltava um dia antes que Stashe viesse novamente a sua casa.

— Ah, está certo. Desligue-a e entre — disse ele, perguntando-se como conseguiria sobreviver ao dia de amanhã.

O tempo no dia seguinte estava claro, ensolarado, como se nunca houvesse chovido. Andrew resolveu o problema de como sobreviver a ele dizendo a Aidan no café da manhã:

— Pegue suas botas e o casaco assim que terminar. Vamos percorrer a divisa a partir do ponto em que a chuva nos deteve da última vez. Rolf quer ir também?

Rolf quis. Energizado por dois pacotes de cereais, ele saltitava ansiosamente à frente até chegarem à depressão na estrada. Então, com o focinho voltado para o chão, seguiu inequivocadamente ao longo da divisa que de alguma forma haviam perdido no dia em que acabaram no bosque.

— Que alívio — disse Andrew. — Não precisamos ficar ziguezagueando.

Aidan assentiu, um tanto mal-humorado. Esperava jogar futebol nesse dia. E não tinha tanta certeza de que o amuleto de prata fosse mesmo protegê-lo se alguma criatura aparecesse. Além disso, podia ouvir o sino da igreja atravessando os campos, convocando as pessoas para o culto dominical, o que fez Aidan sentir-se culpado. A Vó era muito rigorosa quando se tratava de ir à igreja. Teve medo de que a Vó tivesse motivos para chamar Andrew de herege.

Andrew tornou-se de fato herege no ponto em que a divisa se afastava da estrada, tomando a direção de sua antiga universidade e o caminho se viu bloqueado por um impenetrável emaranhado de arame farpado. Rolf voltou-se, ganindo. Andrew parou e xingou. Aidan estava perplexo com o número de palavrões que Andrew parecia conhecer.

— É o Brown novamente — disse Andrew. — Eu sei!

Parecia mesmo coisa do Sr. Brown. Segundo o mapa, que Andrew abriu, furioso, em um joelho, as terras da Quinta de Melstone faziam uma grande saliência nessa extremidade do vilarejo, cercadas por um muro. Eles podiam ver o muro através das espirais de arame farpado, mas não podiam chegar até ele, embora fosse bastante óbvio que a linha da divisa corresse ao longo do muro, seguindo a saliência.

VITRAL ENCANTADO

— Tentando tomar mais terras! — exclamou Andrew, furioso. — Deixe-o ver quando minha advogada voltar das férias!

— Esse pedaço é seu também? — perguntou Aidan.

— Não. É o *princípio* que eu contesto! — disse Andrew, entre dentes.

Aidan estava intrigado.

— O Sr. Brown não é um dos que não usam ferro? — perguntou.

— Sim — respondeu Andrew rispidamente.

— Então — observou Aidan —, do que é feito este arame farpado?

Andrew o fitou.

— É uma boa pergunta — disse ele, após alguns momentos. — Talvez seja tudo uma ilusão. Vamos tentar passar.

Eles tentaram. E o que aconteceu foi que Andrew rasgou seu casaco e Rolf ganiu, infeliz, o tempo todo em que tentavam. Quer o arame farpado fosse uma ilusão ou, como sugeriu Aidan, simplesmente feito de zinco ou de outro metal, era tão impenetrável quanto aparentava.

— Vamos para casa pela estrada — disse Andrew, aborrecido. — Preciso pensar nisso antes que ele cerque toda a Melstone com arame farpado.

Eles voltaram pelo asfalto e chegaram de volta a Melstone House com fome, calor e mau humor. Rolf era o único que estava remotamente feliz. Depois do almoço ele guiou Aidan alegremente vilarejo acima até o campo de futebol, no qual o garoto teve uma tarde muito satisfatória e Rolf desapareceu, perseguindo coelhos nos campos adjacentes. Andrew passou o tempo se acalmando no piano e dizendo a si mesmo que estava pensando no que fazer em relação aos abusos do Sr. Brown. Na verdade, não tinha a menor ideia do que fazer. Decidiu que perguntaria a Stashe quando ela chegasse no dia seguinte.

Na segunda-feira Stashe chegou animada usando outro vestido verde, este com contas em torno da cintura alta. Ela parecia a Andrew o antídoto contra todos os seus problemas.

— Já leu aquelas cartas? — perguntou ela, alegremente.

— Não. Tive de ir a Londres — respondeu Andrew. — E... hã... outras coisas.

Aidan olhou com atenção o rosto de Andrew e saiu de mansinho, com o pingente cintilando em seu pescoço, primeiro para correr pelos campos com Rolf e depois ir para o campo de futebol. Andrew mal percebeu sua saída.

— Você tem alguma ideia do que posso fazer em relação ao Sr. Brown? — perguntou ele a Stashe. — Primeiro ele encampa metade do meu bosque e agora parece que está colocando arame farpado ao longo da divisa do meu campo de proteção.

Stashe pensou um pouco.

— Eu não sei — disse ela. — Não sei como lidar com essas pessoas. Elas são tão estranhas. Mas pretendo terminar aquela segunda caixa hoje, e a terceira, se tiver tempo. Acho que *precisamos* encontrar aquele pergaminho. Papai me contou sobre o incidente no sábado e que pensou ter perdido a perna novamente. Ele acha que uma olhada no contrato, ou no que quer que seja, pode ajudar a esclarecer as coisas. E, por favor, encontre um tempo para ler aquelas cartas. Elas vão surpreendê-lo.

VITRAL ENCANTADO

E então se foi lepidamente para o quarto das caixas, instantes antes da chegada da Sra. Stock.

— Dia lindo — anunciou a Sra. Stock, entregando o jornal do dia a Andrew. — Se o tempo permanecer assim, vai ser perfeito para o Festival no sábado. Mandei Shaun continuar o trabalho no galpão. Fiz bem? O senhor fez boa viagem a Londres? Veja bem, *ainda* não estou nada feliz com esse espetáculo que Trixie inventou. Na verdade, acho que é indecente. Por que ela não pode ir na barraca do brechó comigo, como no ano passado?

Ela foi interrompida pelo Sr. Stock carregando uma caixa imensa, com a qual ele empurrou a porta dos fundos para atrair a atenção de Andrew, que se levantou em um pulo para abri-la. Ele sabia agora que o vitral era ainda mais precioso do que pensava. O Sr. Stock não estava zangado com ninguém em particular nesse dia, mas andara separando os legumes e verduras que não estavam dentro dos padrões do Festival e não tinha mais nada para fazer com eles. Ao passar por Andrew, este viu de relance na caixa um amontoado de abobrinhas enormes, batatas colossais e tomates que mais pareciam carnudas bolas de críquete. O Professor deixou que a Sra. Stock cuidasse deles e correu para o estúdio.

Stashe havia colocado várias pilhas de cartas ao lado de seu computador, cuidadosamente etiquetadas. *Finanças*, leu Andrew na primeira pilha.

— Eu nunca soube que ele fosse um membro do Lloyd — disse, e passou para a seguinte.

Cartas de colegas ocultistas, técnicas na maior parte. A terceira pilha dizia: *Cinquenta anos de cartas da avó de*

Aidan! Andrew levou-as para a sala de estar e acomodou--se para ler.

A Sra. Stock, que decidira mudar o piano de lugar novamente, não importava o que Andrew dissesse, ficou frustrada ao encontrá-lo ali. Ela vingou-se dele escancarando as janelas e dizendo, ao sair:

— Pensei que já estivesse velho demais para ler gibis! — E então retirou-se para o estúdio de Andrew, murmurando: Bem, pelo menos posso tirar a poeira daquele computrator hoje!

E lá se foi, causando caos e destruição pelo estúdio ao arrumar todos os papéis em pilhas esmeradas e aleatórias, jogando panfletos em uma caixa velha que encontrou ali e empilhando todos os livros em que pôde botar as mãos em um armário onde Andrew jamais os encontraria. Por fim, tirou a poeira do computador com a mão pesada. A máquina foi desligada, mas ainda assim emitiu zumbidos e bipes de protesto.

— Não tem nada a ver comigo — declarou a Sra. Stock. — Nem encostei a mão nela. Coisa estúpida. Vive em seu próprio mundo!

Na sala de estar Andrew ficou curioso ao ver que a primeira carta da avó de Aidan endereçada a seu avô fora de fato escrita cinquenta anos antes. E dizia:

Caro Jocelyn Brandon —
Posso tomar a liberdade? — somos uma família
tão dividida — meus pais brigaram com os seus
— e então brigaram comigo quando me tornei
cantora — mas isso não me parece razão para

VITRAL ENCANTADO

*você e eu não sermos amigos — acabei de ad-
quirir um campo de proteção aqui em Londres
e seria um grande benefício para mim se pudesse
consultá-lo de tempos em tempos — ouvi dizer
que você é o melhor ocultista do país — se não
quiser me responder vou compreender — mas
tenho esperanças de que não será esse o caso.*
Sinceramente —
Adela Cain (nascida Brandon)

Andrew deu uma gargalhada. Embora em parte fosse pela ideia que Adela fazia de pontuação, a maior parte foi de um prazer perplexo. Muito por acaso, ele não havia mentido para os Arkwright, ou não tanto quanto pensara. Adela Cain era de fato uma prima distante, e, portanto, Aidan também. O que significava que o menino tinha perfeitamente o direito de morar ali, assim como Andrew tinha perfeitamente o direito de ir até Londres perguntar aos Arkwright sobre ele. Ah, ótimo!, pensou, voltando-se para a carta seguinte.

Obviamente, o velho Jocelyn — que devia estar na casa dos cinquenta na época, ou seja, não muito velho — enviara a Adela uma resposta cordial. As próximas dez cartas, enviadas ao longo de alguns anos, eram pedidos amistosos de conselho ou agradecimentos a Jocelyn pela ajuda. Na carta que se seguiu a essas, era Adela quem dava aconselhamento a Jocelyn. *Se seu abominável Sr. Brown, ela dizia, é mesmo um daqueles que não usam ferro — anote com cuidado o que ele diz — eles vão enganá-lo se puderem — aquela gente — mas eles também são bastante descuidados*

DIANA WYNNE JONES

— deixam buracos de modo que você muitas vezes também pode enganá-los.

Duas cartas depois, vinha uma notinha triste.

> *Meu caro Jocelyn –*
> *Obrigada por sua bondosa carta sobre a morte*
> *de meu amado Harry Cain — sinto sua falta*
> *imensamente — mas devo me controlar — tenho*
> *minha filhinha Melanie para cuidar*
> *Com afeto*
> *Adela*

Estranho, pensou Andrew, constrangido. Parece que estou espiando os sentimentos de alguém.

Ele continuou lendo as cartas. *...e qual é sua opinião sobre o vodu? — eu não mexeria com isso — mas alguns deuses deles estão andando pelas minhas ruas agora... e ...não sei o que tem nas poções de amor dela — só sei que uma pobre garota se matou... E então de repente ...Um conselho pessoal agora — como sei que você também tem uma filha com quem não se dá bem — o que faço em relação a Melanie? — ela está com 15 anos e parece que a única coisa que sente por mim é um desprezo exasperado...*

Andrew foi arrancado do que parecia uma história que nada tinha a ver com ele. Adela estava falando da mãe dele. Pela data da carta, isso se deu muito depois de sua mãe ter rompido qualquer contato com Jocelyn. Andrew nunca soube o motivo da última briga. Na época ele estava acima dessas questões, um estudante diligente e ambicioso, trabalhando furiosamente para obter o doutorado... E, sim! Isso devia ter acontecido na mesma época em que ele tivera aquela súbita e ofuscante visão

VITRAL ENCANTADO

da verdadeira natureza da História, a revelação que levara a sua decisão de escrever o livro que estava tentando escrever agora... Bem, como quer que tivesse sido, adiante com essas cartas.

Melanie surgiu nas cartas muito depois disso. Ela chegou em casa bêbada. Chegou drogada e teve sorte por Adela ter conseguido evitar que fosse presa por tráfico de drogas. Insultava a mãe o tempo todo, de todas as maneiras que lhe eram possíveis. Adela implorava conselhos em quase todas as cartas. Andrew teria considerado Melanie um caso perdido — só que a maioria dos insultos que ela usava era extraordinariamente semelhante às coisas que sua própria mãe costumava dizer sobre Jocelyn. *Velha careta e supersticiosa!* Era inteiramente familiar, assim como *Rá, rá! Minha mãe acredita em fadas, velha estúpida e idiota!*

Talvez Adela estivesse simplesmente lidando com Melanie da forma errada, sendo rígida demais com ela, assim como Andrew sempre suspeitara que Jocelyn havia errado com sua mãe e a levado à decisão de ser o oposto a ele em todos os aspectos possíveis. Rebeldes, as duas.

Então veio a carta de treze anos antes, datada da época em que Andrew estava estudando na França, sem ter contato com o avô.

> *Querido Jocelyn –*
> <u>*Obrigada*</u> *— eu mesma vou levar Melanie até você — mas não vou ficar — Você não tem a menor chance de dar um jeito nela se eu estiver presente — Rezo para que você consiga — chego às 2h15 em Melton –*
> *Grata —*
> *Adela*

Então Melanie havia de fato vindo *aqui!*, pensou Andrew. Será que isso ajudou? Espere um momento. Treze anos atrás?

De fato, a carta seguinte dizia: *Sim, receio que Melanie esteja grávida — ela insiste que isso não é assunto meu — mas, por algumas das coisas que diz, suspeito que o pai seja aquele seu odioso Sr. Brown — não — não — a culpa não é sua — como você pode impedir uma garota de andar pelo seu bosque — eu sei o quanto ele é dissimulado — e conheço Melanie...*

Com a crescente sensação de que estava espionando, Andrew continuou folheando as cartas — ou ainda mais como se estivesse indo até o fim de uma história de detetive para descobrir quem era o assassino, uma coisa de que ele sempre ficava envergonhado ao fazer. Melanie fugiu de Adela, desapareceu completamente por alguns anos e então voltou para casa morrendo de câncer... *e a criança — ela o chamou de Aidan porque diz que somente as pessoas certas conseguem acertar esse nome — e Aidan está cheio de pulgas e piolhos — Jocelyn — não sei se vou aguentar!...*

Andrew tinha acabado de ler esse grito de desespero quando Stashe bateu à porta e disse:

— Posso entrar, Andrew?

— Sim, claro — respondeu Andrew, deixando as cartas de lado.

— *Obrigada* — disse ela, não da porta, mas da janela aberta. — Precisamos de convite para entrar, você sabe.

Aquela não era Stashe.

Capítulo Treze

Aquela não era Stashe, embora fosse extraordinariamente parecida com ela. Usava um vestido longo e esvoaçante do mesmo tom de verde do vestido que Stashe estava usando nesse dia. Seu cabelo era de um louro mais claro que o de Stashe e caía em longos cachos nos ombros. Seus olhos eram imensos e verdes, e ligeiramente oblíquos, mais luminosos que os de Stashe, e, quando ela sorriu para Andrew, ele sentiu-se tonto por um instante, como acontecia às vezes quando Stashe sorria. Era linda. Não era Stashe, mas era tão idêntica a ela que Andrew soube de imediato que devia ser a contraparte de Stashe entre a gente que não usava ferro. Ele arrancou os óculos e tornou a olhar enquanto ela se aproximava dele com passos ondulantes. Ela usava uma pesada camada de magia, como uma espessa maquiagem em todo o corpo, mas ainda assim era linda e muito parecida com Stashe.

Para que ela acha que precisa dessa magia?, pensou Andrew, irritado.

— E quem vem a ser você? — perguntou-lhe.

Ela veio e se recostou no piano, numa pose que exibia suas curvas. Andrew lembrou-se de uma cantora dos anos 1950. Exagerada, ele pensou. Vulgar.

A sala encheu-se do perfume dela, denso e inebriante, como flores de pilriteiro com notas de manga. Sua voz, quando ela falou, agora soava artificialmente rouca, com um toque de riso.

— Sou a Rainha Titânia, naturalmente — disse ela. — Querido. — Ela jogou-lhe um beijo com os sedutores lábios rosados.

Andrew encolheu-se.

— Então vá embora — ordenou ele. — Estou ocupado.

Ela fez beicinho.

— Querido, você não pode me mandar embora sem saber por que estou aqui!

— Mas eu sei — disse Andrew. — Você quer Aidan. — E, ele pensou, seria muita falta de sorte se Aidan entrasse aqui correndo alegremente com Rolf. Ele cruzou os dedos da mão que ainda segurava as cartas de Adela Cain e rezou para que Aidan ficasse muito, muito longe da sala.

É claro que eu o quero — disse ela. — Você me culparia? Aquele garoto é talvez o único controle que posso ter sobre o meu marido. Eu não *machucaria* Adrian. Eu só levaria daqui gentilmente e o esconderia em algum lugar onde Oberon jamais o encontrará. Oberon vai matá-lo se o encontrar, você sabe.

Ela veio deslizando na direção de Andrew, fitando-o com aqueles grandes olhos verdes. Ele podia sentir a magia envolvendo-o em ondas. Não entre em pânico!, pensou. Suas alunas haviam muitas vezes tentado esse tipo de coisa.

VITRAL ENCANTADO

Andrew sabia que tivera uma reputação de ser um professor impiedoso. Elas o tinham procurado com trabalhos por fazer, em roupas espetacularmente escassas, e tinham chorado diante dele, e se contorcido para ele, e dirigido-lhe olhares lânguidos, e tentado persuadi-lo com lisonjas, e ele conseguira permanecer impassível diante de tudo isso. Supostamente, era *bom* nesse tipo de coisa.

Ele se viu recuando para um canto do sofá.

— Por que seu marido mataria Aidan? — perguntou, desesperado.

— Porque Oberon não será mais Rei aqui quando seu filho souber quem ele é — disse Titânia, sonhadora. — Dizem que o velho Rei desaparece então. Oberon, naturalmente, quer continuar existindo. Portanto, você entende por que preciso de Adrian, não entende, querido? Oberon fará tudo que eu pedir quando eu tiver o menino.

Ela chegou mais perto. O aroma floral e sufocante que exalava fez com que Andrew se espremesse ainda mais no canto do sofá, com a sensação de estar sendo asfixiado em um pilriteiro. Ou talvez em um banheiro fortemente perfumado. Ele tentou distraí-la.

— E suponho — disse — que Mabel Brown, ou seja lá qual for o nome dela, quer o mesmo que você...

Isso de fato distraiu Titânia um pouco.

— Ah, Mab! — comentou ela, fazendo beicinho. — Mab só quer que Oberon a tome como esposa outra vez. Ela é tão grosseira! E se deixou ficar tão *gorda!* Eu me pergunto o que Oberon viu nela um dia.

— E o que Mab pretende fazer com Aidan? — perguntou Andrew, tentando distrair Titânia o máximo possível.

DIANA WYNNE JONES

Por que a Sra. Stock não vinha mudar o piano de lugar?
Por que o Sr. Stock não aparecia na janela com outra caixa
de legumes? Por que *alguém* não chegava?

Titânia deu de ombros e continuou avançando.

— Ah! Quem sabe o que aquela estúpida da Mab faria!
Mataria a criança, provavelmente, assim que conseguisse
o que quer. Mas eu sou a última esposa de Oberon. É meu
direito levar Adrian, você não vê?

— Não, eu não vejo.

A essa altura Titânia estava perto o bastante para colocar
uma das mãos no braço do sofá e a outra no encosto. Ela
inclinou-se sobre Andrew, encurralando-o. Ondas espessas
de seu perfume deslizavam languidamente por ele. Andrew
mal conseguia respirar. Droga! O cheiro dela estava lhe pro-
vocando asma! Andrew não tinha crise de asma desde que
era garoto. Tinha esquecido o quanto eram desagradáveis.

— Ah, vamos lá, Andrew Hope — sussurrou Titânia. —
Deixe-me levar Adrian. Você não vai se arrepender.

Andrew baixou os olhos para seu decote e tornou a
erguê-los para os lábios rosados fazendo biquinho e para o
cacho dourado reluzente que pendia perto de seu nariz. Ele
podia saber exatamente o que ela estava fazendo e podia
saber por quê. Ele podia saber que essa era uma abordagem
consagrada pelo tempo, mas o problema com esse método
antiquado era que ele funcionava. Apesar do conhecimento,
apesar da asma, Andrew podia sentir que estava caindo sob
o feitiço de Titânia. Muito lentamente, ele sabia que estava
caindo. Ele iria lhe dar Aidan, ainda que fosse apenas para
se livrar dela.

— Hã... creio que não — conseguiu dizer.

VITRAL ENCANTADO

— Pronto! — disse Titânia, com um sorriso reluzente.
— Você vai me entregar Adrian a qualquer momento. Não
vai? — Ela curvou-se ainda mais para beijá-lo...

E Stashe entrou ruidosamente, agitando no ar um pergaminho dobrado com um grande selo negro colado nele.

— Andrew! Eu achei! Olhe! — Ela se deteve e fitou Titânia debruçada sobre Andrew. — Quem é você? O que está
acontecendo?

Titânia virou-se, venenosa. Por um instante seu rosto
não estava nada bonito.

— Vá embora, mulher — disse ela a Stashe.

— Não, não vá — disse Andrew. Ele nunca ficara tão
feliz em ver alguém em toda a sua vida. Stashe era pura
e moderna e verdadeira. Ao seu lado, Titânia parecia
velha, doentia e vulgar. — Esta é a Rainha Titânia. Ela
quer Aidan.

— Ela não pode tê-lo — disse Stashe. — Então pode ir
embora.

— Ah, não — retrucou Titânia, docemente. — Ele me
convidou a entrar, querida, e aqui eu vou ficar.

— Pensei que a voz dela fosse a sua — explicou Andrew.

— Foi a minha intenção — ronronou Titânia. — Só saio
daqui quando você me der Adrian.

— Não se *eu* tiver alguma coisa com isso! — disse Stashe.
— Você vai sair daqui e é *agora!* — Ela atirou o pergaminho
para um lado e correu para Titânia.

Titânia, que não esperava, ergueu as mãos fracamente
para se proteger de Stashe, que lhe empurrou as mãos para
o lado, agarrou Titânia por um ombro e um punhado dos
cabelos dourados e a sacudiu. E sacudiu outra vez.

DIANA WYNNE JONES

— Como você *ousa* entrar aqui sorrateiramente! — exclamou Stashe entre dentes, tremendo. — Como *ousa* tentar seduzir Andrew! — E sacudia sem parar.

Pequenas joias de fada começaram a se soltar de Titânia e rolar pelo tapete.

— Tire as mãos de mim! — guinchou Titânia, o rosto vermelho muito diferente do de uma rainha. — Eu *ordeno* que você me solte neste instante!

— Não *ouse* tentar me dar ordens! — rosnou Stashe, o rosto igualmente vermelho.

Ela soltou o cabelo de Titânia a fim de acertá-la na cabeça. Titânia gritou e começou a tentar se defender.

Andrew aproveitou a oportunidade para se levantar do canto do sofá, mas, de pé, não sabia bem o que fazer. Stashe e Titânia giravam e cambaleavam pela sala, cada uma delas com as mãos nos cabelos da outra, Titânia puxando e Stashe batendo. A única coisa que Andrew podia fazer era continuar se esquivando. Titânia tentava enfeitiçar Stashe. A cada tentativa Andrew sentia uma lufada de aroma forte. Mas assim que sentia uma lufada de encantamento, Stashe acertava Titânia outra vez, forçando-a a parar. Magia e pequenas contas chocalhavam pela sala, tanto da cintura alta de Stashe quanto do vestido de Titânia. Andrew sentia que devia estar dizendo: "Senhoras, senhoras!" e tentando fazê-las parar, mas elas haviam se transformado em duas fúrias que gritavam e se engalfinhavam e não lhe davam a menor atenção. Ele se esquivava, desesperado, esmagando as continhas e ofegando com as baforadas de magia aromática, até que ficou claro que Stashe estava vencendo. Ela era mais forte que Titânia e entendia mais de luta. Deu uma chave de

VITRAL ENCANTADO

braço na Rainha Fada e a arrastou até as janelas. Ali Stashe literalmente lançou Titânia para fora. Andrew viu a Rainha voar e aterrissar com um baque na grama.

— Caia fora e *fique* longe! — gritou Stashe. — Não ouse cruzar esta porta novamente! — Enquanto Titânia se arrastava, tentando se levantar, Stashe bateu com o pé duas vezes na soleira da porta. — Sua ordinária barata! — acrescentou enquanto Titânia começava a se afastar, mancando. E bateu uma terceira vez. — Pronto. — Stashe voltou-se para Andrew, batendo as mãos uma na outra para limpá-las.

— Acho que ela provavelmente é uma ordinária *cara* — disse Andrew, tentando não rir.

Stashe não estava com disposição para piadas. Seu rosto afogueado fechou-se e ela jogou o cabelo para trás agressivamente.

Andrew riu e a puxou para ele.

— Obrigado. Que garota esplêndida você é! Casa comigo?

— Sim, é claro — disse Stashe, abraçando-o também.

Eles se fitaram, extasiados.

Naturalmente, a Sra. Stock escolheu esse momento para entrar, dizendo:

— Tenho de arrumar aqui em *algum* momento hoje... Ah! — A expressão em seu rosto era um misto de choque, raiva e medo de perder o emprego. Então ela perguntou, azeda: — Isso que estou ouvindo são sinos matrimoniais ou estão só de brincadeira?

Andrew apressou-se em responder:

— Sim, Sra. Stock. Sinos matrimoniais. Seja a primeira a nos felicitar, por favor. E naturalmente esperamos que continue a trabalhar para nós, como sempre.

DIANA WYNNE JONES

— Hum! — respondeu a Sra. Stock. — Pouca serventia *ela* vai ter para o serviço doméstico!

— Isso mesmo — concordou Stashe, feliz. — Deixo essas coisas com meu pai.

— E talvez a senhora possa esperar até a tarde para arrumar aqui — acrescentou Andrew. — Stashe e eu iremos a Melton comprar um anel e providenciar os papéis do casamento.

— Muito bem então — disse a Sra. Stock, em tom descontente, e se foi.

— Oh, céus — suspirou Andrew.

— Ela vai reconsiderar — sugeriu Stashe. — Não se preocupe.

— Você leu aquelas cartas de Adela Cain? — perguntou Andrew um pouco depois.

Stashe assentiu com a cabeça apoiada em seu ombro.

— Então você sabe que Aidan é de fato um primo distante...

— Em quarto grau — observou Stashe, que havia se dado conta disso dias atrás. De repente, ela deu um gritinho e se afastou de Andrew. — Ah, minha nossa! Vim aqui para lhe dizer que encontrei o pergaminho! Onde diabos ele *está*?

Começaram a procurar. De início, não o encontraram em parte alguma. Acharam contas em grandes números, algumas das quais certamente eram pedras preciosas. Stashe as recolheu e jogou em um vaso, por segurança.

— É melhor levarmos estas para os joalheiros de Melton hoje à tarde — dizia ela quando Andrew encontrou o pergaminho debaixo de uma cadeira.

Estava em um estado lastimável, tão amassado quanto um lenço de papel usado. Em algum momento da briga, Stashe

VITRAL ENCANTADO

ou Titânia haviam cravado o salto agulha no meio do selo negro, quebrando-o de um lado ao outro, e, quando Andrew tentava desamassar o pergaminho, ele caiu, transformando--se em migalhas negras espalhadas pelo tapete.

— Não faz mal — disse Stashe. — O que diz aí?

Eles se debruçaram, ansiosos, sobre o pergaminho, que era datado de 1809. A primeira parte estava escrita com a caligrafia negra e floreada de que Andrew se lembrava da carta que recebera do Sr. Brown. E dizia:

> *Eu, Rei Oberon, sendo levado a fixar um domicílio seguro neste enclave mágico de Melstone House, ordeno e recomendo a Josiah Brandon, proprietário e zelador do dito enclave, que estenda seu campo de proteção para defender a mim e aos meus por todo o tempo em que Nosso selo permanecer intacto. O acima citado Josiah Brandon, pelo presente, concorda em manter em segredo para o mundo e para minhas esposas essa minha incursão. Além disso, ele concorda em proibir ou destruir quaisquer Contrapartes do meu pessoal que possam surgir por virtude de algum vazamento de Nossa magia para o seu campo de proteção. Também recomendo-lhe muito rigorosamente resguardar o vitral encantado no telhado de sua Capela e abandonar tal Capela sob pena de meu extremo desagrado.*
>
> *Assinado neste dia do verão de 1809*
> *Oberon Rex*

DIANA WYNNE JONES

As linhas que se seguiam então exibiam uma caligrafia mais ordinária, de traços grossos, negros e de aspecto furioso.

> *Eu, Josiah Brandon, Mago e proprietário de Melstone House e de seu campo de proteção, concordo com tudo que foi determinado acima, exceto e até que o selo negro de Oberon seja quebrado.*
>
> *Assinado,*
>
> *Josiah Brandon, Escudeiro*

Curiosamente, no pálido círculo onde antes estivera o selo, a mesma caligrafia acrescentara:

> *Isto foi assinado sob coação. Você, meu descendente, pode agora considerar-se livre dele. J.B.*

Essa parte tinha um aspecto fresco, quase recente. Quando Andrew correu um dedo sobre as letras, pôde ver que a intenção de Josiah fora mantê-lo invisível até o momento em que o selo se quebrasse. Sem dúvida o Sr. Brown devia estar debruçado sobre ele, esperando para afixar o selo assim que Josiah tivesse assinado o acordo.

— Ufa! — disse Andrew. — Ainda bem que o selo quebrou! Parece que desobedeci suas ordens em todos os sentidos. O que você acha que ele vai fazer?

— Vamos ver se conseguimos descobrir — respondeu Stashe, puxando o jornal desse dia de sob a mistura das cartas de Adela Cain com os gibis antigos de Andrew.

VITRAL ENCANTADO

Eles se debruçaram sobre as páginas de corridas. O vencedor do primeiro páreo em Pontefract fora Companheiro da Rainha. Stashe e Andrew acharam isso tão engraçado que mal notaram que o segundo cavalo a chegar havia sido Reprise, seguido por Feira Campestre. Os dois ainda riam do quanto Companheiro da Rainha era adequado quando Tarquin enfiou a cabeça pela porta.

— Stashe — disse ele, ansioso —, o que você *fez*? Você está bem?

Stashe lhe contou, concluindo com:

— Então Andrew me pediu em casamento, e eu aceitei.

Tarquin estava encantado.

— Eu não podia esperar nada melhor! — exclamou ele, mais de uma vez, e agitou a muleta no ar e abraçou a filha com força. Quando se acalmou um pouco, disse: — Bem, então vamos dar uma olhada nesse contrato.

— Não é exatamente um contrato — observou Andrew. — Está mais para uma disposição de ordens.

Tarquin leu o pergaminho amassado várias vezes.

— De fato — disse ele. — Eu me pergunto o que ele fez ao pobre homem para obrigá-lo a assinar. Tomou-lhe a mulher ou os filhos como reféns talvez. Esse parece o método deles. Aidan está em segurança?

— Espero que sim — respondeu Andrew. — Eu lhe dei um talismã bastante poderoso e ele prometeu que o usaria. Mas o que eu ainda quero saber, Tarquin, é por que era tão importante para... hã... o Sr. Brown não ter contrapartes no vilarejo.

Tarquin passou a mão pela barba, refletindo.

— Eu acho que um número suficiente deles faz pender a balança do poder para nós, humanos... ou pelo menos iguala os dois lados. O vitral colorido naquele seu galpão parece de fato mostrar que as coisas estão tendendo mais para o nosso lado agora. Brown não vai gostar disso.

— E por que o meu galpão é tão importante? — perguntou Andrew.

Tarquin parecia achar graça.

— Essa eu acho que sei. O seu Shaun e sua contraparte estão ambos trabalhando nele, não estão? Isso fortalece muito o trabalho deles, fortalece, sim. Aquele lugar é antigo, muito anterior ao velho Sr. Brandon e a esse pobre Josiah que assinou o contrato. Na minha opinião, pelos entalhes que vi ali, deve pertencer a... bem... digamos que a um daqueles poderes diante dos quais devem se dobrar mesmo aqueles que não usam ferro. Meu palpite é que todo o seu campo de proteção de fato pertence a esse poder. Assim Brown manda cobrir o vitral e deixar que a construção vire ruínas e que nenhum dos Brandon tenha a quem apelar. Brown pode fazer o que bem entender, ele pode. Isso faz algum sentido? — Andrew assentiu. O rosto de Tarquin se iluminou com um novo pensamento. — Seu avô nunca lhe contou como se convoca esse poder?

Andrew fitou os olhos de Tarquin que brilhavam, sérios, e tentou fazer sua mente voltar à noite de sábado, quando a visão de sua própria assinatura no gibi que Aidan estava lendo o fizera lembrar-se de tantas coisas. Não era fácil. Sua mente ficava voltando a Stashe, a adorável, mandona e inteligente Stashe, com quem ele ia se casar. Ele pegou a mão dela. Então ficou mais fácil. Ele podia segurá-la e deixar a mente trabalhar.

E, afinal, lembrou-se. Diz-se uma sequência de palavras antigas, contara-lhe Jocelyn, numa língua que já não era

VITRAL ENCANTADO

falada. Andrew podia ver o avô agora, de pé, de costas para a lareira nessa mesma sala, repetindo lentamente as estranhas sílabas, uma por uma. Era quase como se o avô estivesse *ali,* naquele exato momento, fitando-o, instando Andrew a lembrar. Andrew tinha a idade de Aidan na ocasião e soubera que jamais lembraria aquelas palavras. Portanto ele as escrevera, cada um dos estranhos fonemas, em... em... em... Onde mesmo ele escrevera? Alguma coisa que tinha na mão. Mas é claro! Em um daqueles gibis!

Andrew soltou a mão de Stashe e abaixou-se para reunir os gibis que primeiro Aidan, e depois Stashe e Titânia haviam deixado espalhados pela sala.

Capítulo Catorze

Aidan ficou assustado e deprimido ao saber que Andrew e Stashe se casariam em breve. Em nada ajudou o fato de que previra isso.

Foi a Sra. Stock quem lhe deu a notícia com azedume, quando Aidan e Rolf voltaram a galope para o almoço. A Sra. Stock não *disse* exatamente: "Eles não vão querer *você* por aqui agora", mas Aidan sabia que era o que ela quis dizer. Ele se esforçou muito para ser tão simpático quanto Shaun em relação ao fato. Shaun ficou radiante. Pegou a mão de Andrew e a apertou, para cima e para baixo, para cima e para baixo, com o cabelo reluzindo.

— Bom — disse ele. — *Muito* bom, Professor.

Aidan teve pouquíssima chance de dizer algo além de "Parabéns!" antes que Andrew e Stashe partissem para Melton, Stashe agarrada a um vaso que chocalhava e que, segundo ela disse a Aidan, era muito valioso. Aidan pes-

VITRAL ENCANTADO

tanejou. Parecia-lhe um vaso feio e muito comum, mas ele supôs que Stashe soubesse do que estava falando.

Aidan perambulou com Rolf pelo resto da tarde, perguntando-se, ansioso, o que seria dele agora. Não podia voltar para os Arkwright. Cuidara para que não o quisessem de volta. Lembrando-se do que fizera, Aidan desejava ter pensado em outra maneira de evitar que mandassem gente atrás dele, mas já tinha feito, e agora não podia ser desfeito. Enquanto isso, tentou esquivar-se da Sra. Stock, que estava em seu humor mais cáustico, e ficou fora do caminho do Sr. Stock. Este parecia o gato que ficou com a nata do leite. Stashe era sua sobrinha e ele tinha muito orgulho dela. O Sr. Stock sabia que fora ele quem começara tudo ao visitar Tarquin naquele dia. Ele até mesmo assoviou enquanto separava outra imensa caixa de descartes da horta.

E, ainda por cima, não tinha o futebol para tirar a mente de Aidan dessas coisas. O campo de futebol estava se enchendo de barracas e caminhões empoeirados carregados com máquinas da feira. Onde Aidan e os amigos tinham jogado bola, as pessoas andavam solenemente de um lado para outro, colocando marcadores para os cercados delimitados por cordas, onde as várias competições aconteceriam. Em qualquer outra ocasião, Aidan estaria muitíssimo interessado e entusiasmado com o Festival de sábado, mas agora não. O campo era só mais um lugar a ser evitado.

Para aumentar sua melancolia, Groil não apareceu naquela noite. Andrew, ajudado por Stashe e Aidan, empilhou os descartes da horta no telhado do galpão, mas eles ainda estavam lá na manhã seguinte.

241

Ronnie Stock precisava de Stashe com urgência naquele dia. Andrew sentiu-se tentado a dizer ao homem que precisava de Stashe com urgência ainda maior, mas pelo menos pôde enviá-la para os estábulos com um reluzente anel de esmeralda novo cintilando em seu elegante dedo anelar. As joias de Titânia acabaram se revelando muito valiosas. Sem Stashe por lá, Andrew sentia-se quase tão desanimado quanto Aidan. Então voltou com determinação a mente para outras questões urgentes. Podia dar prosseguimento ao seu livro, mas o computador apresentara problemas outra vez, provavelmente em razão da presença de Titânia. De qualquer forma, isso não era urgente, nem de perto tão urgente quanto Aidan, que estava seriamente necessitado de explicações. Andrew e Stashe tiveram uma longa conversa sobre Aidan. Stashe insistia que Andrew contasse a Aidan exatamente qual era a situação. "Sei como me sentiria se todos me mantivessem sem informações", dissera ela. Assim, Andrew resolveu conversar com Aidan enquanto eles continuavam a percorrer a divisa. Isso também era urgente. Provava que o campo de proteção era de Andrew e não do Sr. Brown.

— Calce as botas e traga Rolf — disse a Aidan. — Vamos prosseguir ao longo da divisa hoje novamente.

Aidan concordou com apatia. Queria bater em Rolf pelo cão estar tão feliz em ir.

Eles atravessaram o vilarejo e recomeçaram a partir dos Estábulos — onde mais, com Stashe tão perto? — do local ao lado dos portões da Granja, onde a divisa se desviava para além do outro lado do vilarejo. O tempo estava bom para caminhar, não muito quente nem muito frio, com somente uma insinuação de chuva no ar. Andrew e Rolf sentiram-se

VITRAL ENCANTADO

agradecidos por isso. Aidan, não. Aidan estava ainda mais infeliz porque a primeira parte do percurso significava que eles definitivamente transporiam os limites do campo de proteção. A divisa fazia uma curva pelos jardins da Granja, atravessando a quina de um canteiro de rosas e um gramado, antes de mergulhar em um bosque de árvores ornamentais. Aidan não estava nada satisfeito com isso, até que chegaram a um mata-burro além das árvores, onde tiveram de erguer Rolf, passando-o para o campo e a charneca do outro lado. Ali Rolf emitiu um animado latido e partiu com o nariz abaixado pela linha da divisa.

Então, o único problema era acompanhar Rolf. Felizmente, Rolf se deu conta disso e ficava voltando até eles. Enquanto seguiam penosamente a distante figura dourada de Rolf, Andrew começou a dar a Aidan uma cuidadosa explicação.

— O quê? — perguntou Aidan. — Você está dizendo que sou seu primo?

— Certamente — assegurou-lhe Andrew. — Distante, mas mesmo assim significa que tenho perfeitamente direito a tê-lo morando conosco. Mais do que os Arkwright, de qualquer forma. Stashe vai ver o que temos de fazer para tornar isso oficial. Se precisamos adotar você ou nos tornar seus tutores legais. Provavelmente vou ter de me casar antes de poder adotá-lo. Tudo bem por você? Você se importa?

Se ele se *importava*! Aidan sentiu que seu rosto se abria em um sorriso mais radiante que qualquer um de Shaun.

— *Obrigado!* — conseguiu dizer.

Era como se um fardo pesado tivesse sido tirado de suas costas e de sua mente. Sentia-se agora tão leve que começou a andar cada vez mais rápido, ainda sorrindo, exultante.

Talvez, pensou, pudesse convencer Andrew que uma tevê no quarto das caixas não o incomodaria de fato. Com um pufe onde sentar, talvez. E pensou que poderia convencer Stashe a deixá-lo ter um celular, se falasse com jeitinho. Ah, que alegria!

Agora eles subiam um morro comprido, entre arbustos de tojo. Aidan andava tão rápido que Andrew tinha de se esforçar para acompanhá-lo e estava mais do que um pouco ofegante ao dar a parte seguinte da explicação. E pensar que seis meses atrás, pensou Andrew, eu não teria acreditado em uma só palavra do que estou falando agora! Contando a um garoto que seu pai era Oberon e queria matá-lo. Será que estou lhe dando um choque grande demais?

Aidan estava muito feliz para que o choque fosse maior. E, afinal, o Puck lhe contara parte da história. E a Vó sempre deixara claro que o pai de Aidan era de fato muito ruim. Aidan sempre acreditara nisso. Portanto, o que o preocupou foi algo que Andrew jamais tinha esperado.

— Isso significa — perguntou ele — que sou metade *outra coisa*?

— Eles não são tão diferentes quanto as pessoas gostam de pensar — disse Andrew, com um arquejo, e pensando na briga entre Stashe e Titânia. Qual era a diferença entre duas mulheres furiosas? — Pense em si mesmo — arquejou como tendo o melhor de dois mundos. Muitas pessoas dariam um braço para ter uma herança genética como a sua.

— Hummm — disse Aidan, absorvendo essas palavras. Desde que isso não aparecesse...

Mais além, Rolf parou e sentou-se. Alertados por isso, Aidan e Andrew também pararam. Andrew, tentando re-

VITRAL ENCANTADO

cuperar o fôlego, perguntou-se o que Rolf teria ouvido ou farejado.

Parecia que no indistinto caminho que marcava a divisa adiante alguém corria. A pessoa vinha avultando-se acima do cume do morro, mais alta a cada passo, vindo na direção deles em passadas largas e saltos imensos, muito diferente de alguém correndo para se exercitar. Ela os viu e se desviou, dirigindo-se para as campinas além do morro, onde eles a viram esquivando-se de arbustos e chapinhando em meio a trechos pantanosos. Além do cume do morro, vinha correndo atrás dela uma nebulosa torrente de *coisas*. O que quer que fossem, pararam no local exato em que o poderoso corredor deixara o caminho e lá se foram, desabaladas atrás dele, em direção às campinas.

Tanto Andrew quanto Aidan arrancaram os óculos. Embora ainda fosse difícil distinguir o cortejo nebuloso, formas longas e galopantes do que poderiam ser cães faziam parte dela, assim como figuras eretas de — talvez — homens em disparada. O corredor que perseguiam era bem mais simples.

— É Groil! — exclamou Aidan. — Estão atrás dele porque ele está com a minha carteira.

Não havia nada que eles pudessem fazer. Groil e seus perseguidores estavam indo rápido demais. Andrew subiu lentamente, seguido por Aidan, até onde Rolf estava sentado. Nem ele nem Aidan podiam evitar olhar para a campina lá embaixo. Groil ia se desviando, virando, correndo em torno de arbustos, e o cortejo nebuloso em sua perseguição seguia fielmente seu caminho, mesmo quando ele corria em círculos. Andrew e Aidan observaram Groil conduzir os perseguidores desenhando um oito, fazê-los cruzar o próprio caminho, estupidamente, e então disparar outra vez morro acima em saltos longos e vigorosos. Nesse ponto, o bando pareceu perder Groil. De qualquer modo, no momento em que Andrew e Aidan chegaram até Rolf, Groil não estava em lugar nenhum à vista, mas a horda de perseguidores vinha correndo morro acima na direção deles.

Rolf, Andrew e Aidan se imobilizaram quando o bando nebuloso chegou à linha da divisa pouco adiante. Parecia que eles não podiam cruzá-la. Por um momento, ficaram dando voltas, sem propósito. Então alguma coisa no meio deles gritou. Uma buzina soou. E a turba indistinta toda veio morro abaixo em disparada, na direção de Andrew, Aidan e Rolf.

Andrew rapidamente puxou Aidan, e Aidan puxou Rolf, seguindo para a encosta do morro, além da divisa. Ali eles ficaram e observaram o grupo de Perseguidores fluir silenciosamente, cães maléficos, grandes criaturas felinas, o Segurança com sua touca de lã, seres de aspecto humano com cabeça de cervo, criaturas semelhantes a cervos com rostos humanos e uma multidão de gente alta e magricela com capacetes dourados, todos muito parecidos com o Sr. Stock.

— Parece que o perderam — disse Andrew. — E a nós — acrescentou, agradecido, enquanto os perseguidores desciam o morro, apressados, e sumiam de vista.

Por um instante, tivera a sensação de que a caçada começara a se voltar para Aidan, até o menino cruzar a divisa.

Eles então voltaram com todo o cuidado à linha da divisa e subiram pela pradaria. Aidan sentia-se culpado, desejando não ter pedido a Groil que guardasse a carteira para ele. Até que passaram por um grande arbusto de tojo, e Groil se levantou ali do meio, rindo.

VITRAL ENCANTADO

— Isso é divertido — disse ele. — Fico pequeno e sólido, e eles me perdem.

— Tem certeza de que não se importa? — perguntou Aidan, ansioso.

Groil balançou a cabeçorra desgrenhada.

— Não me divirto assim há anos — disse ele. — Ei, Rolf. Tem andado manso esses dias? — E pôs a mão enorme nas costas de Rolf.

Uma expressão de extremo alarme surgiu na cara de Rolf. Suas quatro pernas se vergaram. Antes que elas cedessem, Rolf foi forçado a assumir a forma de menino, deitado de bruços na relva.

— Estúpido! — xingou.

Groil sorriu.

— Isso sempre acontece quando me encosto nele. É engraçado.

— Vou morder sua perna — ameaçou Rolf.

Groil deu uma risada, acenou para Aidan e Andrew, e voltou saltitando para a campina.

— Idiota! — exclamou Rolf, o que foi se tornando um latido à medida que ele voltava à forma canina.

Eles devem se conhecer há séculos — disse Aidan a Andrew. — Acho que implicam um com o outro o tempo todo.

Eles prosseguiram. Além do topo do morro, a divisa descrevia uma curva ampla para compensar a saliência sobre a qual ficava a Quinta, pensou Andrew. Era tão mais ampla que a forma oval que Andrew havia previsto que eles percorreram apenas metade dela naquele dia e tiveram de retornar ao vilarejo por uma trilha de carroça no mesmo nível da alameda que levava a Melstone House.

Chegaram de volta à casa e descobriram que a Sra. Stock havia feito couve-flor gratinada novamente. Ela não ia perdoar Andrew pelo casamento às pressas com Stashe. O Sr. Stock também estivera na cozinha, com feixes e mais feixes de cenouras rejeitadas. Andrew pensou que eram possivelmente uma recompensa. Mas havia muitas para que conseguissem comer, então eles as colocaram no telhado para Groil, na pilha do dia anterior. Aidan esperava ansiosamente que Groil conseguisse vir comê-las logo.

Ele devia ter conseguido. As verduras haviam desaparecido na manhã seguinte, cenouras e tudo. Que alívio! Groil devia estar com um apetite e tanto!, pensou Aidan enquanto esperava, impaciente, para recomeçar a percorrer a divisa. Stashe estava de volta nesse dia, e Andrew parecia incapaz de sair do seu lado.

No fim, conseguiram sair. Já estavam no meio do caminho que levava da entrada da casa ao portão, com Rolf disparado à frente, quando Stashe veio correndo atrás deles.

— Esperem! Esperem! Vocês precisam ver isto aqui. Vocês dois!

Eles deram meia-volta, para contrariedade de Rolf, que se sentou no caminho e bocejou, aborrecido.

Stashe havia começado a desfazer a terceira caixa. A primeira camada era mais uma parte da coleção de gibis de Andrew, misturada a várias anotações irritadas do velho Jocelyn para si mesmo. Andrew pegou uma aleatoriamente e leu: *O. Brown tentando se apossar do meu bosque outra vez. De que material ele faz aquele arame farpado?* Ah, ele pensou. Então ele fez isso antes, não é? Não havia o menor sinal do arame farpado quando Andrew tomou posse da herança. Ele gostaria muito de saber o que o avô tinha feito para se livrar dele na primeira vez.

O restante da caixa não continha nada além de pastas de papelão gordas e poeirentas. Andrew pegou a que Stashe lhe estendia e a abriu, desconfiado. Estava cheia de relatórios de uma firma de investimentos. Formulário após formulário anunciavam que Jocelyn agora tinha tantos milhares de libras em investimentos e que estes haviam lhe rendido tanto dinheiro que Andrew sentiu uma vertigem.

— São *todas* assim — informou Stashe. — Tem uma pequena fortuna aqui, Andrew. Você sabia disso?

— Não — respondeu Andrew. — Eu só sabia sobre o que ele tinha no banco.

— Eu poderia *bater* na Sra. Stock por enfurnar tudo nesta caixa! — disse Stashe. — E quanto a você, dê uma olhada *nesta* aqui, Aidan. — Ela entregou a Aidan uma pasta bem mais delgada.

Aidan, que estivera ali parado bastante entediado, olhou a capa da pasta. Estava etiquetada na letra de Jocelyn: *Fundo sem Identificação para Aidan Cain. O mínimo que posso fazer depois de meu fracasso com Melanie.* Ali dentro, formulários oficiais afirmavam que, dez anos antes, Jocelyn Brandon havia reservado alguns milhares de libras para que se multiplicassem em mais milhares, até que Aidan completasse 18 anos. Então o dinheiro seria dele.

— Uau! — exclamou Aidan.

Ele teve de tirar os óculos, pois seus olhos se encheram de lágrimas. Viu-se desejando, em vão, ter conhecido o velho avô de Andrew. Devia ser um homem e tanto, para fazer isso por um bebê que ele nem conhecia.

DIANA WYNNE JONES

— Um bom homem, não era? — comentou Stashe. — Mas, vejam bem, ele podia ser rabugento também! Costumava rosnar para mim e me chamava de "bruxinha tola de Tarquin". Dei língua para ele uma ou duas vezes. Seja como for, Andrew, vou providenciar para que isto seja transferido para o seu nome, está bem? Não se preocupe. Sei exatamente o que fazer. Fiz isso para Ronnie Stock quando a mãe dele morreu. — Stashe pegou uma das pontas da caixa e começou a arrastá-la na direção do estúdio de Andrew. Então hesitou. — Seu computador ainda está funcionando?

— Ele pifou quando Titânia apareceu — disse Andrew, com um suspiro.

— Então sei como consertá-lo — afirmou Stashe e prosseguiu arrastando a caixa. Eles a ouviram quando, já longe, ainda murmurava: — Francamente, eu podia socar a Sra. Stock!

Andrew e Aidan partiram pela segunda vez. Andrew havia decidido que eles seguiriam a divisa a partir do ponto em que ela cruzava a estrada de Melton, dessa vez, e andaram até a trilha de carroça que haviam tomado no dia anterior. Subiram o vilarejo, passando a igreja e o campo de futebol. Havia agora um portão na entrada para o campo, no qual um grande cartaz anunciava que o Sr. Ronald Stock abriria o Festival às 14h30 de sábado.

— Começa antes disso — disse Andrew a Aidan. — Pelo que me lembro, em geral tem uma procissão com a banda e as pessoas com a roupa de domingo. As inscrições nas competições precisam ser feitas até o meio-dia. O Sr. Stock estará carregando suas verduras e legumes de carrinho de mão a maior parte da manhã. Ele praticamente esvazia a horta para isso.

250

VITRAL ENCANTADO

Aidan ficou na ponta dos pés e viu mais barracas além da cerca-viva e um carrossel sendo montado. De repente, sentiu-se muito animado com o Festival. Nunca estivera em nenhum antes. Parecia que ia ser divertido.

No mais, sua caminhada nada teve de memorável nesse dia. Encontraram o lugar na estrada de Melton e um mata--burro que levava à mesma tênue passagem que haviam seguido no dia anterior. Quando ficavam na dúvida sobre a localização da divisa, Rolf a encontrava para eles. Não havia o menor sinal de Groil em parte alguma. Andrew sugeriu que ele provavelmente estava dormindo, depois da vasta refeição que fizera na noite passada. Aidan esperava que sim. Esperava que Groil estivesse se mantendo pequeno, sólido e bem escondido.

Enquanto voltavam para casa pela trilha de carroças, Andrew suspirou e disse:

— Bem, só falta mais uma coisa para amanhã, que é de alguma forma contornar as terras da Quinta. Meu voto é que tentemos dar a volta pelo lado de fora do arame farpado do Sr. Brown. Deve ser possível. Ele não pode ter coberto todo o campo com ele. Pode nos ajudar a fazer isso, Rolf?

Rolf olhou para cima e assentiu. Estava pensando na janta.

— Isso não vai fazer seu campo de proteção maior? — perguntou Aidan.

— Possivelmente — respondeu Andrew. — Mas eu não vou deixar Brown levar a melhor sobre nós. Vamos, Aidan, depressa. Quero chegar antes da hora de Stashe ir embora.

Stashe havia esperado por eles, dizendo que fizera um bom progresso com as pastas e que faria mais no dia se-

DIANA WYNNE JONES

guinte. Shaun também tinha esperado. Queria que Andrew fosse dar uma olhada no interior do galpão para ver como estava, agora que ele havia terminado. Agitava as mãos e tinha uma expressão tão suplicante que Andrew foi até lá imediatamente, sem nem tirar as botas de caminhada.

Lá dentro, olhou à sua volta, maravilhado. O lugar reluzia. À luz multicolorida que vinha da janela, as paredes entalhadas tinham uma luminosa cor de mel, e nelas criaturinhas espiavam entre um tumulto de gavinhas, folhas e flores, e seres de aspecto humano pareciam dançar em uma linha que serpenteava em meio aos outros entalhes, subindo e descendo ao longo de toda a extensão de cada parede. Shaun se esforçara para limpar o chão também. Andrew pensava que era concreto, mas, na verdade, eram ladrilhos cor de mel, rachados e velhos, mas ainda assim bonitos. Tudo isso fazia o cortador de grama, parado ali no meio, parecer completamente deslocado. Preciso encontrar outro lugar para guardar essa coisa, pensou Andrew enquanto dizia a Shaun que trabalho maravilhoso ele fizera.

Shaun ficou radiante, mas de súbito pareceu ansioso.

— O que quer que eu faça agora, Professor?

Tentando não sujar o piso com a lama de suas botas, Andrew levou Shaun para fora. Ali apontou para os cardos, urtigas e pequenos arbustos que se amontoavam na base das paredes. A parte externa do galpão eram tijolos aparentes cobertos com uma caiação velha.

— Você pode limpar todas essas pragas — disse ele a Shaun — e depois dar uma demão de tinta branca nas paredes. Este lugar é uma capela, como você uma vez sugeriu, e deve ter uma aparência externa tão boa quanto a interna.

VITRAL ENCANTADO

Shaun pareceu aliviado. Andrew podia ver que ele temera que sua utilidade agora tivesse acabado e que Andrew o dispensaria.

— Farei isso amanhã, Professor — afirmou Shaun. — Estou quase terminando meu robô. Para o Festival — explicou ele quando Andrew pareceu não entender.

— Ótimo. Muito bom — disse Andrew, e se viu acrescentando: — E, depois disso, tem centenas de tarefas para você dentro da casa.

As mãos de Shaun se agitavam, felizes, enquanto ele se afastava.

Na manhã seguinte, ele chegou bastante atrasado.

— Fiquei acordado metade da noite terminando o robô — explicou ao chegar com a Sra. Stock, que também estava atrasada.

— Eu vou lhe mostrar os robôs! — exclamou ela. — Às cinco eu já estava de pé, prendendo as etiquetas de preço em minhas roupas antigas. E gostaria que você não encorajasse Trixie, Shaun. Aquele espetáculo de feira dela me deixa doente.

Andrew não prestou muita atenção nessas coisas. Estava conversando com Stashe e esperando que Aidan pegasse seu segundo melhor par de botas. Aidan estava lento. Suas pernas doíam e uma bolha estava se formando em seu pé esquerdo. Ele se perguntava se toda essa caminhada seria boa para ele. Rolf e Andrew porém estavam determinados a finalizar a última parte da divisa, portanto o menino suspirou e foi com eles.

Ele se alegrou quando chegaram ao campo de futebol. Agora havia bandeirinhas penduradas. Se espiasse por cima do portão novo, podia ver uma plataforma na outra extremidade sendo coberta com bandeiras e um tapete vermelho.

— Mal posso esperar por esse Festival — disse a Andrew. — Nunca fui a nenhum.

Andrew levou um susto. Ele nunca pensara que o Festival tivesse algo a ver com ele ou com Aidan. Lembrou-se do quanto ficava entediado quando o avô o levara para admirar as Verduras Premiadas do Sr. Stock, ano após ano.

— Talvez você não goste — disse ele.

— Ah, sei que vou gostar. Preciso levar dinheiro?

Andrew suspirou.

— A entrada é paga — informou ele — e todas as barracas e brincadeiras custam dinheiro. Está certo. Eu levo você.

A alegria de Aidan com isso o levou a vencer a manhã entediante, enquanto ele, Andrew e Rolf percorriam cautelosamente a extensão dos maciços rolos de arame farpado do Sr. Brown. Era tamanha a quantidade dele que em alguns lugares os três eram forçados a ir até quase a estrada, e em outros se viam tropeçando em meio a urtigas e se agarrando a sarças que eram quase tão ruins quanto o arame. O tempo estava quente e cinza, o que parecia ser o ambiente ideal para maruins, mosquitos e mutucas. Quando se sentaram para almoçar no meio do caminho, foram todos picados, até mesmo Rolf. Pelo restante do caminho, Rolf era obrigado a sentar-se a toda hora para se coçar forte com o pé.

A essa altura Aidan não estava achando nada divertido. A quase bolha de ontem havia se transformado em uma completa, grande, cheia de líquido e dolorosa. E ele podia sentir mais uma surgindo no outro pé. Mas, por fim, a caminhada estava chegando ao fim. Eles caminhavam na estrada, pois as defesas

VITRAL ENCANTADO

do Sr. Brown haviam enchido o espaço entre ela e a área pantanosa, e foi um grande alívio para Aidan quando alcançaram a depressão na estrada e ele soube que tinham chegado ao fim.

Foi um alívio maior ainda ver Wally Stock levando suas vacas para o campo ali perto. Wally acenou para Andrew e se aproximou. Queria conversar, como sempre. Aidan sentou-se, agradecido, na grama ao lado de Rolf, que se coçava mais uma vez, enquanto Wally contava a Andrew que preço terrível o Comitê do Festival estava tendo de pagar pelo aluguel do castelo pula-pula e o quanto algumas pessoas da Feira eram irresponsáveis.

— E o que o Sr. Brown está pretendendo naquele bosque? — perguntou Wally, por fim. Esse parecia o verdadeiro motivo de sua conversa com Andrew. — Pensei que o bosque fosse *seu*.

— E é — respondeu Andrew.

— Bem, é melhor dar uma olhada então — concluiu Wally. — Está tudo cercado por arame farpado lá agora. Um homem com um cão me expulsou quando fui até lá pegar uma ovelha que ficara presa no arame.

— *O quê?!* — Por um instante Andrew ficou quase furioso demais para falar. Qual era o *sentido,* pensou ele, do sacrifício de percorrer a divisa quando o Sr. Brown silenciosamente expandia seu domínio de dentro para fora? — Venha, Aidan — disse ele, secamente.

Então acenou para Wally e partiu a passos longos e coléricos na direção do bosque, com Rolf saltitando à frente e Aidan mancando atrás.

Chegaram ao campo de ovelhas. Rolf havia quase alcançado o bosque quando Aidan passou pelo portão, fechando-o ruidosamente. Andrew, na metade do campo, pôde ver montes de pálidos rolos de arame entre as árvores do bosque. Ele praguejou.

Um cão cinza surgiu em disparada, rosnando, do meio das árvores e correu na direção de Andrew. Vinha direto na direção dele, que sabia que o animal tinha a intenção de atacar. Andrew imobilizou-se, desejando ter um cajado. No entanto, suas botas de caminhada eram bastante resistentes. Ele supôs que pudesse chutá-lo.

Capítulo Quinze

Antes que Andrew pudesse pensar no que fazer, ou sequer se mover, Rolf veio correndo da margem do bosque e lançou-se no cão cinzento. O ar se encheu de rosnados, ganidos e latidos roucos — todo o alarido de uma briga ferrenha de cães. O corpo dourado e o cinzento rolavam em um emaranhado na grama.

Aidan esqueceu-se de sua bolha e correu.

— *Não*, Rolf! — gritou ele.

Lembrava-se muito bem dos músculos sólidos daquele cachorro cinza e da baba em suas presas amarelas. Não parecia justo que Rolf morresse defendendo Andrew. Mas ele havia corrido apenas uns dez metros quando o corpo amarelo empenhado em combate ao lado do bosque dissolveu-se em um borrão e se transformou em um garotinho, agarrado às costas do cachorro cinza, segurando-o por uma orelha e socando-lhe a cabeça com força.

O cão cinzento uivou de dor e arremessou o garoto longe com um giro dos ombros imensos. Então ele também tornou-se enevoado. Rolou no chão, e lá estava o Segurança, com seu casaco esfarrapado e a touca de tricô torta, mergulhando para estrangular Rolf com as mãos grandes e cheias de nós. A essa altura, porém, Rolf já era um cão outra vez, tentando abocanhar as mãos do Segurança. Este recolheu as mãos e tentou chutar a cabeça de Rolf, que se esquivou à bota furiosa e transformou-se novamente em menino. E o Segurança então já era um cachorro, rosnando e tentando morder as pernas nuas de Rolf.

Aidan lançou-se adiante, abertamente fascinado pela forma como homens-cães lutavam. Eles eram homem, menino, cão amarelo, cão cinza, menino, homem novamente, numa sequência quase mais rápida que Aidan conseguia pensar. Andrew ia circulando-os com cautela, aproximando-se, atento a uma oportunidade para dar um chute na cabeça do cão cinza. No entanto, as transformações eram rápidas demais para que ele encontrasse seu alvo. Os rosnados, ganidos e gritos eram horríveis.

— Ande, Rolf! — gritou Aidan, arfando. — *Pegue* ele!

A luta tinha chegado ao fim quando ele disse essas palavras. O Segurança ergueu-se como homem outra vez, com uma grande bota recuada para chutar Rolf assim que o borrão amarelo se transformasse em cão. Mas, em vez disso, o borrão amarelo se dissolveu em menino. E, como menino, Rolf atacou o Segurança, a cabeça baixa, e acertou-lhe uma cabeçada violenta no estômago. O segurança arquejou um *Aaah!* quando o ar deixou o seu corpo, e então tombou de costas. Andrew viu sua chance e, sem o menor escrúpulo,

VITRAL ENCANTADO

correu e chutou a touca de tricô do Segurança. Várias vezes. Ajudava o fato de não mais pensar nele como humano.

— Vá embora! — vociferou. — Vá embora agora!

O segurança rolou, transformando-se em um cão assustado e tonto. Andrew ameaçou chutá-lo novamente, mas o Segurança não esperou. Colocou o rabo semelhante a um chicote entre as musculosas pernas traseiras e disparou para o bosque. Rolf desabou de barriga, arquejando e pondo para fora uma triunfante língua cor-de-rosa. A cauda peluda batia na grama. Não me saí bem?, cada centímetro de seu corpo dizia.

Aidan lançou-se ao chão e o abraçou.

— Você foi brilhante! — disse ele. — Usou o cérebro. — Rolf lambeu o rosto de Aidan, contente.

— Receio que ainda não tenha acabado — disse Andrew.

Aidan ergueu os olhos e viu vinte outras figuras de chapéu cinzento postadas a intervalos regulares ao longo da orla do bosque. Eram todos idênticos, e todos faziam Aidan lembrar-se, apenas levemente, de Shaun. Enquanto os olhava, eles começaram a avançar na direção do campo.

Andrew estava furioso. Esse era o *seu* bosque, *sua* propriedade, *seu* campo de proteção. Como eles *ousavam* soltar um bando de homens-cães em cima dele em suas próprias terras! Ele tinha acabado de percorrer cada centímetro de seu perímetro, confirmando sua propriedade, não tinha?

Sua propriedade. De repente, ocorreu a Andrew que ele agora tinha a capacidade de lançar mão de todo o poder em seu campo de proteção, até mesmo no do Sr. Brown, pois havia circundado também a Quinta. Então respirou fundo e, com o ar, inspirou toda a força de Melstone. Isso o fez sentir-

-se maior que Groil. Ele abriu os braços e então lançou-os à frente, em um gesto amplo e abrangente. A força desse gesto rugiu em seus ouvidos.

— Saiam daqui! — gritou por cima do ruído dessa força. — *Saiam daqui AGORA!*

E empurrou o grupo para trás, através do bosque, todas as figuras de chapéu cinza e os rolos de arame farpado, rolando sem parar. Mais além, ele podia sentir a maior parte do arame farpado derretendo em torno dos muros da Quinta. Mas não todo. Parou em um último rolo e os Seguranças também pararam quando estavam atrás do muro em ruínas. Ele não parecia capaz de mandá-los para mais longe, embora as árvores se sacudissem na tempestade de magia. Folhas se soltavam e voavam como se fosse outono e as aves levantaram voo em uma nuvem estridente. Mas isso foi tudo. O Sr. Brown havia claramente feito alguma coisa que fixava sua divisa nos muros. Andrew certificou-se de que eles não poderiam se aproximar de novo batendo o pé três vezes no chão, como Stashe fizera ao expulsar Titânia.

— E fiquem aí! — disse enquanto a tempestade atenuava um pouco.

— Uau! — exclamou Aidan.

Ouviram-se gritos a distância. Para surpresa de Andrew, o Sr. Stock vinha correndo pelo pasto das ovelhas, carregando uma espada.

— Precisa de ajuda? — perguntou ele ao se aproximar.

— Não, obrigado. Acho que dei um jeito por ora — disse Andrew.

Sentia-se estranho. Nada que fizera em sua vida até ali se comparava a isso.

VITRAL ENCANTADO

O Sr. Stock estudou as árvores que se balançavam e assentiu.

— Ele estava tentando tomar posse outra vez, não estava? O velho Sr. Brandon me advertiu de que ele poderia fazer isso. Eles precisam de uma lição, na minha opinião. Vou pensar em alguma coisa depois do Festival. Por ora, vamos cuidar para que o que o senhor fez perdure. — Foi até a borda do bosque e cravou a espada na terra, de modo que ela permaneceu de pé. — Ferro — informou ele. — Isso deve segurá-los por um ou dois dias.

E voltaram para Melstone House. Lá, Andrew sentou-se, sem energia, em uma cadeira na cozinha enquanto Stashe cuidava das bolhas de Aidan.

— Francamente, Aidan — disse ela —, você deveria ter falado dessas bolhas antes. Elas merecem ir para o *Guinness, o Livro dos Recordes*. Nunca vi tão grandes assim.

Aidan concordava com ela. Estava se sentindo muito contente e bem-cuidado, com a luminosa cabeça loura debruçada sobre ele, cheirando a cabelo limpo misturado com um sopro de desinfetante, e o rosto de Stashe se voltando para ele e sorrindo de vez em quando. Rolf grunhiu de inveja. Estava deitado no chão, todo dolorido por causa da briga, esperando que Aidan o notasse.

A Sra. Stock tinha o nariz torcido ao se preparar para ir embora. Ainda não perdoara Andrew.

— Vocês vão ter sorte se chegarem ao Festival, todos vocês — disse ela, abrindo a porta dos fundos. — Tem couve--flor gratinada no forno, Professor. Se houver festival para ir — acrescentou ela, erguendo os olhos para o céu. — Parece trovão o que estou ouvindo. Pelo menos, se tiverem de cancelar o Festival, seremos poupados do terrível espetáculo de Trixie. Temos de ver o lado bom das coisas. — Ela fechou a porta dos fundos atrás de si com um estalo.

— Mal posso *esperar* para ver o que Trixie vai fazer — afirmou Aidan. — Espero que não chova.

— Parece, sim, que vai trovejar — concordou Stashe.

Parecia mesmo, embora o céu estivesse claro. Andrew sabia que era a tempestade de magia que ele havia provocado. A essa altura, ela havia diminuído até se tornar uma espécie de inquietação por trás das coisas, e ali ficou a noite toda. E tarde da noite ainda estava lá, depois de Tarquin ter ido buscar Stashe e a levado para casa, e depois que Aidan foi para a cama, quando Andrew deixou Rolf sair para que coxeasse pelo gramado soltando seu jato desanimado nos cardos. Quem dera meu avô tivesse me dito como deter tal coisa, pensou Andrew, observando Rolf subir a escada mancando para dividir a cama com Aidan. Mas não creio que tenha feito isso. Andrew trancou a porta da frente e foi até a cozinha se certificar de que a dos fundos também estava trancada.

O luar resplandecia obliquamente através do vitral colorido, lançando no chão quadrados embaçados de cor — púrpura-claro, verde muito pálido e um vermelho que era pouco mais que uma nódoa. Andrew olhou para o vitral e se viu dando um pulo de surpresa que era quase medo. Os rostos ali eram tão claros e tão fáceis de reconhecer. Levado pela força da magia que entrava com o luar, Andrew foi até o vitral e olhou através dos painéis.

A magia o atingiu em cheio, cortante mas não fria.

Ele podia senti-la agora, vindo de longas distâncias, e sabia que era antiquíssima, tanto quanto a gravidade, mais

VITRAL ENCANTADO

velha que a Terra. Quando garoto, ele sempre se perguntara por que o avô chamava a magia de "o quinto poder" e então resmungava sobre a estupidez dos cientistas por não a reconhecerem. Andrew podia quase sentir a presença do avô, aqui na cozinha, atrás dele, instando-o e implorando que entendesse. E Andrew entendeu. Com um calafrio, de forma muito semelhante ao estranho momento em que compreendera tudo sobre a História, ele soube que a magia era uma das grandes forças do universo e que despontou desde o começo de tudo, ao lado da gravidade e da força que mantém os átomos juntos, tão poderosa quanto ou ainda mais poderosa que qualquer outra força. Mais poderosa, definitivamente. Se fosse preciso, a magia tinha a capacidade de dissolver átomos e reagrupá-los, como acontecia quando Rolf se transformava de cão em criança. Era uma grande força, a ser usada com grande cuidado.

Agora que compreendia, Andrew podia sentir a magia chegando aos borbotões, apontando para Melstone de anos-luz de distância. Estava sendo *reunida* aqui. Alguém, muito tempo atrás, havia disposto os dois conjuntos de vidros encantados, o da cozinha e o outro no telhado do galpão, para que funcionassem como os dois polos de um enorme ímã em forma de ferradura, atraindo magia para o campo de proteção. A principal tarefa dos Brandon era proteger esse vitral. Esperava-se que o usassem para o bem. Mas, assim que se deu conta disso, Andrew pôde sentir que pelo menos metade da magia estava sendo desviada para a Quinta, onde o Sr. Brown morava, alimentando-se do campo de proteção como uma lesma em um pé de alface.

Andrew sorriu e pensou no Sr. Stock. O Sr. Stock era paranoico em relação a lesmas.

Ele continuou fitando o vitral por um bom tempo, banhado na magia do luar, perguntando-se o que fazer em relação ao Sr. Brown, e sobre os vários usos das cores nas quais o vitral dividia a magia. Ele tinha algumas suspeitas em relação a isso, mas sabia que levaria meses ou talvez anos de estudo para usar as cores com precisão. Não, para se livrar do Sr. Brown, teria de usar a vidraça púrpura, o vidro poderoso que continha todos os outros. Como fazer isso sem prejudicar Aidan era o problema...

— O Festival é hoje — disse Aidan a Rolf enquanto abria a geladeira naquela manhã de sábado. Rolf gemeu com o queixo apoiado nas patas. — Toda aquela mudança de forma foi ruim para ele — explicou a Andrew. — Está todo machucado. Posso dar essa couve-flor gratinada para Groil?

— Se quiser — disse Andrew, bocejando.

A noite cheia de magia o deixara pesado e lento.

Aidan assoviava ao levar a couve-flor gratinada para a despensa e colocar a tigela na caixa que havia cuidadosamente etiquetado como "COMIDA DE GROIL". Ele estava começando a detestar couve-flor gratinada quase tanto quanto Andrew.

— E sabe de uma coisa? — comentou, saindo da despensa. — Posso ir até a loja e comprar o jornal para você.

— Só se estiver usando o amuleto de prata — respondeu Andrew, preparando o café, sonolento. — Diga a Rosie que ponha o jornal na minha conta.

— Estou usando — disse Aidan, fazendo tilintar o amuleto na correntinha. Ele passara a gostar da maneira como

VITRAL ENCANTADO

o objeto repousava, morno, em sua clavícula. Engoliu uma tigela de cereal e disse: — Vem comigo, Rolf? — Rolf tornou a gemer alto. Não. Aidan saiu alegremente, sozinho, para ver o que estava acontecendo no vilarejo.

Ele não se decepcionou. Muita coisa estava acontecendo. O Sr. Stock cruzou ruidosamente o caminho de Aidan, empurrando um carrinho de mão no qual levava a enorme abobrinha zepelim, um monstro verde e amarelo cuidadosamente acondicionado com grama para evitar que se machucasse. No fim da alameda, Aidan encontrou a Sra. Stock empurrando um velho carrinho de bebê, no qual se via uma pilha de roupas velhas para sua tradicional barraca.

— Arrumando cedo — comentou ela. — Preciso voltar e fazer meu bolo para a competição do Melhor Pão de Ló. Diga ao Professor que Shaun está a caminho. Ele está acabando seu Melhor Robô.

E assim foi por todo o caminho até a loja. Aidan passava por gente atrás de gente com carrinhos de mão ou velhos carrinhos de bebê, ou ainda carregando latas ou pacotes misteriosos, todas seguindo para a tenda das competições no campo de futebol. Na loja, Rosie Stock praguejava. Seu Melhor Pão-de-Ló solara e ficara mais parecendo uma panqueca, disse ela, e ela estava tendo de se virar e fazer Melhores Bolinhos.

Aidan comprou o jornal e voltou rapidamente para Melstone House. Shaun estava chegando.

— Meu robô é o melhor! — disse a Aidan, agitando os braços, os dedos das mãos esticados. — Faz coisas que você não acreditaria. Você tem de ir vê-lo. — E pôs uma cópia do mesmo jornal na mesa da cozinha.

265

— Puxa! — exclamou Aidan. — Quer que eu devolva meu exemplar do jornal?

— Você não precisa de uma desculpa para ir no vilarejo bisbilhotar, não é? — observou Andrew, abrindo o jornal de Shaun e procurando os resultados das corridas. — Sempre temos alguma utilidade para o jornal.

Aidan riu e lá se foi correndo outra vez, passar uma alegre manhã vendo o carrossel sendo ligado e rolos de plástico coloridos sendo entregues e inflados, transformando-se em um castelo. Shaun se retirou para o galpão, contando, tristonho, que sempre diziam que ele era grande demais para brincar no castelo pula-pula.

— Mas eu pulo com muito cuidado, Professor. Isso não é justo!

— É uma pena — concordou Andrew, sem ouvir. Estava intrigado com o resultado do primeiro páreo do dia anterior em Goodwood. Ronnie Rico ganhara, seguido por Brown no Poder e Liberdade para Todos.

— Bem, o que *isso* quer dizer? — perguntava-se quando Stashe entrou alegremente, trazendo um terceiro exemplar do mesmo jornal.

Andrew riu. Stashe também.

— Três é para dar sorte — disse ela, dando um beijo em Andrew. — Desculpe. O jornal foi só uma desculpa para sair de casa. Papai tem dez candidatas a Melhores Rosas e seis suportes para rosas e não consegue decidir com qual participar. Está fazendo bolinhos e pães-de-ló e tentando confeitar seu Melhor Bolo Confeitado enquanto decide, e ainda tem de fazer o Melhor Ramalhete de Rosas e o Melhor Vaso de Flores. Eu lhe digo: aquilo está um hospício!

VITRAL ENCANTADO

— Aposto que sim — concordou Andrew, ainda rindo. Era maravilhoso como Stashe e o riso pareciam estar sempre juntos. — Mas o que você conclui desse resultado?

Stashe pegou um dos jornais e examinou a página das corridas.

— Significa que você não é tão bom nisso quanto eu. O que estava tentando descobrir?

— Se é seguro Aidan ir ao Festival — respondeu Andrew. — Afinal, Brown vai estar lá e Brown no Poder veio em segundo...

— Depois de Ronnie Rico, e é Ronnie Stock quem vai abrir o Festival — afirmou Stashe. — Isso parece o principal evento e não tem nada a ver com Aidan. Vamos ver então quem ganhou o último páreo em Lingfield. — E leu em voz alta: — Tempestade foi o primeiro e Gigantesco e Chuva de Fogo empatados em segundo. Sinceramente, Andrew, tudo que posso ver aqui é tempo ruim. E uma vez que esse foi o último páreo, podemos esperar que vá persistir até mais tarde. Ah, deixe-o ir, Andrew. Ele vai ficar maluco se você o proibir, e provavelmente vai escapar até lá de qualquer forma.

Andrew suspirou. Tivera esperanças de ser poupado do tédio do Festival.

Ele passou a maior parte da manhã observando o tempo E nisso não estava sozinho. Todos em Melstone observavam o céu e murmuravam que parecia que ia cair um temporal. Havia nuvens, verdade, mas muito altas, com bordas prateadas imprecisas. O ar estava quente e denso. Mas a chuva não vinha. Às duas horas, quando a procissão começou, Andrew estava resignado ao fato de que o Festival aconteceria. Ele e Stashe foram com Aidan até o fim da alameda para ver a procissão passar.

Pessoas carregando bandeiras vinham primeiro. Naturalmente, havia uma competição da Melhor Bandeira. Aidan nesse momento sentiu um pouco de pena. Ele vira bandeiras muito melhores alguns anos antes quando a Vó o levara a Notting Hill para assisitr ao Carnaval. Mas ele admitiu que a do dragão vermelho ondulante com MELSTONE escrito na lateral e que precisava de quatro homens para carregar era certamente muito boa. Andrew preferia a branca e preta, simples, que se desdobrava para mostrar FESTIVAL em letras brancas nas partes pretas.

— Ah! — exclamou Stashe e riu, encantada, com a motocicleta disfarçada de elefante, sobre a qual seguia o bad boy Arnie Stock vestido como um rajá indiano.

Ele estava dentro de uma espécie de gaiola onde se lia REGRAS DE MELSTONE em letras aneladas. O restante de Melstone parecia concordar com Stashe. Ouviram-se vivas e gritos de "Muito boa, Arnie!", ao longo das cercas vivas, vindos das pessoas andando pela estrada.

Os gritos e assovios quase foram abafados pela banda, que veio em seguida, marchando vigorosamente e tocando a melodia tradicional da Dança de Melstone. Era uma música estranha, alegre e triste ao mesmo tempo. Stashe contou a Aidan que os folcloristas estavam sempre falando a esse respeito. Aidan teria perguntado mais, no entanto sua atenção foi desviada ao ver o amigo do futebol, Jimmy Stock, em um uniforme grande e largo, tocando a corneta na banda. Jimmy, ao passar marchando por ele, lançou-lhe um olhar que dizia "Não ouse rir!", e Aidan teve de olhar

VITRAL ENCANTADO

para o outro lado para não cair na risada. Ficou muito feliz quando a banda avançou, sendo acompanhada por grupos de dança folclórica em passos ritmados. Eles fariam uma demonstração de dança assim que Ronnie Stock abrisse o Festival.

A procissão era surpreendentemente longa. Pôneis lindamente arrumados vinham a seguir, e, montados neles, pequenos e solenes cavaleiros que pareciam muitíssimo nervosos ao pensar nas competições em que estavam inscritos. Em seguida vinham pessoas igualmente tensas, levando nas guias cães inscritos no Concurso de Obediência e Pista de Obstáculos. Nenhum dos cães parecia nervoso ou obediente. Eles tentavam brigar entre si o tempo todo.

Aidan pensou em Rolf, que ficara gemendo no chão da sala. Perguntou-se se seria trapaça inscrevê-lo nas competições no ano seguinte. Provavelmente. Não achava que Andrew os deixaria fazer uma coisa dessas. Pena. Eles certamente venceriam.

Enquanto isso, lá vinham os competidores do Concurso de Fantasia Infantil, marchando, arrastando os pés e — no caso da criança disfarçada de tubo de paste de dente — cambaleando. Havia muitas delas. Se esticasse o pescoço, Aidan podia vê-las serpenteando à distância, enchendo a rua.

— O que acontece se um carro ou um caminhão quiser passar?

— Ah, tem policiais de serviço para segurar o trânsito — respondeu Stashe. Ela também esticou o pescoço. — Acho que estou vendo daqui uma policial lá no fim da rua.

Então, Andrew também se esticou para olhar. Havia, sim, uma figura indistinta à distância que parecia estar contendo alguns carros, mas, embora ele tirasse os óculos e tornasse a colocá-los, ele simplesmente não sabia dizer se era uma policial de verdade ou Mabel Brown disfarçada. Verificou se Aidan ainda estava usando seu amuleto de prata e, só por segurança, disse:

— Voto para que continuemos andando para ver as pessoas chegando ao Festival.

E assim eles se foram, andando de lado ao longo da calçada e sendo acotovelados por outras pessoas que faziam o mesmo. Chegaram ao campo de futebol no momento em que a banda passava pelo portão, enquanto Wally Stock o mantinha aberto para eles e a música da banda se chocava com a melodia mecânica do carrossel. Havia dois policiais em serviço ali na rua. Um deles continha uma fila de carros com rostos curiosos inclinando-se para fora deles, e o outro direcionava mais carros para o campo em frente, onde havia uma placa que dizia: ESTACIONAMENTO EXCLUSIVO DO FESTIVAL DE MELSTONE. Tudo parecia organizado e livre de ameaças, pensou Andrew, com alívio.

Eles se mantiveram entre os outros espectadores e viram toda a procissão novamente. Agora havia uma brecha e tanto entre os donos de cães e as crianças fantasiadas, quase certamente provocada pela criança vestida de tubo de pasta de dente. Eles viram um dos Darth Vaders pegá-la pela mão quase escondida e rebocá-la pelo portão. Então o restante das crianças pôde fluir: ciganos, um esqueleto, vários outros Darth Vaders, Super-homens, Batmans, noivas, jogadores de futebol, fadas — muitas destas —, borboletas com grandes asas púrpura e multidões de alienígenas. A maioria dos alienígenas era muito realista, quase totalmente verdes, com antenas balançantes na testa...

VITRAL ENCANTADO

Espere *aí!*, pensou Andrew e olhou para Aidan, que olhava desconfiado para aqueles alienígenas, perguntando-se se já não os tinha visto antes.

— Quer ir para casa agora? — murmurou Andrew para ele.

No momento em que falava, a policial passou por eles, pastoreando os últimos alienígenas. Definitivamente, aquela era Mabel Brown.

— Acho que devíamos mesmo ir embora — disse Andrew.

— *Por favor*, não! — pediu Aidan. — Quero ver os prêmios do Sr. Stock.

— E eu preciso ficar — disse Stashe. — Prometi a Ronnie.

— Nesse caso, precisamos tomar o cuidado de ficar sempre juntos — disse Andrew, perguntando-se se não estava sendo fraco demais.

Wally Stock fechou o portão principal com um retinido e abriu o portão menor ao lado. Então se pôs atrás de uma mesa onde havia uma caixa com chave e blocos de ingressos.

— Ingressos à venda agora! — apregoou ele. — Por favor, formem uma fila organizada. O ingresso é também um bilhete de rifa e dá ao seu portador o direito de concorrer a prêmios suntuosos.

Quando os carros começaram a passar na rua atrás deles, Aidan, Andrew e Stashe juntaram-se às outras pessoas e seguiram vagarosamente para o portão pequeno para comprar ingressos. No campo também tudo parecia em ordem e sem representar ameaças. A banda estava se acomodando a um lado da plataforma. O carrossel girava, mas não havia ninguém nele. O castelo pula-pula também ainda estava vazio. Alguém na plataforma testava o microfone diante de uma fileira de cadeiras. Outras pessoas arrumavam os pôneis, cães e crianças fantasiadas dentro de cercados diferentes. A única coisa estranha era que havia muito poucos alienígenas dentro daqueles cercados de cordas e absolutamente nenhum sinal de Mabel Brown.

— Parece mesmo que vai trovejar — disse Stashe, olhando, nervosa, para o céu.

As nuvens estavam como durante toda a manhã, turvas e com as bordas prateadas, e o ar talvez estivesse um pouco mais pesado, mas não havia nenhum sinal de chuva. Stashe conduziu Aidan e Andrew até as tendas e barracas junto à cerca viva à direita. Diante delas, o castelo pula-pula de repente se encheu de crianças, e via-se uma comprida fila diante da van do sorvete. O Festival estava definitivamente em marcha. Desse lado, além do barulho da Feira, a Sra. Stock comandava uma barraca coberta com pilhas artísticas de roupas coloridas.

— Minha previsão é de que vai chover — disse-lhes quando passaram. Ela pegou uma grande sombrinha e acenou para eles com ela.

— Espero que esteja enganada — murmurou Stashe.

Eles prosseguiram, passando por uma barraca de bijuterias, uma de artesanato de cerâmica, uma que vendia montes fascinantes de doces caseiros, e a barraca diante da qual Aidan desacelerou, onde se viam pilhas de bolos e tortas em uma quantidade que ele achava que nem Groil conseguiria comer em uma semana. Andrew e Stashe, porém, continuaram. Aidan suspirou e os seguiu, passando pela tenda da cerveja, misteriosamente cheia de gente que parecia estar já no segundo caneco. Mas só está aberto há cinco minutos!, pensou Aidan. Já havia cantoria ali.

VITRAL ENCANTADO

Mais adiante via-se uma pequena estrutura maciçamente preenchida por Trixie. Andrew e Stashe não conseguiram deixar de parar.

Trixie encontrava-se sentada em uma grande cadeira, segurando um cartaz que dizia: ADIVINHE O MEU PESO!!! Ela vestia um traje imenso e amorfo que provavelmente tinha a intenção de parecer havaiano — ela também exibia um colar de flores no pescoço e flores de papel no cabelo — e havia recheado o traje verde com almofadas suficientes para fazê-la parecer ter duas vezes seu tamanho normal. Estava enorme. Gigantesca.

Shaun encontrava-se parado no gramado defronte, gritando:

— Adivinhem o peso da senhora. Cinquenta pence o palpite. Prêmio de cinquenta libras para o vencedor. Aproximem-se, aproximem-se! Olá, Professor? Minha mãe não está um estouro?

Trixie ria, envaidecida, da piada.

— Creio que ninguém vai acertar — disse ela. — Quer arriscar um palpite?

— Certamente — respondeu Andrew, cortês. Estava pensando que Trixie parecia mais do que nunca com Mabel Brown nesse traje. — É para adivinharmos em quilos ou libras?

— Ah, pode ser nos dois — disse Trixie. Então apontou alegremente para duas balanças de banheiro no gramado ao lado de sua cadeira. — Voltem às quatro horas. Vou me pesar nas duas balanças e Shaun vai anunciar o nome de quem tiver dado o palpite mais próximo.

Andrew pagou pelos três e eles deram seus palpites. Aidan chutou cem quilos porque achou que isso era muito. Trixie, rindo com exuberância, anotou cuidadosamente os palpites em um caderno e lhes disse que lembrassem de voltar às quatro horas.

Eles deixaram Shaun gritando e Trixie rindo e seguiram para a tenda seguinte, onde os concorrentes nas competições se encontravam. Era lá que eles queriam mesmo ir.

Capítulo Dezesseis

No espaço sombrio, quente e gramado do interior da tenda enfileiravam-se longas mesas cuidadosamente cobertas com toalhas brancas imaculadas, como se alguém estivesse preparando um banquete. Os elementos competidores espalhavam-se ao longo delas. Alguns eram muito esparsos, como o Melhor Ramalhete de Flores Silvestre. Ninguém se inscrevera para aquela, exceto Mary Stock, de 9 anos. Ela ganhara o Primeiro, o Segundo e o Terceiro Prêmio por uma extraordinária coleção de dentes-de-leão. Em contrapartida, os Melhores Robôs Caseiros cobriam quase toda uma comprida mesa. Havia construções de papelão, criaturas feitas com kits Meccano, Daleks de Lego, coisas feitas com latas de lixo e sucata, coisas com rodas, coisas com pernas, coisas que fumegavam de modo ameaçador. Destacando-se em meio a elas, via-se um robô prateado alto, no formato humano, feito da forma mais impecável e caprichosa. Tinha olhos azuis cintilantes e uma voz mecânica que ficava repetindo:

DIANA WYNNE JONES

"Eu sou o Robô Appleby, às suas ordens, senhor ou senhora."
Então erguia uma das mãos e fazia uma mesura.

— Uau! Olhem só isso! — exclamou Aidan.

Esse robô tinha um cartão dourado apoiado nele: *Primeiro Prêmio, Shaun Appleby.*

— Ah, ótimo! Shaun vai ficar feliz! — disse Aidan.

Os três fitaram o robô de Shaun durante um instante com sorrisos de orgulho familiar, antes de prosseguir, passando pelas Melhores Geleias e Chutneys Caseiros — onde Andrew notou que a Sra. Stock havia levado o Segundo Prêmio pelo chutney de tomate que ele lhe mandara fazer — e chegando ao Melhor Vaso de Flores.

Havia muitos vasos e todos eram impressionantes, mas ninguém que Andrew ou Aidan conhecesse havia ganhado. Eles perceberam, com tristeza, que não havia nenhum cartão apoiado no vaso etiquetado *T. O'Connor.*

— A Sra. Blanchard-Stock sempre ganha essa — disse Stashe, aborrecida. — Ela também é um dos juízes. Não é justo. Vamos torcer para que papai ganhe pelo menos a Melhor Rosa Solitária.

Mas, infelizmente, quando chegaram à coleção de suportes de rosa, encontraram o cartão dourado do Primeiro Prêmio encostado em uma desalinhada rosa amarelo-dourada etiquetada *Sr. O. Brown.* A Sra. Blanchard-Stock ficara com o Segundo e o Terceiro Prêmio por uma rosa vermelha e uma branca, ambas bastante comuns. A rosa de Tarquin, um perfeito exemplar de cor creme com delicadas bordas cor-de-rosa, não ganhara absolutamente nada.

— Tenho vontade de trocar esses cartões! — disse Stashe, furiosa. — Acham que devo?

VITRAL ENCANTADO

Aidan avistou Tarquin do outro lado da mesa. Olhou-o com a intenção de dizer que sua rosa era de longe a melhor, e percebeu que o rosto que o espiava entre os suportes de rosa não era o de Tarquin. Não tinha barba e exibia um ar zombeteiro.

— Não ousem tentar nada — disse o Puck.

A mão de Aidan voou para o talismã em seu pescoço. Ainda estava ali. Quando seus dedos o tocaram, o Puck já havia desaparecido.

Em seguida, chegaram à seção de confeitaria, que tinha um delicioso aroma de bolo e pão fresco. O verdadeiro Tarquin estava ali, apoiado em uma muleta, sorrindo feliz, tentando ver o lado positivo da situação.

— Pelo menos ganhei o Melhor Pão-de-Ló — disse-lhes ele. — A título de compensação, foi, sim. *E* um Segundo pelos Bolinhos também.

— Não creio que o Sr. Brown coma bolo — murmurou Andrew.

— Eu acho que a *sua* rosa era a *melhor*! — exclamou Aidan, lealmente.

— Sim, você foi roubado, pai — afirmou Stashe.

— Não tem problema. Sempre há o próximo ano — disse Tarquin.

Depois seguiu com eles até a última mesa no fundo da tenda, onde estavam os legumes e verduras. Esse era de longe o maior grupo de competidores de todos. Quando Aidan tocou a mesa, ela rangeu perceptivelmente sob o peso das Abobrinhas Premiadas, as Maiores Favas, Feixes de Melhores Cenouras, Melhores Caixas de Seleta de Verduras, Cebolas Premiadas e exposição de Raízes cuidadosamente polidas — sem falar nos montes de Frutas Premiadas na outra extremidade. O pessoal de Melstone parecia ter se dedicado o ano inteiro ao cultivo de Produtos Premiados.

No meio da bancada estava o Sr. Stock. Seus braços estavam cruzados e sua expressão ameaçadora era suficiente para fazer encrespar uma Alface Premiada ou fritar uma Melhor Cebola.

— Olhem isto aqui! Deem só uma olhada nisto! — disse-lhes.

Ele se encontrava ao lado do zepelim ecológico. Apesar de imensa, não tinha nenhum cartão apoiado nela. Ao seu lado uma fileira inteira de abobrinhas de outras pessoas, algumas robustas e amareladas, outras quase tão grandes quanto o zepelim, algumas mais finas e verdes, mas nenhuma tampouco fora premiada. Além delas, uma fileira inteira de abobrinhas estreitas e pálidas com a etiqueta *Sr. O. Brown* ficara com os três prêmios.

— Você também, meu amigo — falou Tarquin, com tristeza.

— É um escândalo! — disse o Sr. Stock. Ele os conduziu ao longo da mesa, apontando, furioso, conforme passavam por cada grupo de verduras. — Nenhum prêmio para as cenouras — disse ele. — Nada para as cebolas, enquanto para os pepinos e tomates...! Nem mesmo minhas batatas, e eu juro que elas são as maiores de todas! Aquele Sr. Brown ganhou o Primeiro Prêmio por quase tudo aqui!

Stashe tentou ser diplomática.

— Talvez — disse ela — este ano eles não estejam considerando apenas o tamanho, tio Eli. Poderiam estar preferindo os mais comestíveis... — O Sr. Stock respondeu a isso com um

VITRAL ENCANTADO

olhar tão feroz que Stashe se conteve, tossiu e olhou o relógio.

— Andrew — disse ela —, é melhor irmos. Ronnie Stock vai chegar a qualquer momento e eu disse que estaria lá...

Ela começou a se afastar, fingindo não ter visto a expressão no rosto do Sr. Stock.

Andrew hesitou antes de segui-la. Ele ponderava se devia dizer ao Sr. Stock que, mesmo de óculos, podia ver que os produtos do Sr. Brown haviam sido todos realçados pela magia. Mas, quando tirou os óculos e olhou as batatas polidas que o Sr. Stock apontava, cada uma delas um minirrochedo marrom-rosado, soube que o próprio Sr. Stock tampouco era inocente de realçar seus produtos pela magia. Assim, ele disse, tranquilizador:

— Eu não me espantaria se o Sr. Brown estivesse tentando se apossar de toda a Melstone.

E se calou, boquiaberto, sabendo que acabara de enunciar a verdade absoluta. Era exatamente isso que o Sr. Brown pretendia: tomar posse de todo o campo de proteção. Quando a carta do Sr. Brown falara de seus *planos para Melstone*, era a isso que ele se referia. Os Primeiros Prêmios eram simplesmente um experimento da parte do Sr. Brown, para ver se poderia ser feito.

— Então *detenha*-o! — rosnou o Sr. Stock, lançando seu olhar de fúria para Andrew.

— Vou tentar — disse Andrew.

Perguntando-se com urgência como, ele seguiu Stashe e Tarquin e deixou a tenda.

Aidan seguiu Andrew, torcendo para que esse Festival ficasse mais animado logo. Tinha a sensação de que havia alguma coisa se concentrando, à espera, pronto para acontecer, e ele mal podia esperar para que viesse logo.

DIANA WYNNE JONES

Rolf saiu em disparada do seu esconderijo debaixo da mesa da Melhor Rosa e colidiu com as pernas de Aidan, arfando e ganindo.

— Você não deveria estar aqui! — disse Aidan. — Vá para casa.

Rolf olhou ao redor, viu que ninguém estava olhando e dissolveu-se em um garotinho agarrado à perna esquerda de Aidan.

— Saia daqui! — rosnou ele suavemente. — Você não está em segurança. Eles estão todos aqui.

— Eu *sei* que estão — sussurrou Aidan. — Mas não podem me encontrar enquanto eu estiver usando este amuleto. — Ele o tilintou para Rolf.

— Então vou ter de ficar e protegê-lo — grunhiu Rolf.

— Ah, está bem. Se acha que deve — respondeu Aidan. Tinha certeza de que Rolf não queria perder qualquer que fosse a diversão que estava a caminho. — Seja um cão então, um cão *bonzinho*, e fique junto de mim.

Obediente, Rolf dissolveu-se de volta à forma de cão e seguiu Aidan, a cauda agitando-se serenamente, enquanto Aidan corria atrás dos outros.

Agora havia pessoas com caras de importantes reunidas na plataforma ao lado da banda. Eram em sua maioria senhoras de chapéu, mas havia um ou dois homens em ternos elegantes também. O vigário estava lá, em trajes pretos surrados, assim como o Sr. Brown, muito alto e cortês no melhor terno de todos, com uma rosa na botoeira. Uma multidão se reunia diante da plataforma. As pessoas saíam da tenda da cerveja para assistir.

— Ronnie ficou mais do que feliz com o convite para abrir o Festival — disse Stashe a Andrew. — Está programando

VITRAL ENCANTADO

uma entrada triunfal. Eu só espero que ele não faça papel de muito tolo.

— É provável. Ele nunca teve muito bom senso — disse Tarquin. — Afora com os cavalos, é claro.

O vigário aproximou-se do microfone e deu-lhe tapinhas para ver se estava funcionando, causando um ruído como um imenso estalo no ouvido por todo campo.

— Senhoras e senhores — começou o vigário, sua voz sendo então abafada por latidos. Os cães no cercado de cordas tinham avistado Rolf seguindo Aidan. Pareciam saber de imediato que ele não era um cão de verdade e o odiaram por isso. Eles ganiam, rosnavam, uivavam e latiam, arrastando os donos na extremidade de suas guias na direção de Rolf. A cabeça do Sr. Brown voltou-se bruscamente na direção do barulho e ele parecia estar esquadrinhando o lugar onde Aidan se encontrava.

Aquilo não era nada agradável. Aidan e Rolf se apressaram para a extremidade da multidão, onde tentaram ficar quietos e escondidos.

— Senhoras e senhores — recomeçou o vigário quando o barulho diminuiu —, é um grande prazer apresentar o Sr. Ronald Stock, cujos Estábulos tanto abrilhantam nosso vilarejo, e que generosamente concordou em abrir este nosso humilde Festival.

Todos estavam aturdidos. As cabeças se voltavam, à procura de Ronnie.

O vigário apontou teatralmente na direção do portão a distância.

— Sr. Ronald Stock — anunciou. — Aplausos, por favor.

A banda começou a tocar a melodia de Melstone.

DIANA WYNNE JONES

Todos se viraram para trás quando Ronnie Stock chegou galopando pelo portão e atravessou o campo na direção da plataforma. Ele montava um cavalo branco enfeitado como o corcel de um cavaleiro de tempos antigos. O cavalo não parecia feliz. Estava coberto por um tecido azul e dourado e adornado com um visor também azul e dourado encimado por uma ponteira dourada. O próprio Ronnie vestia um traje elisabetano: gibão e manto vermelhos e dourados, malha vermelha e calça curta e bufante também vermelha e dourada. Na cabeça, trazia um grande chapéu emplumado, como uma boina exagerada, que ele tirou e com o qual acenava para todos enquanto galopava.

Stashe virou o rosto.

— Oh, céus — disse ela.

Não havia dúvida de que essa era uma entrada triunfal. Todos aplaudiram. As pessoas na tenda da cerveja assoviavam e vaiavam. Ronnie estava radiante ao conter as rédeas ao lado da plataforma, recolocar o chapéu e desmontar elegantemente. Uma jovem veio rapidamente encarregar-se do cavalo.

— Ei! — exclamou Stashe, adiantando-se. — Pensei que *eu* fosse fazer isso!

— Fico feliz que não seja você — disse Andrew.

No momento em que Ronnie desmontou, o cavalo começou a fazer sérios esforços para se livrar do traje azul e dourado. A jovem foi suspensa no ar e então teve de se esquivar de um ataque irritado de cascos.

— Mas aquela é *Titânia!* — disse Stashe, zangada. — Espero que o coitadinho do Neve *pise* nela!

Tarquin e Andrew seguraram-lhe os braços, um de cada lado, para impedir que ela corresse até lá.

VITRAL ENCANTADO

— Pronto, pronto, pronto — falou Tarquin, tranquilizador.

Andrew perdeu a fala, observando Ronnie Stock subir os degraus da plataforma como um pavão. Ele nunca tinha visto Ronnie. Mas sempre o imaginara baixo e atarracado, talvez com um rosto largo e vermelho. Não era nada assim. Ronnie era alto, magro e elegante, com um rosto fino e aristocrático. Na verdade...

Andrew se viu olhando para o Sr. Brown do outro lado da plataforma. Ronnie Stock bem poderia ser gêmeo do Sr. Brown, que o fitava com absoluta indignação, pois o inimaginável acontecera e o próprio Oberon tinha uma contraparte em Melstone.

Bem, pensou Andrew, é culpa dele mesmo por viver aqui por tanto tempo!

O Sr. Brown virou-se, lentamente, e procurou Andrew na multidão. Quando o encontrou, ergueu um elegante dedo branco. Andrew teve de se preparar contra uma descarga de magia elétrica. O mundo ficou cinza e vertiginoso para ele, que teve de se segurar em Stashe e Tarquin.

O Sr. Brown então virou o dedo na direção de Ronnie Stock. Ronnie não tinha nenhuma defesa contra a magia. Ele oscilou por um instante e então desabou na plataforma com um ruído seco, como uma árvore caindo.

Houve uma comoção geral. Senhoras de chapéu debruçavam-se sobre Ronnie. As pessoas começaram a se acotovelar no meio da multidão, gritando "Deixem-me passar, eu sou enfermeira!" ou "Abram caminho! Ambulância de St. John!" ou "Eu sei ministrar os primeiros socorros!" enquanto o Sr. Brown simplesmente ficou parado onde estava, furioso, mas, fora isso, indiferente.

Na confusão, o cavalo escapou de Titânia.

Aidan sentiu alguém cutucá-lo. O Puck estava ao seu lado, rindo.

— Acha que está a salvo, não é? — perguntou ele a Aidan. Então fez um pequeno volteio com a mão gorducha.

Para horror de Aidan, o amuleto de prata voou de seu pescoço e pousou alguns metros adiante na grama.

Rolf mergulhou para o amuleto, pegou-o na boca e o largou imediatamente com um grito. A prata é um veneno para os homens-cães. Aidan também mergulhou, tentando, desesperado e de quatro, pegar o amuleto. Estava quase alcançando-o quando de alguma forma uma clareira abriu-se na multidão e ele viu o Sr. Brown de pé na plataforma fitando-o. Era um olhar impiedoso e insolente Aidan ajoelhou-se onde estava, retribuindo o olhar e sentindo-se extremamente insignificante, pequeno, tolo e estúpido. Soube imediatamente quem era aquele homem e percebeu que, para o Sr. Brown, ele não tinha a menor importância.

— Bem, azar! — disse a Rolf. — Como se eu ligasse! — Olhou à sua volta, à procura do amuleto, e descobriu que ele havia desaparecido.

Do outro lado do campo, Titânia parou de perseguir o cavalo e apontou para Aidan. De outro lado ainda, a policial que tomava conta das crianças fantasiadas também estava apontando para Aidan e gritando. Estranhos seres surgiram de todas as partes do campo e avançaram para Aidan. De repente ele se viu sozinho com Rolf em um amplo círculo gramado, com Seguranças e pessoas altas e de capacete vindo para ele de uma direção, seres menores e com antena correndo para ele de outra, e criaturas ainda mais estranhas com asas de teia de aranha flutuando em sua direção, de todas as partes. Aquilo era pior do que qualquer coisa que lhe houvesse acontecido em Londres. A parte louca e aflitiva era que a banda ainda estava tocando e sua música se chocando com a melodia mecânica do carrossel. E tudo na clara luz do dia.

Andrew, ainda oscilando e tonto, viu Aidan ajoelhado a distância e as criaturas convergindo para ele.

— Preciso ajudá-lo! — disse.

Pensou ter falado com Stashe, mas somente Tarquin estava lá.

Stashe tinha dito *"Preciso* pegar o pobre Neve!" e saído correndo.

Antes que Andrew conseguisse se mover, ouviram-se gemidos estranhos e gritos confusos que foram se tornando cada vez mais altos. Groil veio atravessando a cerca viva atrás da plataforma, com um exército de perseguidores em seu encalço. Era óbvio que ele não tinha a menor ideia de que o Festival estava acontecendo ali. Saltou para a plataforma — que oscilou e rangeu sob seu peso —, enrolou-se em um cordão de bandeirinhas e olhou à sua volta, perplexo, enquanto tentava se livrar delas. Então, quando seus perseguidores vinham subindo na plataforma atrás dele, Groil saltou sobre Ronnie Stock e pulou para o chão, derrubando de lado duas senhoras de chapéu e espalhando bandeirinhas pela banda ao passar. Ele atravessou o campo em grandes passadas e jogou-se ao chão em algum ponto perto da tenda da cerveja. Seus perseguidores o perderam. Foram em disparada para um lado e para outro, procurando Groil, atrapalhando o caminho das criaturas que avançavam até

Aidan e derrubando a barraca da confeitaria. Alguns enxamearam o castelo pula-pula e outros invadiram o carrossel, que parou com um guincho alto, soltando fumaça.

Em questão de segundos, o Festival havia se desintegrado em confusão. Nos cercados de corda, os cães e a maior parte dos pôneis desembestaram, enquanto as crianças fantasiadas embolaram-se, gritando, e Mabel Brown corria de um lado para outro berrando ordens que ninguém atendia. Da tenda da cerveja vinham gritos, ruídos de coisas se quebrando e líquido se derramando. A Sra. Stock, escorregando e deslizando em pãezinhos doces e bolo de chocolate, saiu em disparada de trás da barraca de roupas e foi com sua sombrinha atrás dos perseguidores de Groil.

— Deem o *fora* daqui, suas coisas abomináveis! — gritou ela, empurrando e batendo, e quebrou vários pares de antenas.

Ali perto, Shaun puxou um dos travesseiros do grande vestido da mãe e passou a acertar qualquer criatura que ousasse se aproximar. Trixie o seguiu com outro travesseiro. Penas voavam. Criaturas encolhiam-se, uivavam e corriam de um lado para outro.

O Sr. Stock saiu da tenda das competições carregando sua abobrinha zepelim no ombro e exigindo saber o que estava acontecendo. Quando viu as hordas avançando sobre Aidan, lançou-se naquela direção, rodopiando o grande fruto. O Puck, que corria atrás da horda, gritando para que agarrassem Aidan e matassem Rolf, foi a primeira vítima do Sr. Stock. A abobrinha o atingiu — PIMBA! — na lateral da cabeça. O Puck caiu, imóvel, na grama, mas a poderosa abobrinha permaneceu intacta, pintalgada e lustrosa.

VITRAL ENCANTADO

Enquanto isso, outras pessoas saíram da tenda das competições e arremessaram Batatas Premiadas na confusão.

A multidão inteira, incluindo o Sr. Stock, foi dispersa por Neve galopando, perseguido de perto por Stashe. Neve agora estava em pânico. Ele não conseguia se livrar do tecido esfarrapado que pendia dele e encontrava continuamente estranhos seres entre suas patas. Todos, humanos ou imortais, tinham de desviar-se das violentas patas traseiras de Neve e de seus cascos dianteiros mergulhando feito ferro. Desacelerou e dispersou-se um pouco as investidas contra Aidan.

Preciso fazer alguma coisa!, pensou Aidan. Sem o talismã, ele encontrava-se desprotegido entre garras que fugiam desordenadamente. Lembrou-se de Andrew lhe dizer que o nome Aidan significava "fogo novo" ou coisa assim. Estava tudo nebuloso com o pânico. Mas ele pensou: "É isso! Fogo!"

Na plataforma, o vigário recuperou o autocontrole e, enrolado em bandeirinhas rasgadas, pegou o microfone e tentou pedir calma.

— PESSOAL, PESSOAL! — ribombou sua voz. — POR FAVOR, CONTROLEM-SE!

Com a voz do vigário continuando a ribombar sem que ninguém a ouvisse, Aidan pôs os braços em torno de Rolf e tentou cercar ambos com chamas impenetráveis. As garras que tentavam alcançá-lo e a voz ribombante do vigário o distraíram. Ele entrou em pânico. Não consigo!, pensou, e tentou com mais intensidade.

De repente, estava no meio de uma fogueira. Um erro!, pensou enquanto o pelo de Rolf chiava e seu próprio cabelo começava a queimar.

— *Socorro!* — gritou, cercado em altas chamas cor de laranja.

Tarquin e o Sr. Stock tentavam abrir caminho em direção a Aidan.

— Mas o que faremos quando chegarmos lá, eu não sei! — disse Tarquin ao Sr. Stock.

— Bateremos o fogo à nossa volta — disse o Sr. Stock, sombrio. — E o apagaremos.

Andrew sacudiu a cabeça para se livrar pelo menos de parte da confusão mental e começou a abrir caminho no sentido oposto, na direção da plataforma. Sabia o que precisava fazer, se ao menos conseguisse pensar apropriadamente. Podia ver o Sr. Brown de pé na plataforma, de braços cruzados, impassível diante da confusão. Na verdade, parecia ligeiramente estar achando graça com ela e nem um pouco perturbado pela maneira como Aidan parecia fadado a queimar até a morte. Andrew abriu caminho em meio à multidão em grandes passadas e tirou os óculos à medida que prosseguia. Isso transformou o Sr. Brown em um ser alto, tremeluzente e estranho com um rosto que não era exatamente humano. Andrew desviou o olhar e tentou fixar a mente atordoada na janela da porta dos fundos da própria casa. Verde para Stashe, azul para Shaun, laranja para a Sra. Stock, amarelo para Rolf, vermelho para o Sr. Stock. Não, o vidro que ele de fato precisava era o roxo, com o rosto que poderia ser o de Tarquin. E precisava da outra janela no galpão também...

Groil devia ter visto o apuro em que Aidan se encontrava. Ele surgiu perto da tenda da cerveja e marchou na direção da fogueira de Aidan, sobrepondo-se a todos no campo. Irrompeu em meio às criaturas que se amontoavam diante das chamas e as atravessou. A primeira coisa que Aidan percebeu foram os pés de Groil queimando quando ele o agarrou e o ergueu nos braços. Era a sensação mais estranha. Levou Aidan diretamente ao tempo que era pequeno o bastante para que a Vó o carregasse no colo. Mas ele fez o melhor que pôde para apagar o fogo antes que Groil se queimasse seriamente. Sabia que os pés de Groil eram como couro, mas assim mesmo...! E ainda havia o pobre Rolf, saltando e gritando.

Aidan sentiu o peito de Groil zumbir enquanto gritava:

— Agora deixem-no em *paz!* Ele é meu *amigo!* — Ele sacudia Aidan para um lado e para outro, tentando evitar que os Seguranças e as garras das pessoas com teias de aranha o alcançassem.

Como apago o fogo?, perguntava-se Aidan freneticamente. Revertendo-o, ou o quê?

Andrew, no mesmo instante, com a mente firmemente concentrada nas duas janelas, venceu aos empurrões a multidão e subiu os degraus da plataforma. O Sr. Brown voltou-se para olhá-lo, avaliando-o, enquanto Andrew transpunha a figura escarlate de Ronnie Stock — que estava começando a se virar e gemer um pouco —, passando as senhoras de chapéu e indo até o vigário.

— Com licença — disse, educadamente, e pegou o microfone da mão do vigário. — Eu preciso falar — explicou enquanto procurava atrapalhadamente no bolso traseiro do jeans o pedaço de papel que havia arrancado do velho gibi que Aidan andara lendo. O problema era que tinha de colocar os óculos novamente para ler. Assim que o fez, viu

Tarquin agora de pé na base dos degraus, olhando para ele com ansiedade e o Sr. Brown começando a avançar em sua direção.

Torcendo muito para que funcionasse, Andrew ignorou ambos. Segurou o microfone junto à boca e o pedaço de papel perto dos olhos e leu as estranhas palavras que havia escrito tanto tempo atrás, quando tinha a idade de Aidan.

As palavras não reverberaram como a voz do vigário. Elas saíam dos alto-falantes como ribombos de trovão e longos chamados de trombeta. Todos os outros ruídos foram abafados por elas. Por todo o campo pessoas e criaturas foram forçadas a ficar imóveis, com as mãos tapando os ouvidos. Quando Andrew chegou ao fim, fez-se silêncio absoluto. Imobilidade total.

Durante esse silêncio, Andrew sentiu a magia fluir da eternidade para se concentrar em duas vidraças de cor púrpura, na porta e no telhado do galpão. E fez efeito. O grande carvalho atrás de Melstone House pareceu a Andrew mover--se e erguer os galhos. Seus galhos frondosos encheram-se com zigue-zagues de relâmpagos. Trovões ribombaram a sua volta. Gerando a tempestade em seus ramos, a imensa árvore avançou na direção do campo e do Festival. Parecia que uma vida estava a caminho. Andrew ficou ali parado pelo que lhe pareceu uma hora, sentindo a árvore de trovões aproximar-se, com a tempestade redemoinhando em sua copa e energia reluzindo através das raízes. Mas, ao mesmo tempo, pareceu chegar ali em instantes.

Ela avançou pelo campo, passando entre Groil, Aidan e Rolf, deixando a grama chamuscada atrás de si e um círculo de criaturas de joelhos, aterrorizadas. Ela prosseguiu em meio à multidão e seguiu direto para Tarquin. A boca de Tarquin se abriu em um grito silencioso de dor.

— Ah, não — disse Andrew. — Ele não é grande o bastante. E já sentiu muita dor. — Sua voz no microfone somava-se aos trovões que já ecoavam em torno do campo.

O grande carvalho, porém, havia apenas feito uma pausa junto de Tarquin. Ele seguiu avançando pela multidão até a plataforma e tornou-se parte do próprio Andrew. AGORA FALE, disse ele.

Andrew sentiu-se ficando mais alto que Groil. Era um tronco poderoso, imensos galhos retorcidos, ramos de raios e milhares de folhas crepitando com força. Sua mente trovejava. Ele lutou para encontrar uma voz que as pessoas compreendessem. Lutou para encontrar o próprio cérebro. Era um frágil vestígio de uma mente humana, mas ele o encontrou e agarrou-se a ele. Então apontou um dedo, ou talvez um galho, para o Sr. Brown, agora quase ao seu lado na plataforma.

— *Rei errante* — trovejou ele —, *você já se alimentou deste campo por tempo demais. Pegue seus seguidores e suas esposas e os seguidores de suas esposas e voltem para o seu país e vivam em paz por lá. Não tente tomar posse deste campo.* — Ele achou Mabel Brown no cercado de cordas e Titânia perto do castelo pula-pula e sacudiu sua folhagem para apontar também para elas. — *Agora vão!*

E eles foram. Não tinham escolha. Com um estranho gemido oco, todas as criaturas foram arrastadas para o ar em três espirais que pareciam de fumaça. Titânia foi com eles, e Mabel Brown e, por último, com um grito desdenhoso de pura irritação, lá se foi o Sr. Brown. Como folhas mortas ao

DIANA WYNNE JONES

vento, eles se foram espiralando no ar, afastando-se mais e mais, gritando sua contrariedade e seu protesto enquanto partiam. Andrew pensou ter visto as três espirais mergulharem na encosta de Mel Tump e desaparecer.

Isso é estranho, ele pensou. Eu nem consigo *ver* Mel Tump daqui!

E isso o fez se dar conta de que a presença do grande carvalho o deixara. Mas o deixara recarregado e maior. Ele sabia que jamais seria o mesmo.

Para todas as outras pessoas, foi como se um tremendo raio azul e púrpura houvesse caído perto de Aidan e de Rolf, seguido quase instantaneamente pelo estrondo de um trovão. Então a chuva desabou, em pesados bastões brancos, misturada ao que parecia granizo. Quase todos correram em busca de abrigo nas tendas. A Sra. Stock abriu a imensa sombrinha. O campo esvaziou-se, exceto por aqueles nos cercados ou na plataforma.

Então tudo cessou. A luz amarela do sol reluziu na grama molhada e nos pôneis encharcados, produzindo vapores, assim como nas fantasias destruídas. Os chapéus na plataforma pingavam. No campo, Aidan sacudiu o cabelo chamuscado e ensopado e tentou limpar os óculos. Estava ajoelhado em um círculo de grama queimada e com cheiro de fuligem. Não havia o menor sinal de Groil. Aidan ficou arrasado com isso. Estava óbvio que, quando Andrew mandara todas as criaturas embora, tivera de mandar Groil também, e Aidan perdera um amigo. Rolf, porém, ainda estava lá, o pelo marrom queimado em um dos lados, tentando andar, mancando com as quatro patas. Rolf hesitava, com cautela, farejando um montículo de prata derretido ali perto.

VITRAL ENCANTADO

— Deixe para lá, Rolf — declarou Aidan, com tristeza.

— É só o meu amuleto. O raio o atingiu, mas acho que não vou precisar dele agora.

Na plataforma, Andrew entregou o microfone educadamente ao vigário e abaixou-se para ajudar Ronnie Stock a se levantar. Afora o fato de estar ensopado, Ronnie parecia bem.

— Essa foi uma tempestade e tanto! — disse a Andrew.

— Obrigado. Você é o tal Hope de Melstone House, não é? Prazer em conhecê-lo.

Quando Ronnie se ergueu, tanto ele quanto Andrew pisaram em coisas, triturando-as. A plataforma estava coberta de bolotas de carvalho caídas. Andrew tornou a se abaixar e recolheu um punhado, mas ninguém mais pareceu notá-las. O vigário, irritado, dava tapinhas no microfone, sem obter nenhum som. Parecia quebrado.

Como meu computador quando recebe uma descarga de magia, pensou Andrew, pondo as bolotas no bolso.

— Não se preocupe — disse Ronnie Stock, alegremente.

— Estou acostumado a gritar com os jóqueis em minhas pistas. — Ele se dirigiu, empertigado, ao centro da plataforma e gritou: — Senhoras e senhores! — Quando um número razoável de pessoas saiu das tendas, ele tornou a gritar: — Senhoras e senhores, eu *ia* fazer um discurso, mas, tendo em vista o tempo, acho que vou simplesmente declarar este Festival plenamente aberto. Obrigado.

A banda, vacilante, deixou a tenda da cerveja e começou a tocar. Ronnie olhou para o campo além deles, onde Neve agora estava rolando no chão, emaranhado no tecido azul molhado.

— Alguém ajude meu cavalo! — berrou ele.

Era o que Stashe estava tentando fazer. O problema era que Neve não estava ajudando nem um pouco. Stashe nunca teria conseguido colocar o cavalo em pé se alguém não tivesse se adiantado e a ajudado a levantá-lo.

— Obrigada, pai — disse ela, com um arquejo, pensando que era Tarquin. Mas, quando olhou, era alguém muito parecido com Tarquin, só que sem a barba. — Ah. Desculpe. Obrigada, de qualquer forma.

— Por nada — disse o Puck, e desapareceu ao lado do carrossel.

Andrew saltou discretamente da lateral da plataforma e foi até Tarquin, que estava branco feito papel.

— Vamos para minha casa — disse Andrew. — Estou indo agora. Acho que você está precisando de uma bebida.

— Acho que uma xícara de chá me faria bem — admitiu Tarquin. — Estou com uma dor de cabeça dos diabos, estou, sim. O que *foi* aquilo?

— Melhor não perguntar — disse Andrew, enquanto os dois iam até Aidan. — Quer ficar? — perguntou-lhe.

— Não — respondeu Aidan. — Groil se foi. Mas acho que vou ter de ficar. Rolf não consegue andar.

Felizmente, o Sr. Stock vinha chegando nesse momento, empurrando seu carrinho de mão, no qual repousava a abobrinha zepelim.

— Eu dou uma carona ao cachorro — ofereceu ele. — Você segure isto. — Ele pegou a enorme abobrinha e parecia prestes a entregá-la a Andrew. Então claramente ocorreu-lhe que Andrew agora era muito importante e poderoso para carregar legumes por aí. Então virou-se e largou o imenso fruto nos braços de Aidan. Era muito pesado e continuava ileso.

VITRAL ENCANTADO

Rolf entrou com dificuldade no carrinho de mão, sentindo o maior alívio, e ali ficou deitado lambendo as patas, e todos se puseram a caminho de casa. Passaram pela Sra. Stock, que sacudia a sombrinha.

— Trixie e Shaun arrebentaram os dois travesseiros — contou ela — O que foi até bom! Até segunda, Professor.

Eles chegaram até Stashe, que arrancava impetuosamente o tecido azul de Neve.

— Estão indo? — perguntou ela. — Também irei assim que levar Neve de volta aos estábulos. Acho que ele estirou um músculo. Ronnie que caminhe de volta, e é bem feito para ele! Francamente, que papel de idiota ele fez! — Ela parou, com o visor azul pontudo nas mãos. — Vocês acham que alguém mais aqui sabe o que de fato aconteceu?

— Duvido — disse Tarquin. — Não vejo ninguém acreditando ter visto um gigante, quanto mais as outras criaturas. Meu palpite é que eles só se lembrarão de que o Festival foi interrompido por uma tempestade colossal. Ou pelo menos assim espero. Não quero passar os próximos dez anos dando explicações a pessoas como a Sra. Blanchard-Stock. E vocês?

O que quer que as pessoas tenham pensado, o Festival estava em pleno andamento quando eles se foram. O carrossel girava e o castelo pula-pula estava cheio. Estampidos vinham da área de tiro e a cantoria recomeçara na tenda da cerveja. A distância, a figura escarlate de Ronnie Stock era vista solenemente escolhendo o tubo de pasta de dente como a Fantasia vencedora, antes de seguir para julgar os cães e os pôneis.

E o sol brilhava.

Capítulo Dezessete

Aidan continuou sentindo-se péssimo em relação a Groil, embora Andrew lhe dissesse que tinha certeza de que não o mandara embora com os outros.

— Sei que não o incluí — disse ele.

— Então por que ele *foi*? — protestou Aidan. — Acho que ele teve de ir porque era a contraparte de Shaun.

Andrew tentou sossegar Aidan levantando a abobrinha gigantesca até o telhado do alpendre naquela noite. No entanto, ela ainda estava lá, intocada, no domingo de manhã.

— Bem — disse Andrew —, essa coisa é praticamente indestrutível. Talvez nem Groil tenha conseguido mordê-la.

Wally Stock ligou naquela manhã para dizer a Aidan que ele tinha ganhado uma garrafa de xerez. Mas isso não lhe serviu de consolo.

Trixie ligou à tarde para informar Andrew de que ele adivinhara seu peso corretamente. Andrew agradeceu e educadamente devolveu o prêmio de cinquenta libras. Estava

VITRAL ENCANTADO

muito distraído nesse dia, sentado no cortador de grama, sob o vitral no telhado do galpão, tentando descobrir exatamente qual a função de cada cor. À noite, sentiu que estava quase lá.

Durante a noite de domingo, a abobrinha gigante caiu do telhado e se espatifou.

Rolf, enquanto isso, exagerava na gravidade de seus pés queimados. Ficou deitado todo o domingo no chão da cozinha, no caminho de todos, gemendo, baixinho. Na segunda, a Sra. Stock ficou tão aborrecida com ele que fez Shaun carregá-lo para o gramado, onde Rolf ficou deitado ao sol e continuou a gemer, até Aidan sair com um prato de comida de cachorro. Rolf levantou-se, ansioso, e correu para ele.

— Você — disse-lhe Aidan — é simplesmente uma grande fraude. — Uma ideia ocorreu-lhe. — Ei! Será que Groil também queimou os pés?

Andrew mandou Shaun subir ao sótão para ver se podia consertar o telhado. Depois de ver aquele Melhor Robô, Andrew agora tinha uma fé ilimitada na capacidade de Shaun de consertar qualquer coisa.

— Humpf! — disse a Sra. Stock.

Andrew ignorou-a e abriu a porta da frente para Stashe e Tarquin, que tinham vindo discutir os arranjos do casamento. Eles mal haviam fixado a data quando foram interrompidos por rugidos tremendos do Sr. Stock, seguidos pelos gritos da Sra. Stock.

— Não culpe o nosso Shaun! Ele está fazendo o melhor que pode!

— O que foi agora? — disse Andrew.

Todos correram para fora.

— Por falar nisso — disse Stashe enquanto iam até lá.
— Você sabia que a Quinta de Melstone está à venda agora?
Ronnie Stock está pensando em comprá-la. Ele acha que a
Granja não é grandiosa o suficiente para ele.

— Muito adequado — respondeu Andrew.

Lá fora, no gramado, encontraram o cortador de grama
e o Sr. Stock agora discutindo com Aidan.

— Estou lhe dizendo que agora ele não liga — ia dizendo o
Sr. Stock. — Aquele idiota acabou com o meu talento! — Ele
puxou o cabo de dar a partida de seu modo especial. Nada
aconteceu. — *Está vendo?* — rugiu para Aidan. — Deixe-me
pegar esse Shaun!

— Não, eu vou tentar — disse Aidan. — Olhe. — Ele
puxou o cabo e o cortador pulsou, ganhando vida suavemente. — Está vendo?

— Fique com ele, Aidan — disse Andrew — e ligue-o de
novo sempre que passar em cima de um cardo.

O Sr. Stock fuzilou-os com o olhar. Estava tão aborrecido que, naquele mesmo dia, quando o gramado já
se tornara marrom e eriçado, ele entrou marchando na
cozinha repetidamente para despejar na mesa seis caixas
cheias de seus produtos do Festival. A Sra. Stock queixou-
-se em voz alta.

Mais tarde, Aidan recolheu os tristes restos da abobrinha
e ajudou Andrew a carregar o telhado do alpendre com
batatas gigantes e imensos tomates.

Na manhã de terça, quando Andrew tomava o café da
manhã, Aidan entrou correndo com Rolf.

— Eles desapareceram! — gritou Aidan. — Groil esteve
aqui! Ele devia mesmo estar com os pés machucados.

VITRAL ENCANTADO

— Ótimo — disse Andrew, segurando a porta da cozinha antes que ela batesse. — Maravilhoso. Agora será que eu tenho alguma chance de continuar a escrever meu livro hoje?

— Ah, sim — disse Aidan, alegremente. — Agora está tudo bem.

Mas não estava, ou não totalmente. No meio da manhã a campainha tocou. Como a Sra. Stock estava no andar de cima e o computador havia mais uma vez inexplicavelmente apagado, Andrew foi atender a porta.

— Deve ser Tarquin — disse a Aidan, que também corria para atender a porta. — A perna dele deve estar precisando de um reforço.

Por um segundo, ao abrir a porta, Andrew pensou que era mesmo Tarquin. Mas o homenzinho ali de pé tinha duas pernas robustas numa calça frouxa que ia até os joelhos e, embora seu casaco de couro fosse muito parecido com o de Tarquin, esse sujeito era bem mais gorducho e não tinha barba. Ele estendeu um grande envelope na direção de Andrew.

— Uma carta do meu mestre — disse.

Aidan reconheceu o Puck e começou a retroceder. Infelizmente recuou direto ao encontro da Sra. Stock, que vinha carregando uma braçada de embalagens plásticas.

— Isto estava embaixo da sua cama — disse ela a Aidan. — Eu não lhe disse que colocasse na lixeira? Vamos subir comigo agora e recolher todo o lixo devidamente.

O Puck sorriu.

— Sim, Aidan — disse Andrew. — Vá com ela e conserte o seu erro. Esta carta precisa de resposta? — perguntou ao Puck.

O homenzinho, ainda sorrindo, observou Aidan subir apressado atrás da Sra. Stock. Então disse com gravidade:

— Eu devo esperar sua reação, senhor.

— Verdade? — disse Andrew, pegando o envelope grande e rígido. Estava endereçado, na caligrafia cheia de volteios e pontas que Andrew agora achava que conhecia bastante bem, a *A. Hope, Escudeiro*. Um tanto acanhado com a presença do Puck ali parado observando-o, ele rasgou o envelope e segurou a carta à luz do dia para lê-la. Dizia:

Sr. Hope,
Sua atitude em me banir foi bastante precipitada. Eu estava prestes a lhe dizer duas coisas.
Primeiro, sua exposição dos dois conjuntos de vidros encantados foi temerária. Os dois, juntos, são muito mais poderosos do que acho que o senhor imagina e podem ser muito perigosos em mãos inexperientes.
Segundo, assim que coloquei os olhos no garoto Aidan, vi imediatamente que ele não era meu filho. Ele é palpável e inteiramente humano e provavelmente é um parente próximo seu.
A garota Melanie com quase toda certeza se jogou em cima do seu avô, da mesma forma que fez comigo. Eu lhe dei a carteira como precaução, de modo que pudesse rastreá-la se precisasse, mas, como seu povo e o meu não procriam facilmente, fiquei despreocupado, até que minhas duas esposas descobriram a existência do menino.

VITRAL ENCANTADO

Se duvidar sobre a veracidade dessa segunda informação, basta procurar uma foto sua na idade de Aidan. A semelhança é marcante. Eu o vi muitas vezes na sua infância.

Agora pode assumir a responsabilidade pelo seu novo parente. Não tenho mais nenhum interesse no garoto.

Oberon Rex.

— Ora, mas...! — murmurou Andrew. Ele não precisava ir procurar fotografias suas na idade de Aidan. Um dos enfeites tradicionais na sala de estar, o qual a Sra. Stock sempre punha exatamente no meio do consolo da lareira, era uma foto de Andrew aos 12 anos, em uma moldura de prata. A semelhança certamente estava lá, descontando-se o fato de que Andrew tinha cabelos claros enquanto os de Aidan eram castanhos. Na verdade, Andrew pensou que a razão de ter aceitado tão prontamente que Aidan viesse morar em Melstone House era Aidan ter um certo ar familiar. — Ora, mas...! — repetiu.

— É essa a sua reação, senhor? — perguntou o Puck na soleira da porta.

— Não exatamente — retrucou Andrew. — Diga ao seu mestre que eu agradeço muitíssimo as duas informações.

O Puck pareceu decididamente decepcionado.

— Muito bem — disse, e desapareceu da soleira.

Andrew releu a carta, pensativo. Perguntou-se se devia contar a Aidan. Stashe teria de ajudá-lo a tomar a decisão.

Este livro foi composto na tipologia Minion Pro
Regular, em corpo 11,5/16, e impresso em papel
off-white no Sistema Cameron da Divisão
Gráfica da Distribuidora Record.